W0321742

La prisonnière de Black Thorn

Du même auteur
aux Éditions J'ai lu

Une nouvelle chance, *J'ai lu* 6028

Lisa Jackson

La prisonnière de Black Thorn

Traduit de l'américain par Nicole Hibert

J'ai lu

Titre original :

WILD AND WICKED
First published by Signet, an imprint of New American Library,
a division of Penguin Putnam Inc., New York

Copyright © Susan Lisa Jackson, 2002
Excerpt from *Cold Blooded* © Susan Lisa Jackson, 2002

Pour la traduction française :
© Éditions J'ai lu, 2003

PROLOGUE

Château de Serennog

— Tu demandes l'impossible ! s'exclama Apryll, considérant son frère comme s'il avait subitement perdu l'esprit.

D'un geste brusque, elle tendit au palefrenier les rênes de sa jument et, les sourcils noués, leva les yeux vers le ciel où s'amoncelaient de sombres nuages hivernaux, chargés de pluie. Un vent mordant tourbillonnait dans l'enceinte du château où Apryll avait vécu ses vingt-deux années d'existence.

Les jupes crottées de boue, les cheveux emmêlés par la bourrasque, elle se dirigea à grands pas vers le hall du donjon. Payton, son demi-frère, se tenait à son côté.

— Je ne peux pas m'introduire furtivement dans la forteresse de Black Thorn et prendre le lord au piège de mes… charmes, comme tu dis. Tu veux donc que je séduise le Loup de Black Thorn pendant que tu… que projettes-tu exactement ? Voler ses bijoux et ses chevaux. C'est de la folie pure.

— Tu n'auras aucun mal à entrer. Durant les fêtes de Noël, la herse est levée et les portes sont grandes ouvertes, rétorqua Payton, une expression d'absolue détermination peinte sur ses traits taillés au couteau.

Il la força à s'arrêter, lui prit les mains.

— Regarde autour de toi, ordonna-t-il d'un ton farouche, désespéré.

De fait, le château jadis splendide tombait à moitié en ruine. Les toits de chaume de plusieurs masures de l'enceinte avaient été emportés, les charpentes étaient vermoulues, même les épaisses murailles du donjon se fissuraient, et leurs pierres jonchaient l'herbe roussie. Les pommes d'hiver, sur les arbres dénudés, étaient véreuses. Les moutons, à la laine souillée de boue, se serraient les uns contre les autres pour se protéger du froid et poussaient des bêlements pitoyables.

— Tu n'es pas aveugle au point de ne pas voir qu'il n'y a plus assez de bois dans notre forêt pour nous permettre de passer l'hiver. Le bétail est malade, la réserve à grain est infestée de rats, les chevaux n'ont plus que la peau sur les os. Nous n'avons presque plus de blé ni d'épices, et comme nos moutons sont en train de crever, nous n'aurons plus de laine pour confectionner des habits. C'est toi la maîtresse de ce domaine.

Elle se dégagea, monta sans ralentir l'allure les marches menant au grand hall, faisant fuir les poules qui cherchaient en vain leur pitance dans les crevasses où croupissaient des flaques d'eau.

— Tu as le devoir de venir en aide à tes gens !

— Oui, soupira-t-elle, je dois faire quelque chose.

On entendait les marteaux des charpentiers qui s'échinaient à lutter contre la lèpre de la décrépitude, et, même si le forgeron s'activait à faire mugir les soufflets de sa forge pour entretenir le feu, le château ne tarderait pas à manquer de fer. De jeunes garçons portaient les sacs de glands récoltés pour nourrir les porcs, mais bientôt on n'aurait plus rien à donner à ces pauvres bêtes.

Apryll frissonna, resserrant les pans de sa pèlerine autour d'elle.

Un garde décharné, à la figure grêlée et au regard triste, lui ouvrit les portes.

— Milady, murmura-t-il avec une ombre de sourire.

— Comment va ton épouse, Geoffrey ?

Il baissa le nez, toussota.

— Mary… va bien. Dès que les bébés seront là – elle va avoir des jumeaux, d'après la sage-femme –, elle sera sur pied. C'est sûr et certain. Elle est robuste, Mary.

Hélas, l'expression de ses yeux démentait la conviction de ses paroles.

— Je veillerai à ce que la cuisinière lui prépare sa meilleure soupe et je la lui apporterai moi-même.

— Milady est trop bonne, rétorqua-t-il en refermant les portes derrière Apryll et Payton.

— Son épouse sera morte d'ici une semaine, décréta celui-ci.

Quant aux bébés…

Il soupira et secoua la tête d'un air lugubre.

— Quelle misère !

— Pour l'amour du ciel, ces petits ne sont pas encore nés ! Mary a déjà mis au monde deux fils en pleine santé. N'enterre pas les jumeaux avant l'heure, je te prie.

Elle refusait d'envisager qu'il pût avoir raison. Mary, à la chevelure flamboyante et au sourire rayonnant, était une forte femme. Les jumeaux survivraient, d'une manière ou d'une autre.

Mais s'ils meurent, et si d'autres enfants les suivent dans la tombe, à qui en incombera la faute ?

À toi, Apryll.

Un feu brûlait dans l'âtre, pourtant l'immense hall était glacial. Jadis, ces vénérables murs blanchis à la chaux disparaissaient sous de riches tentures aux vives couleurs, le sol était couvert de tapis. D'appétissantes odeurs provenant des cuisines embaumaient les lieux.

Apryll se rappelait encore le fumet des cochons de lait rôtissant à la broche, de la graisse qui tombait goutte à goutte sur la cendre, celui des anguilles fumées, et le parfum sucré des tartes aux fruits. Ces effluves délicieux couraient dans les corridors et se glissaient jusque dans les recoins les plus secrets où Apryll s'amusait avec les enfants du domaine et les chiens.

C'était au temps des rires, des chansons et de la liberté, lorsque le froid restait aux portes du château, qu'Apryll avait une mère pour la choyer, et était la fille bien-aimée de son père. Quand elle était une enfant gâtée qui savait y faire pour cajoler la cuisinière et lui soutirer des friandises avant le dîner, à qui l'on permettait de jouer à cache-cache dans le foin engrangé pour l'hiver, que l'on habillait comme une petite princesse à l'occasion des fêtes, qui se perchait sur les genoux de son père et enfonçait ses doigts menus dans son épaisse barbe rousse.

Cette époque bénie datait de longtemps.

Avant que la malédiction de Black Thorn ne s'abatte sur nous.

Payton, lui, n'avait pas connu le bonheur qui baignait autrefois ce hall sinistre comme un soleil d'été.

Apryll repoussa la capuche de sa cape, ôta les gants qu'elle mettait pour chevaucher – ils étaient troués – et approcha ses mains des flammes qui s'élevaient dans l'âtre. Il lui sembla que les chiens dont la tête ornait les chenets de fer fixaient sur elle leur regard noirci par le feu.

— Le désastre et la ruine nous guettent, reprit Payton.

Elle se raidit, sachant ce qui allait suivre. Chaque fois que Payton énonçait cette sorte de prophétie, il avait des suggestions pour améliorer la situation.

— C'est très simple, Apryll. Tu te maries et tu fais un beau mariage, ou tes sujets mourront de faim avant le printemps.

— Je ne veux pas me...

— Lord Jamison souhaite t'épouser.

Elle frémit à la pensée du baron, un personnage aussi large que haut, et qui portait en lui une cruauté dont elle avait été témoin lors d'une chasse. Ce jour-là le gibier, un superbe cerf, avait échappé à la meute. Le baron avait fouetté ses chiens jusqu'au sang ; il était dans une telle rage que la bave lui coulait des lèvres. Probablement se déchaînait-il aussi sur ses épouses, Apryll n'en doutait pas.

— Il a été marié quatre fois, mon cher frère. Aucune de ses femmes n'a vécu plus de trois ans. Tu désires que je sois sa cinquième victime ?

— Tu es forte et...

— Non !

— Bon, bon. Puisque tu refuses Jamison, pourquoi pas le baron William de Balchdar ? Il a souvent demandé ta main, il serait un excellent mari.

— Eh bien, tu n'as qu'à l'épouser ! répliqua-t-elle, furieuse. Je le déteste.

— Tu détestes tous les hommes.

— Ce n'est pas vrai.

— Tous tes prétendants, si tu préfères. Tu devrais pourtant être mariée depuis longtemps, avoir d'ores et déjà des enfants.

— Pas lord William !

Celui-ci avait certes fière allure, il ne manquait ni de séduction ni d'intelligence. Mais il méprisait la terre entière : paysans, domestiques et seigneurs. Il les traitait tous comme s'ils n'étaient là que pour le servir. Il dissimulait au fond de ses yeux noirs, emplis d'arrogance, des secrets redoutables qu'Apryll ne se risquerait pas à dévoiler.

— Alors pourquoi pas...

— Tais-toi ! ordonna-t-elle. Il est inutile de me rappeler le nom de tous les lords qui daigneraient me prendre pour épouse et sauver Serennog. Je ne les connais que trop !

Le feu fumait, la pluie s'infiltrait par les lézardes du plafond, s'écoulait le long des murs et entre les pierres du sol pour y former de véritables mares qui, à chaque averse, s'élargissaient davantage.

— Je sais que tu ne veux pas les épouser, voilà pourquoi je te propose une autre solution, déclara Payton d'un ton radouci.

Il posa sur l'épaule d'Apryll une main rassurante, fraternelle. Ce geste affectueux était sans doute sincère, cependant la jeune femme n'ignorait pas que Payton avait ses propres raisons pour comploter contre Black Thorn.

Le vent se faufilait dans le donjon, il gémissait tel un nourrisson abandonné dont la plainte vous fendait l'âme. Les sombres prédictions de Payton étaient hélas justes. Bientôt l'épidémie qui n'avait encore frappé que quelques malheureux dévasterait le château et le village. Ceux qui auraient la force et la chance d'y survivre auraient ensuite à lutter contre la disette.

— Écoute-moi, Apryll, tu as un devoir sacré : prendre soin de tes gens, les protéger.

Apercevant un page caché dans un coin, il claqua des doigts.

— John, apporte-nous du vin. Et qu'il soit chaud, nous sommes gelés jusqu'aux os.

Apryll fronça les sourcils. Semblable exigence, au beau milieu d'une discussion désespérante, lui paraissait frivole ; il eût été plus sage de conserver le vin, ce précieux breuvage.

— Tous nos ennuis viennent de Black Thorn, reprit Payton. C'est son armée et son lord qui nous ont précipités dans cette épouvantable situation. Leur rendre la pareille n'est que justice.

Elle dévisagea son demi-frère et se demanda jusqu'à quel point la haine le rongeait. Son regard, d'ordinaire aussi clair que l'azur, avait la couleur d'un ciel d'orage.

— Il me semble que c'est plutôt de la vengeance, dit-elle.

Il agita une main impatiente.

— Je te le répète, tu as des obligations envers tes sujets. Je vois donc les choses ainsi : tu épouses un riche lord ou tu acceptes mon plan et tu y participes.

Elle se laissa tomber sur un siège près du feu. Elle avait un goût de bile dans la bouche.

— Si j'acceptais ton plan, je devrais me procurer de quoi me vêtir... une belle robe, des bijoux... et il faudrait que je sois conviée à Black Thorn.

— J'ai déjà songé à tout cela.

— Vraiment ?

Elle découvrait chez son frère une facette subtile et implacable qu'elle ne soupçonnait pas. Elle avait intérêt à avancer ses pions prudemment.

— Oui, et j'ai tout trouvé, hormis l'invitation, laquelle ne sera pas nécessaire.

— Trouvé ? rétorqua-t-elle avec un rire sans joie. Tu as trouvé une robe ? Tu m'expliques que nous n'avons plus de grain pour le bétail, presque plus de nourriture, pas même assez d'étoffe pour faire un tablier à la cuisinière, et maintenant tu prétends disposer de vêtements et de bijoux dignes des fêtes au château Black Thorn ?

Elle secoua la tête.

— À présent, j'en suis sûre. Tu as perdu l'esprit, Payton.

— Non, crois-moi. Il reste quelques trésors dans ce château. Surtout la robe et les joyaux que notre mère portait le jour de ses noces. Ils avaient été soigneusement enveloppés avec des herbes et des fleurs séchées, puis cachés au plus profond de la crypte, ce qui les a préservés des rats, des mites et de la poussière.

— Et tu les as découverts par hasard.

— Le père Hadrian m'y a aidé.

Elle fit la moue. Le jeune religieux était récemment arrivé au château. Très pieux en apparence, il débordait d'une bonté qu'Apryll jugeait quelque peu forcée. Elle n'était pas certaine d'avoir confiance en lui. Quelque chose chez cet homme sonnait faux.

— Même si j'avais la parure que...

— Tu l'as.

— Eh bien, montre-la-moi, que je la voie de mes yeux et... Non, c'est de la folie ! Il doit y avoir un autre moyen.

Dépouiller le lord de Black Thorn ne servirait qu'à attirer la foudre sur leurs têtes, à les enfoncer davantage dans le malheur.

Payton poussa un soupir irrité, ôta lui aussi sa cape et s'assit devant l'âtre.

— J'ignore lequel. Je sais seulement que nous avons très peu de temps devant nous.

Comme pour mieux illustrer ces paroles, un domestique, non loin, fut pris d'une terrible quinte de toux. On eût dit que ses poumons se déchiraient dans un râle atroce qui semblait résonner d'un bout à l'autre du donjon.

— Geneva a eu une vision...

— Ah non, tais-toi ! Je refuse d'ajouter foi aux prophéties d'une femme qui affirme s'entretenir avec les esprits, qui jette des sorts et s'adonne à la magie noire !

Apryll se signa ; en vérité, malgré sa bonté, la sorcière lui faisait peur.

— Geneva n'a-t-elle pas prédit la mort du fils du meunier ?

Le pauvre garçon s'était effectivement noyé près du moulin, au printemps dernier.

— N'avait-elle pas aussi prédit que le père Benjamin deviendrait aveugle ? insista Payton.

C'était après cela que l'on avait envoyé à Serennog le père Hadrian.

— Oui, oui… Mais je ne vois là que la main du hasard.

— Je ne suis pas de cet avis.

John, le page aux cheveux hérissés sur le crâne comme des brins de paille sale, reparut avec un pichet et deux coupes qu'il remplit de vin.

— Le père Benjamin lui-même, qui est pourtant un saint homme, a reçu de Dieu le don de discerner l'avenir, poursuivit Payton en chassant le page d'un geste autoritaire. Or Geneva a vu que Serennog connaîtrait à nouveau la prospérité.

— Grâce à ton plan contre Black Thorn ?

— Oui.

Payton croisa les jambes et but une lampée de vin. La lueur des flammes se reflétait dans son regard, accentuait le pli dur qui marquait le coin de ses lèvres.

— Tu ne me dis pas tout, mon frère.

— Peut-être.

— Qu'y a-t-il encore ?

Il hésita, contempla sa coupe.

— Si je dois participer à ce complot, y jouer un rôle, j'exige de tout savoir.

— Bien, rétorqua-t-il en reposant sa coupe sur le bois éraflé d'une petite table placée entre eux. Geneva…

Il soupira, serra le poing, comme s'il était incapable d'exprimer sa pensée.

— Tu es là, Geneva ?

Apryll sentit un frisson courir le long de son échine. Elle eut l'impression que le souffle de Satan l'effleurait.

Marchant sans le moindre bruit, Geneva contourna le pilier derrière lequel elle s'était dissimulée pour écouter leur discussion – sur l'ordre de Payton, probablement.

Grande et mince, vêtue d'une robe d'un vert fané,

elle fixa sur Apryll ses yeux aussi clairs que de l'eau. La plus parfaite sérénité se lisait sur son visage. Sa peau était si blanche, si lisse qu'elle paraissait transparente.

— Milady...

Elle ébaucha une révérence, puis se tourna vers Payton.

— Vous deviez lui révéler la vérité, sir Payton, déclara-t-elle d'une voix douce, mélodieuse, teintée d'une note de reproche.

Il déglutit avec difficulté, baissa le nez.

— Qu'y a-t-il ? demanda Apryll.

Un nouveau frisson, glacé, la saisit. Elle savait déjà que ce que la sorcière avait à dire serait pour elle un coup terrible.

Comme Payton gardait le silence, elle s'adressa à Geneva.

— Parle. Qu'as-tu vu ?

Geneva planta son regard limpide dans celui de la châtelaine.

— Pour que la paix et la prospérité reviennent à Serennog, vous épouserez le lord de Black Thorn.

Apryll eut le sentiment que son sang se figeait. Le dégoût lui tordait le ventre sitôt qu'elle songeait au puissant et ténébreux seigneur, aux rumeurs dont il était l'objet. Cruel, dénué de cœur, redouté de tous, lord Devlynn de Black Thorn était réputé dans le pays de Galles pour sa volonté inflexible.

— Il a tué sa première femme et l'enfant qu'elle portait !

— Nul n'en a la preuve, rétorqua Geneva, impassible.

— Et je devrais l'épouser, malgré ce qu'on raconte de lui ! s'insurgea Apryll. Payton... tu le savais ?

Il répondit par un brusque hochement de tête.

— Vous n'avez pas le choix, reprit Geneva avec une tranquille et effrayante conviction.

Elle avança d'un pas. Apryll eut un mouvement de recul ; elle craignait toujours de s'engloutir dans le regard pâle de la sorcière.

— C'est le destin, milady. Votre destinée.

1

Forêt de Black Thorn

— Joyeux Noël, murmura lord Devlynn.

Il jeta une branche de gui sur la tombe où son épouse et son enfant à naître étaient enterrés. Le remords et l'amertume déferlèrent dans son âme. Il demeura immobile devant la pierre grise. Ses doigts, au fond de sa poche, effleurèrent les grains de son chapelet, mais il ne put dire aucune prière pour implorer le pardon de Dieu.

L'âpre vent de décembre, qui annonçait la neige, balayait le flanc de la colline. L'herbe givrée crissait sous les bottes de lord Devlynn. Son frère attendait, monté sur un cheval bai, les mains jointes sur le pommeau de sa selle. Une expression d'ennui se lisait sur un visage que la plupart des femmes du domaine jugeaient séduisant.

— Viens donc, *milord,* lança Collin d'un ton narquois. Il est grand temps de chasser les fantômes et de laisser les morts en paix. Il est grand temps de vivre. Que cela te plaise ou non, c'est Noël, bientôt les invités se presseront au château pour se divertir.

Il adressa à son frère ce sourire malicieux qui avait fait fondre plus d'une jeune servante.

— Il faut oublier le passé, s'enivrer, trousser quelques jupons et s'amuser.

— Vraiment ?

— Mais oui. Allons, viens. Tu apprécies peut-être les sermons de notre charmante sœur, toutefois, pour ma part, je serais heureux de me priver de ce plaisir exquis, ne fût-ce que pour ce soir.

— Va devant, je te suis.

— Non, tu...

— J'arrive, te dis-je! Demande à Miranda de me préparer du vin chaud.

Collin hésita, tourna les yeux vers le ruisseau et la forêt qui tapissait la colline que couronnait le château de Black Thorn, une imposante forteresse de pierre dont les tours semblaient toucher les cieux. Les portes principales étaient ouvertes, le pont-levis baissé, la herse levée. En haut des remparts, les étendards frappés du blason noir et or claquaient au vent.

— Eh bien, à ta guise. Après tout, tu es le maître.

— Et je te conseille de ne pas l'oublier.

Devlynn essayait de plaisanter, mais il y avait tant de tristesse dans sa voix que Collin le dévisagea avec pitié, avant d'éperonner sa monture et de s'élancer au galop, sa pelisse doublée de fourrure flottant derrière lui. Les sabots du cheval martelaient bruyamment le sol durci par le gel. Un faucon, surpris par ce fracas, s'envola et, déployant ses larges ailes, fila comme une flèche vers la forêt.

Devlynn regarda son frère traverser le ruisseau puis disparaître dans un épais bosquet de chênes aux branches nues. Il attendit que le silence revienne, retourna se camper devant la tombe. Ses mâchoires étaient serrées au point qu'il en avait mal.

Oui, il était temps de se libérer de la souffrance. Retirant l'un de ses gants, il glissa la main sous sa pelisse, chercha le ruban noir qu'il avait porté au bras durant des années, en mémoire de la tragédie qui avait ôté la vie à son épouse et à son enfant – le signe visible du remords à jamais gravé dans son cœur.

— Adieu, murmura-t-il. C'est fini...

Il arracha le ruban, le laissa tomber dans l'herbe roussie. Les premiers flocons de neige tombaient, lorsqu'il rejoignit sa propre monture et, souplement, se mit en selle. Hanté par des pensées aussi sombres que la nuit qui approchait, il tira sur les rênes de l'étalon gris au large poitrail.

— Au galop, démon ! grommela-t-il.

Il descendit à vive allure la pente de la colline. À quelques mètres du ruisseau, le fier destrier banda ses muscles. Son cavalier retint son souffle. Les fantômes étaient là, ils flottaient au-dessus de l'eau tourbillonnante, des rochers entre lesquels se formaient des plaques de glace. Le cheval franchit l'obstacle d'un seul élan, et Devlynn se sentit soulevé par un intense sentiment de puissance et de liberté.

Cette nuit, il enterrerait tous ses souvenirs de son épouse et de son enfant. Grâce à Dieu, il avait encore un fils.

Un imperceptible sourire étira sa bouche, comme chaque fois qu'il pensait à son garçon. Fort et intelligent, Yale aurait bientôt dix ans. Il était aussi habile à manier la dague et l'arc qu'à jouer aux dés. Astucieux, obstiné, il n'hésitait pas à chercher querelle au prêtre du château, à défier ses professeurs, et échappait souvent à la surveillance de sa gouvernante. Il chevauchait à cru les montures les plus rapides, seul dans la forêt. Il n'avait pas son pareil pour grimper à un arbre ou à une corde, même les plus agiles chevaliers ne pouvaient rivaliser avec lui. Son intrépidité était telle qu'il n'avait aucun sens du danger.

En vérité, ce garçon était pour son père une source d'inquiétude, mais il était aussi son orgueil et sa joie. Il avait résolu de garder Yale ici, au château, plutôt que de l'obliger à être page chez un autre lord, et il était sûr d'avoir pris la bonne décision.

Un jour, Yale serait le maître de Black Thorn.

Devlynn n'aurait que son fils unique pour héritier, il ne se remarierait pas.

Quelques heures après, la sensation de froid qui l'avait pénétré jusqu'aux os durant sa chevauchée dans la forêt commença enfin à se dissiper. D'énormes bûches flambaient dans la cheminée de l'immense hall illuminé par des centaines de bougies, où s'achevait le banquet.

Les convives avaient applaudi le clou du festin – une hure de sanglier garnie de laurier, avec une grosse pomme dans la gueule, que les domestiques avaient apportée sur un gigantesque plateau d'argent et fait circuler dans la salle. On avait également dégusté anguilles, saumons, faisans et grues rôtis.

Le vin coulait à flots. Les rires cascadaient. Les musiciens faisaient danser les dizaines d'invités, tous somptueusement vêtus et parés de joyaux, qui buvaient et s'amusaient comme s'ils n'avaient jamais eu le moindre tracas de toute leur existence. Devlynn ne connaissait pas la moitié d'entre eux.

Le lord de Black Thorn était indifférent à la gaieté générale. Installé à la table d'honneur en compagnie des membres de sa famille, il ne prêtait aucune attention aux appétissantes damoiselles qui s'efforçaient pourtant d'attirer son regard.

— Tu fais palpiter bien des cœurs, lui dit Collin, son frère, lorsqu'on eut emmené Yale – qui ce soir, contrairement à son habitude, avait failli s'endormir le nez dans son assiette – se coucher. Tu n'as qu'à tendre la main pour cueillir ces fleurs-là.

— Je te les laisse, rétorqua Devlynn, ordonnant d'un geste à un page de lui remplir sa coupe. Toutes.

— Beaucoup de ces délicieuses créatures n'ont d'yeux que pour toi.

Seulement parce que je suis le lord, pensa Devlynn. Les femmes ambitieuses ne lui inspiraient que du mépris. Avec brusquerie, il prit sa coupe et but une grande lampée de vin. Il était las de cette fête et avait hâte qu'elle se termine. Soudain, il entendit Violet, sa tante, chuchoter d'un ton extasié :

— Par tous les saints, voici un ange.

Il tourna à demi la tête vers elle, s'aperçut qu'une expression éblouie s'était peinte sur le visage de la vieille dame, que ses lèvres tremblaient. Vivement, elle traça le signe de la croix sur son ample poitrine qui saillait sous le velours de sa robe. Elle paraissait plutôt vouloir chasser le démon qu'accueillir un messager céleste.

Devlynn, irrité, avala une autre gorgée de vin.

Violet avait toujours vu esprits et fantômes. À présent, elle guettait sans relâche une intervention divine, un miracle capable de défaire la chape funeste qui, selon elle, pesait sur les épaules du lord de Black Thorn.

Des fadaises.

La fille de Miranda, la sœur de Devlynn, courait comme cabri autour de la table en piaillant de joie.

— Calme-toi, Bronwyn, ou je te mets au lit, la tança Miranda.

— Oh non, mère, pas encore ! s'écria la petite friponne, ses boucles brunes dansant autour de sa frimousse de fillette de huit ans, rose de plaisir. Je m'amuse trop !

— Il est tard, prépare-toi à suivre Nounou.

— Où est Yale ?

— Il est déjà couché, répondit Miranda, sévère. Et toi, tu devrais l'être aussi.

— Il est couché ? s'étonna Bronwyn. Cela ne lui ressemble pas, il ne veut jamais aller dormir.

— En effet, admit Devlynn qui se demanda à nouveau, soucieux, si son garçon ne couvait pas quelque maladie.

— Peut-être qu'il a fait seulement semblant. Peut-être qu'il est en train de se sauver du château. Il l'a déjà fait !

— Non, la fête et le bruit l'ont fatigué, déclara Miranda. Il ne tenait plus debout.

Bronwyn, comprenant qu'elle risquait d'être emmenée dans sa chambre sans plus tarder, battit en retraite et courut rejoindre une servante qui portait, sur un plateau, des œufs à la neige et des tartes.

— Violet a raison. Quelle beauté ! murmura Collin qui fixait un point dans le hall.

— Pour toi, mon frère, toutes les femmes sont des beautés, grommela Devlynn.

Il acheva de vider sa coupe, s'essuya la bouche d'un revers de main. Il s'ennuyait tant que, sans le vouloir, il fouilla la foule des yeux.

Ce fut alors qu'il l'aperçut.

Il sut aussitôt que c'était elle, « l'ange » dont parlait sa tante. Et il n'était pas impossible que la vieille dame, dont la raison s'égarait si souvent, fût effectivement dans le vrai pour la première fois en soixante-dix années, que l'inconnue fût un être céleste descendu tout droit du paradis.

Elle ne ressemblait assurément à aucune des femmes que Devlynn avait croisées sur son chemin.

Grande et svelte, elle évoluait parmi les convives avec une grâce aérienne. Sa robe immaculée était brodée de fils d'or et d'argent, ses cheveux couleur de miel s'ornaient de rubans également or et argent. Elle avait un teint de lait, de hautes pommettes délicatement rosées, des yeux d'ambre où semblait se refléter la flamme des bougies.

Devlynn sentit son cœur bondir dans sa poitrine. Il se traita de fou, reprit du vin.

Qui diable était-elle ?

— Tu ne m'avais pas prévenu que tu avais invité une créature divine, lui dit Collin, narquois.

— Je l'ignorais.

Il ne pouvait détacher son regard de ce visage resplendissant. Dieu du ciel, il avait de la peine à respirer !

— Je crois que je vais lui demander une danse.

Repoussant son siège, Collin se campa devant son frère, comme pour le défier. Depuis quelque temps, il avait un étrange comportement. Il était nerveux, toujours prêt à se quereller avec son aîné.

Une jalousie cuisante envahit Devlynn, qu'il se garda bien de montrer. Tous ses muscles se contractèrent, pourtant, tandis qu'il observait Collin qui s'approchait de l'inconnue et, après avoir échangé quelques mots avec elle, se mettait à danser.

Elle souriait, radieuse, glissait tel un cygne sur l'eau d'un lac. Dans les bras de Collin.

Le souffle court, Devlynn feignait d'écouter la conversation de ses proches. Il buvait, une coupe après l'autre, les yeux rivés sur l'inconnue qui tournoyait, pareille à un lys blanc au milieu des lords et des ladies vêtus de grenat, d'émeraude, de violet.

Lorsque la danse s'acheva, Collin la salua très bas. Elle inclina la tête, puis prit la main que lui tendait un chevalier bâti comme un ours. Un instant, Devlynn crut qu'elle jetait un regard furtif dans sa direction. Mais son cavalier lui parlait, et avec un rire cristallin elle se remit à danser.

Collin revint à la table, saisit sa coupe et poussa un soupir.

— Un ange, sans nul doute. Pas aussi pur, toutefois, qu'on pourrait le penser.

— Comment le sais-tu ?

— Crois-moi sur parole, mon frère, je connais les femmes. Celle-ci a trop d'esprit pour ignorer le péché.

— Tais-toi, mécréant ! gronda Violet.

Devlynn continuait à boire, indifférent aux farces d'un bouffon qui s'échinait à le dérider. Il s'interrogeait. Qui était-elle, pourquoi ne l'avait-il jamais rencontrée, par qui avait-elle été conviée au château ?

— Je n'ai pas compris son nom, dit Collin, comme s'il lisait dans les pensées de son aîné. À la prochaine danse, peut-être.

Il allait s'éloigner, quand Devlynn le retint.

— Non, c'est mon tour, déclara-t-il, ce dont il fut le premier surpris.

— Ah... tu n'es donc pas fait de pierre ? Voilà qui me réjouit, ricana Collin.

Devlynn se leva et, répondant au passage aux bons vœux des convives qui s'écartaient devant lui, se dirigea vers la cheminée près de laquelle se tenait la jeune femme. Il n'était pas le seul à l'avoir remarquée. Beaucoup d'hommes la couvaient d'un regard admiratif.

— Madame... dit-il quand il fut tout près d'elle.

Elle inclina la tête.

— Lord Devlynn...

Les premières notes, égrenées à la harpe, d'un nouvel air retentirent.

— Me ferez-vous l'honneur de m'accorder cette danse ?

Elle sourit, ses lèvres pulpeuses découvrant des dents nacrées, accrocha à ceux de Devlynn des yeux limpides, qui avaient néanmoins une troublante et mystérieuse profondeur.

— Oui, milord, avec grand plaisir. Si vous ne me l'aviez demandé, je l'aurais fait moi-même.

— Seriez-vous à ce point audacieuse ? rétorqua-t-il, surpris.

Il eut l'impression que le sourire lumineux de l'inconnue se voilait.

— Au point d'aborder le maître du château ? Mais oui, assurément.

Qui était-elle pour se montrer si peu farouche ?

— Et si je vous avais opposé un refus ?

— Eh bien, j'aurais prié votre frère de me faire danser.

Il la prit dans ses bras. Elle était aussi souple qu'un roseau, et si légère que ses pieds semblaient ne pas toucher le sol.

— Lui n'aurait pas refusé, ajouta-t-elle.

Devlynn en était certain. Il sentait dans son dos que Collin l'observait.

— Qui êtes-vous ?

— Vous ne le savez pas ? répliqua-t-elle d'un ton moqueur.

Le rythme de la musique s'accélérait, vif et entraînant. Il y avait des années que Devlynn n'avait pas dansé, qu'il n'en avait pas éprouvé l'envie. Mais cette femme suivait ses mouvements à la perfection. Quand leurs deux corps s'écartaient, ses yeux ne quittaient pas les siens, puis l'étoffe soyeuse et chatoyante de sa robe le frôlait à nouveau. Elle embaumait la rose et la lavande. Elle avait une façon de pencher la tête de côté qui était presque un défi, comme si sous le masque charmant et souriant qu'elle affichait se dissimulait une âme rebelle, farouche.

Pour la première fois depuis la mort de son épouse, le lord de Black Thorn sentait le désir lui fouetter le sang, ranimer une part de son être depuis longtemps en sommeil.

Il brûlait de baiser le long cou gracile de cette jeune femme. Quelle folie ! Il avait trop bu et trop écouté Collin qui lui avait répété toute la journée de profiter de cette nuit pour oublier le passé. Il allait se ressaisir.

Pourtant, quand son regard se posait sur le décolleté de la robe, où se devinaient des seins ronds et crémeux, son cœur s'emballait, une faim qu'il avait crue à jamais éteinte s'emparait de lui.

Elle possédait une beauté étourdissante, pure et ensorcelante à la fois. Et elle soutenait son regard comme si elle savait exactement à quoi il songeait.

Seigneur, il voulait cette femme !

Il voulait la prendre dans ses bras, gravir les marches de l'escalier menant à ses appartements privés, déchirer la robe blanche et étreindre son corps nu, l'écraser de tout son poids.

Cesse donc de divaguer ! se gourmanda-t-il, furieux.

— Nous ne nous sommes jamais rencontrés, déclara-t-il. Je ne vous aurais pas oubliée.

— Moi non plus, rétorqua-t-elle et, cette fois, il n'y avait plus la moindre trace de coquetterie dans ses paroles. Je suis Apryll de Serennog.

Elle avait prononcé ce nom comme s'il devait rappeler quelque chose à Devlynn, or il n'évoquait pour lui qu'une vague image d'un château dont on disait qu'il tombait en ruine, d'un donjon prétendument hanté, d'un domaine jadis prospère qui, sous la houlette de cette jeune femme, avait sombré dans la misère.

Néanmoins elle était là devant lui, sublime dans une somptueuse robe, étincelante de bijoux, apparemment insouciante.

Au tréfonds de lui, la voix de la raison lui soufflait de se méfier, mais la séduction, le charme de cette fée agissaient si fortement sur lui qu'il jeta toute prudence par-dessus les moulins.

Au diable les soupçons, la maîtrise de soi !

Cette nuit, il lâcherait la bride à son désir. Il mettrait cette belle dame dans son lit.

2

Payton, accroupi dans un recoin obscur de la tourelle, écoutait le brouhaha de la fête, la musique et les rires qui résonnaient dans la nuit claire. Il avait profité de ce que les sentinelles sommeillaient, ou jouaient aux dés, ou encore sirotaient de la bière et du vin pour se glisser dans la forteresse.

Furtif comme une ombre, il avait visité les écuries, les étables, les bergeries et les porcheries du château. Il avait vu les puissants étalons, les moutons à la magnifique toison, les cochons bien gras qu'elles abritaient. Oui, on ne manquait de rien à Black Thorn.

Un nuage masqua la lune. Payton se redressa, scrutant le paysage nocturne balayé par le vent. Il eût certes été beaucoup plus aisé d'assassiner Devlynn à l'extérieur, pendant qu'il chassait dans la forêt. Mais non… on en ferait alors un martyr, un saint.

Et sa mort serait trop rapide, trop douce.

Payton ne pourrait pas savourer sa vengeance, or c'était de vengeance qu'il avait faim. Les trésors d'un domaine prospère, les marques de sa richesse, étaient pour lui secondaires. Vaincre le lord de Black Thorn, le regarder souffrir, devenir un objet d'opprobre – tel était l'objectif de Payton.

Son entreprise était déjà en bonne voie.

Il s'en délectait, en savourait chaque seconde. S'introduire dans la forteresse avec ses complices, y retrouver les traîtres qui, comme lui, voulaient la chute de Devlynn, attendre le moment de frapper lui causait un immense plaisir.

Il baissa le regard vers le garde étendu à ses pieds. Une proie facile dont il n'avait eu aucune peine à se débarrasser. Ses compagnons étaient eux aussi en position.

À cet instant, il entendit le hululement d'une chouette. Un sourire mauvais joua sur ses lèvres. C'était le signal. Tout était prêt. Les félons, à l'intérieur du château, avaient fait en sorte que, ce soir, Payton soit vainqueur. Il n'avait plus qu'à descendre quelques marches et assouvir sa vengeance.

Il pensa aux réserves vides de Serennog, aux bêtes squelettiques survivantes de troupeaux naguère nombreux. La fureur le saisit. Devlynn de Black Thorn paierait, songea-t-il, en enjambant le corps inerte du garde. Et il paierait très cher.

— Ma sœur vous aurait conviée ? demanda Devlynn qui creusait sa mémoire, en quête de quelques bribes de souvenirs concernant Serennog et sa châtelaine. Pardonnez-moi, mais je ne me rappelle pas que Miranda m'ait parlé de vous.

— Devrais-je être offensée ? Rassurez-vous, cela importe peu. En vérité, elle ne me connaît pas. Je suis venue ici sans invitation.

Il remarqua la veine bleutée qui palpitait au creux du cou de la jeune femme.

— Et sans escorte ? s'étonna-t-il, en proie à nouveau au sentiment que quelque chose n'allait pas – et s'accusant aussitôt d'être trop soupçonneux.

— Je n'en avais nul besoin.

Elle mit sa main fine dans celle de Devlynn, ainsi que l'imposaient les figures de la danse, s'écarta, virevolta avec grâce, se rapprocha de lui.

— J'avais entendu dire que les portes de Black Thorn étaient grandes ouvertes pour les fêtes, aussi ai-je décidé de m'inviter moi-même.

— Vous avez eu raison. Tout le monde est le bienvenu chez moi.

— Même les créatures étranges ?

Une lueur malicieuse brillait dans ses yeux d'ambre. Devlynn contemplait fixement ses lèvres, il se disait qu'elles devaient avoir un goût de miel.

— Vous n'êtes pas étrange.

— Vraiment ?

— Vous n'avez pas surgi de la brume qui flotte sur la rivière ni des nuages dans le ciel.

— Et je le regrette !

Elle éclata d'un rire léger, suave, qui le fit frissonner, toucha les tréfonds les plus figés de son âme emplie de ténèbres.

Elle observait l'immense salle, le balcon où étaient installés les musiciens, la table d'honneur éclairée par d'énormes cierges, les serviteurs qui se hâtaient.

Un chanteur entonna une ballade de sa voix mélodieuse, et Devlynn sentit une bouffée de bonheur lui dilater le cœur. Les charmes de la femme qu'il tenait dans ses bras…

Bam ! Bam ! Bam !

Il se raidit.

La musique s'arrêta.

Les conversations s'interrompirent.

Tous les regards se tournèrent vers les portes.

— Qui va là ? tonna Devlynn.

— Ce n'est que moi, le Père Noël, répondit une voix grave.

— Eh bien, entrez !

Il adressa un signe de tête au garde qui ouvrit les battants. Précédée par une rafale de vent glacial où tourbillonnaient des flocons de neige et au son des trompettes, une troupe de saltimbanques, de villageois et de paysans déguisés apparut.

Les enfants poussèrent des cris d'allégresse, les convives se rassemblèrent pour assister au spectacle et admirer le dragon bariolé, formé de huit hommes cachés sous des couvertures, dont le premier portait la tête gigantesque du monstre. Tous, de même que les paysans, s'inclinèrent très bas devant Devlynn.

Celui-ci remarqua que lady Apryll avait pâli. Peut-être, pensa-t-il, parce que l'un des saltimbanques l'avait saluée comme si elle était la suzeraine.

— Vous avez un... un magnifique domaine, lord Devlynn, dit-elle sourdement, observant le dragon qui serpentait dans le hall, derrière le Père Noël, pour la plus grande joie des petits et des grands.

— Et qu'en est-il de Serennog ?

Une ombre voila le regard de la jeune femme.

— Serennog est beaucoup plus modeste.

— N'en êtes-vous pas la maîtresse ?

— Si, depuis que mon père est mort, il y a quelques années.

Elle lui sourit à nouveau, mais son sourire était moins éclatant qu'auparavant. Elle ne cessait de lancer des coups d'œil anxieux autour d'elle.

— Vous pourriez donc dire de moi que je suis le lord de Serennog, ajouta-t-elle.

— Cette idée ne me viendrait pas, rétorqua-t-il en riant.

Elle était intelligente, pleine d'esprit et d'audace. Et si mystérieuse.

— Comment se déroulent les fêtes dans votre château ? demanda-t-il.

Était-ce son imagination ? Il lui semblait que sa question avait touché un nerf sensible.

— C'est... c'est mon frère qui se charge de les organiser.

— Vous avez un frère, mais il n'a pas le titre de lord ?

— Il n'est pas du sang de mon père, répondit-elle d'un ton grave.

— Ah... un bâtard.

Comme si elle n'avait pas entendu ce commentaire, elle désigna le dragon.

— Quoi qu'il en soit, nos fêtes ne peuvent se comparer aux vôtres qui sont... grandioses.

Les saltimbanques et le Père Noël quittèrent bientôt le donjon. Sur leur balcon, les musiciens se remirent à jouer, le chanteur reprit son luth.

Devlynn attira la lady de Serennog contre lui, l'entraînant d'une main ferme dans la danse. Quand la ballade s'acheva, elle tenta de se dégager, mais il l'en empêcha.

— Venez donc à ma table.

— Oh non, ce n'est pas ma place !

— Puisque je vous y invite, insista-t-il, tout en se traitant de fou.

Cette créature, malgré son apparence éthérée, était faite de chair, se disait-il. Sa nature effrontée la rendait certes fascinante, ce qui ne signifiait pas qu'elle fût digne de confiance.

— Venez, répéta-t-il pourtant.

— Je...

— Ne refusez pas.

Rougissante, elle le suivit tandis qu'il se frayait un chemin parmi les convives qui, pour la plupart, le dévisageaient avec stupéfaction. Depuis la mort de lady Glynda, en effet, jamais on n'avait vu le lord de Black Thorn en galante compagnie ; jamais on ne l'avait vu convier une femme à sa table.

Sans savoir pourquoi, il prit la main de lady Apryll, entrelaça ses doigts aux siens, comme s'il craignait qu'elle ne s'enfuie.

Lorsqu'ils eurent atteint l'estrade où était dressée la table d'honneur, il déclara :

— Puis-je vous présenter lady Apryll de Serennog ? Voici lady Miranda, sir Collin, ma sœur et mon frère.

Collin, nonchalamment adossé à son siège, les sourcils arqués, détailla Apryll de pied en cap. Puis il se leva, se pencha pour lui baiser la main.

— Nous avons fait connaissance tout à l'heure, mais, par malchance, je n'avais pas bien compris votre nom. Soyez la bienvenue à Black Thorn.

À nouveau, Devlynn crut percevoir une ombre dans le regard de la jeune femme, comme si la familiarité de Collin lui déplaisait.

— Peut-être me garderez-vous une danse ? poursuivit Collin.

— Mais bien sûr.

Là, Devlynn sentit les muscles de sa nuque se tendre, ainsi que cela se produisait quand il se préparait à combattre.

Miranda, aimable pour une fois, se redressa lentement et sourit à Apryll. Presque aussi grande que ses frères, elle était majestueuse et intimidante, dotée d'une large figure et d'une langue venimeuse.

— Je vous souhaite également la bienvenue, déclara-t-elle.

— Merci, répondit Apryll en inclinant la tête. Je suis honorée de vous rencontrer.

Devlynn continua les présentations.

— Et voici ma tante, Violet.

Celle-ci fixa Apryll de ses yeux bizarrement opaques.

— Enchantée, enchantée, marmonna-t-elle, mais… vous dites que vous êtes la lady de Serennog ?

— En effet, rétorqua Apryll avec une certaine raideur.

— Mais… je pensais que ce château était abandonné depuis longtemps… parce que le lord était tombé en disgrâce… et que Serennog était peuplé de fantômes… à moins que…

Elle agita une main parcheminée.

— Oh, je dois me tromper ! Ma mémoire n'est plus ce qu'elle était. Soyez la bienvenue, mon enfant. Seigneur, vous êtes ravissante !

Les joues rouges, Apryll remercia ses hôtes et prit place sur le siège que Devlynn lui avançait.

— Vous avez une charmante famille, lui murmura-t-elle.

— Et encore, vous n'avez pas rencontré mon fils, répliqua-t-il avec fierté.

Apercevant Bronwyn, camouflée sous la table, il tendit le bras pour attraper sa nièce par la taille.

— Voilà le diablotin du château, dit-il en riant.

La fillette, gloussant de plaisir, frétillait comme un gardon pour échapper à son oncle.

— Je ne suis pas un diablotin !

— Non ? Alors tu es une sorcière ?

Après avoir lancé un clin d'œil à Apryll, il lâcha sa nièce.

— Oui, et je vais te jeter un sort, mon oncle ! s'écria-t-elle en se faufilant entre les bancs pour aller se réfugier dans le giron de sa mère.

— Notre Bronwyn est une maligne, dit Devlynn, hilare.

— Oui, elle le paraît, rétorqua-t-elle d'un ton doux.

Il lui proposa du vin qu'elle accepta et but à petites gorgées. Elle faisait assaut d'esprit avec lui, riait à ses plaisanteries, de ce rire clair qui le troublait tant, parlait de tournois, de chasses et de voyages aux confins du pays de Galles.

Comment aurait-il résisté à l'attrait de ce visage où la flamme des bougies allumait des reflets dorés ?

La nuit s'avançait, le vin produisait son effet et, quand ils se remirent à danser, il la serra plus étroitement dans ses bras. Elle était si légère, si souple. Il n'écoutait plus la voix de la raison qui lui commandait de se tenir sur ses gardes. Grâce à cette femme, cette enchanteresse, le soleil revenait dans son âme et dissipait le remords accablant qui l'avait si longtemps enténébrée.

— Pourquoi ne vous ai-je pas rencontrée plus tôt ? demanda-t-il, les yeux rivés à cette bouche tendre qu'il brûlait d'embrasser.

— Peut-être parce que je me cachais.

— À Serennog ?

— Ou dans les forêts qui entourent votre château. Il se pourrait que je ne sois pas ce que je parais être.

— Ça, je suis bien sûr que vous êtes une fée et que vous m'avez ensorcelé.

— Oh, lord Devlynn, mais comment pourrais-je vous ensorceler ? répliqua-t-elle avec un petit sourire insolent.

— J'ai peur que vous ne l'ayez pourtant fait.

— Allons, je n'ai pas ce pouvoir.

— Vous seriez surprise...

— Agréablement, j'espère ?

Son sourire le rendait fou. Oui, elle était bel et bien une enchanteresse.

Alors il cessa de résister à la magie qu'elle exerçait sur lui. Le sang bouillait dans ses veines, la sève de la vie montait en lui, grisante et exigeante. Il n'avait plus qu'un désir : la couvrir de caresses. Elle était l'innocence et le fruit défendu réunis dans un même corps exquis.

Il voulait posséder ce joyau. Quel qu'en fût le prix, et sans se soucier des conséquences. Pourquoi se l'interdirait-il ? N'était-il pas le seigneur, le lord de Black Thorn ?

Il sentit le regard entendu que Collin lui lançait et fut gêné que son frère devine si aisément les pensées qui l'habitaient. Collin n'était d'ailleurs pas le seul à l'observer.

Cela ne le freina pas. D'un geste presque brusque, il prit Apryll par la main et l'entraîna à l'écart de la foule, dans une alcôve obscure. Elle émit un rire nerveux, lorsqu'il referma ses bras autour de sa taille fine et s'empara avidement de ses lèvres.

Elle ne le repoussa pas.

Il eut l'impression qu'un feu ardent l'embrasait tout entier.

Elle laissa échapper un soupir, ferma les yeux. Elle tremblait sous les doigts de Devlynn qui couraient, fébriles, sur la robe neigeuse, se noyaient dans la chevelure blonde et soyeuse.

Ils étaient seuls au monde, serrés l'un contre l'autre dans l'ombre protectrice.

Peu à peu, elle répondit à son baiser, et il crut défaillir tant sa bouche était tendre, affolante.

Il se pressa contre elle qui ployait comme un jeune saule. Mais quand il effleura son sein rond, elle eut un tressaillement.

— Non… protesta-t-elle, haletante.

Elle le regarda et, soudain, il lut de la peur dans ses yeux.

— Dieu du ciel ! balbutia-t-elle. Je ne… non.

Elle secoua la tête, comme si elle cherchait à se convaincre elle-même.

— Lord Devlynn, dit-elle d'une voix grave, je… je ne suis pas celle que vous pensez…

— Et qui êtes-vous donc ?

Elle se détourna, visiblement en proie à une terrible incertitude.

— Peu importe. Oh, que je sois maudite ! ajouta-t-elle, véhémente.

À la stupeur de Devlynn, elle lui prit le visage et, se hissant sur la pointe des pieds, lui baisa les lèvres. Encore et encore. Comme si elle ne pouvait plus s'arrêter. De violents frissons la secouaient.

Elle était la tentation masquée sous une apparence virginale. Et lui en perdait la raison, tout son corps flambait de désir…

— Non ! répéta-t-elle dans un souffle.

Elle recula d'un pas. Elle semblait désemparée, honteuse.

— Non… je ne peux pas…

— Restez avec moi.

— Oh… non.

— Apryll, je…

— N'en dites pas davantage. Dieu du ciel… je ne suis qu'une folle !

Rougissante, elle détourna la tête, bredouilla :

— Pardonnez-moi, je… je voudrais… j'ai besoin de me rafraîchir. Si vous aviez la bonté de m'indiquer où je…

— Au bout du corridor, en haut de l'escalier.

— Je… je reviens, murmura-t-elle.

Elle pivota et faillit trébucher. Soulevant les plis de sa robe blanche, elle gravit les marches.

— Je vous attends ! lui lança-t-il avant qu'elle ne disparaisse.

3

Apryll monta les dernières marches en courant. Quelle folie, quelle épouvantable folie ! Pourquoi avait-elle accepté de participer au complot tramé par Payton pour assouvir sa vengeance ?

Le cœur battant à se rompre, elle s'élança dans les corridors de l'étage, un dédale où elle ne s'égara pas cependant. Par chance, elle ne rencontra personne. Elle atteignit une petite alcôve, où elle trouva, ainsi que Payton le lui avait dit, de quoi se changer : une tenue de chasseur.

De ses doigts tremblants, elle dégrafa les minuscules boutons de la robe immaculée dont sa mère, Rowelda, était parée le jour de ses noces.

Oh, mère, je vous demande pardon...

Prestement, elle revêtit la tunique de toile grossière, enfila le pantalon et les bottes, ramassa ses cheveux sous un chapeau. Puis, à tâtons, elle explora les tablettes de l'alcôve. Le poignard qu'elle avait confié à Payton n'était nulle part.

Et le temps passait. Le lord ne tarderait pas à s'impatienter et à se mettre à sa recherche.

Elle se glissa hors du renfoncement et longea le corridor, où des torches répandaient une faible lumière, et rejoignit Payton dans la chambre dont il lui avait indiqué l'emplacement.

Il portait sur ses épaules un jeune garçon inerte.

Dans un coin de la pièce, sur un lit étroit, une servante ronflait bruyamment.

— Qui est-ce ? demanda-t-elle.

Mais elle le savait déjà : cet enfant était le fils de lord Devlynn. Lui aussi était plongé dans un profond sommeil.

— Tu déraisonnes ? accusa-t-elle. Tu ne peux pas l'emmener.

Un homme pénétra dans la pièce – un chasseur de Serennog.

— C'est le moment, dit-il. Tout se déroule comme prévu.

Apryll jeta sur le sol la robe de mariée de sa mère.

— Eh bien, allons-nous-en. Mais tu laisses ce garçon ici.

Payton serra les dents, l'air mauvais.

— Il nous faut une monnaie d'échange.

La gouvernante aux formes plantureuses s'agita dans son sommeil, gémit, entrouvrit les paupières pour les refermer aussitôt.

— Partons, marmonna Payton. Vite.

— Pas avec lui ! protesta Apryll.

Elle pensait à Devlynn, si fier de sa famille, si tendre avec sa nièce.

— Nous n'avons plus le temps de discuter. Elle est sur le point de se réveiller, déclara Payton, désignant la domestique, et le lord va te chercher partout. Nous devons déguerpir.

— Non, Payton, je ne permettrai pas cela, rétorqua-t-elle d'un ton sec. Laisse ce garçon.

— Il faut partir, insista le chasseur.

Apryll s'approcha de Payton, planta son regard dans le sien.

— Ne me défie pas, mon frère, je suis encore la maîtresse de Serennog et je…

— Mais nous ne sommes pas à Serennog, riposta-t-il, rouge de colère. Nous nous en allons tout de suite avec le garçon, ou tu restes seule ici pour affronter

Devlynn. Si c'est cela que tu choisis, je te jure qu'il ne reverra jamais son fils. Et tu seras jugée responsable de sa disparition, ma chère sœur.

— Tu n'irais pas jusqu'à lui faire du mal.

— À condition qu'il ne me cause pas d'ennuis.

— Ce n'est qu'un enfant !

Il la repoussa rudement.

— Pressons-nous.

— Non, je ne…

Elle ne vit pas venir le coup. D'un revers de main, Payton la frappa au visage. Les mailles métalliques de son gant lui écorchèrent la joue, le sang coula.

Elle se jeta sur lui, résolue à lui arracher le garçon.

— Comment oses-tu ? Je suis la suzeraine et…

— Tu n'es qu'un poids mort, voilà ce que tu es.

Il la repoussa à nouveau. Elle chancela, trébucha et tomba sur la robe blanche qui gisait, pitoyable, sur le sol.

— Ma patience est à bout, grommela Payton en la regardant avec un insupportable mépris.

— Écoute la voix de la raison, supplia-t-elle en se redressant péniblement. Si tu commets un acte pareil, le courroux de Black Thorn s'abattra sur nous et dévastera notre domaine. Tu ne peux pas emmener ce garçon.

— Mais si, je le peux. Et je n'hésiterai pas. Voici le problème avec toi, ma sœur, tu refuses de faire ce qui doit être fait. Tu n'es qu'une rêveuse. Une femme stupide qui a laissé son château tomber en ruine et ses sujets crever de faim, parce qu'elle n'a pas cherché à se venger, qu'elle n'a pas la volonté ni le cran de se battre. Maintenant, hâte-toi de te décider : tu restes ou tu me suis, immédiatement.

Son précieux fardeau sur les épaules, Payton se rua hors de la chambre. Apryll, résignée, lui emboîta le pas.

Elle n'avait pas la force physique nécessaire pour s'opposer à Payton, mais elle avait assurément plus d'intelligence que lui. Et elle se jura de réparer le mal qu'il était en train de faire – avec son concours, hélas ! Si elle parvenait à s'enfuir avant que le lord ne la rattrape...

Devlynn tournait en rond au bas de l'escalier. C'était grotesque de s'être à ce point entiché de celle qui prétendait être la châtelaine de Serennog. Lui qui était demeuré chaste pendant trois longues années, sans même poser les yeux sur une femme, englouti dans le remords et le deuil. Il avait suffi que lady Apryll apparaisse pour tout bouleverser.

Pour la première fois depuis la mort de Glynda, l'image de son épouse s'effaçait de l'esprit de Devlynn.

Il entendit le chanteur, dans le hall, achever une ballade mélancolique, scruta le haut des marches. Elle n'était toujours pas là.

Lissant les plis de sa tunique, il s'accota au pilier autour duquel s'enroulait l'escalier. Des domestiques passaient devant lui, chargés de plateaux, des invités gravissaient les marches pour aller eux aussi se rafraîchir, les sentinelles se relayaient à leurs postes.

Toujours aucun signe de la belle dame.

Sois patient, se dit-il, quoique la patience n'eût jamais été son fort.

Une deuxième ballade se termina. Nerveux, Devlynn commençait à sentir le doute s'insinuer en lui. L'aurait-elle abandonné ?

Il attendit encore, tambourinant sur le pilier. Dans la salle on avait apporté une immense coupe pleine de grains de raisin arrosés d'eau-de-vie qu'on avait enflammée.

Le jeu consistait, pour les plus braves des convives, à essayer de saisir un grain, malgré la morsure du feu.

Les éclats de rire résonnaient à travers tout le château. Bronwyn, blottie contre sa mère, était à moitié endormie. Tante Violet, elle, sommeillait déjà. Collin, en revanche, ne semblait pas le moins du monde fatigué. Il buvait et s'esclaffait.

Devlynn entendit soudain des pas derrière lui et se retourna d'un bond. Ce n'était pas Apryll, mais sir Henry, un chevalier vieillissant à la tête déplumée.

— Vous ne participez pas au jeu, milord ?

— Une autre fois, répondit Devlynn d'un ton brusque.

Peut-être s'était-elle égarée ? Le donjon de Black Thorn était immense, ses corridors formaient un véritable labyrinthe...

Son exultation refluait, cédant la place à une sourde colère. L'aurait-elle délibérément laissé là, à se languir d'elle comme un page enamouré ?

Les poings crispés, il se campa sur le seuil du hall qu'il fouilla des yeux. Serait-elle redescendue par un autre escalier pour se fondre dans la foule ? Non, il ne l'apercevait nulle part.

— Aurais-tu perdu ta belle amie ? lui lança Collin, goguenard, en passant devant lui, une jeune femme boudeuse pendue à son bras.

— Non.

— Alors où est passé notre « ange », ainsi que le dit si justement notre chère tante Violet ?

— Elle est montée, elle va...

À cet instant, un cri strident retentit à l'étage.

Le cœur de Devlynn manqua un battement. Apryll était en haut.

Les musiciens et les invités se figèrent, ébahis.

— Mais qu'est-ce que... bredouilla Collin.

Sans un mot, Devlynn dégaina son épée et courut vers l'escalier qu'il gravit à toute allure, les talons de ses bottes claquant sur les marches de pierre. Collin et plusieurs gardes le suivaient.

Apryll ! songeait Devlynn, la gorge nouée. Il lui était arrivé malheur.

— Qui a bien pu hurler de la sorte ? demanda Collin tandis qu'ils atteignaient le premier étage.

— Je ne sais pas.

Brandissant son épée, Collin s'élança dans le corridor… et faillit renverser la gouvernante, une jeune domestique grassouillette et un peu niaise qui se précipitait à leur rencontre. Elle était pâle comme un spectre, les yeux agrandis de terreur.

— Milord… oh, par tous les saints, il a disparu ! s'écria-t-elle, se tordant les mains. Je ne comprends pas comment ni…

— Qui ? aboya Devlynn, mais il connaissait déjà la réponse – elle s'était imposée à lui en un éclair.

Son fils.

— Qui a disparu ?

Dieu fasse que ce ne soit pas Yale !

— Votre… votre garçon, balbutia-t-elle, les joues inondées de larmes. J'ai fermé l'œil un moment… un tout petit moment, je vous jure et je… Ô Seigneur…

Les gardes appelaient les renforts, la cloche sonnant le branle-bas retentit.

Devlynn courut vers la chambre de son fils. Les cendres rougeoyaient encore dans l'âtre. Le lit de Yale était défait… et vide.

On avait enlevé le fils du lord de Black Thorn, dans sa forteresse.

— Non ! rugit-il.

L'incrédulité et la rage lui coupèrent le souffle quand il vit, sur le sol, la preuve manifeste qu'il avait été trahi.

Car sur les dalles, souillée de sang frais, gisait la robe blanche et chatoyante que portait, quelques instants plus tôt, lady Apryll de Serennog.

4

— Où est mon fils ? dit Devlynn d'une voix sifflante.

Il se penchait vers la gouvernante qui avait pour tâche de veiller sur Yale, serrant et desserrant les poings pour s'empêcher d'étriper cette écervelée.

— Où est-il ?

— Je ne sais pas, avoua-t-elle, tremblante.

Elle paraissait hébétée, perdue, et sanglotait à fendre l'âme.

— Tu étais là, pourtant ! Je t'avais confié Yale.

Elle se jeta à ses pieds.

— Pardonnez-moi, milord, par pitié ! Je n'ai pas l'habitude de m'endormir de cette façon, mais je… je n'arrivais pas à garder les yeux ouverts et je… je ne me suis assoupie qu'un moment…

— Un moment de trop !

— Oui, oui… balbutia-t-elle, effondrée.

Elle ne leur serait d'aucun secours. D'un violent coup de pied, Devlynn écarta la robe ensanglantée. Il se repentait amèrement d'avoir été aussi confiant, d'avoir ouvert les portes du château et permis à des inconnus d'entrer chez lui. Quant à Apryll… si jamais elle lui tombait sous la main, il tordrait son joli cou de traîtresse.

Ces traînées rouges sur l'étoffe blanche l'effrayaient. Était-ce le sang de Yale ? Celui d'Apryll ? Cette pensée aurait dû le calmer. Mais non, au contraire, tout redoublait son angoisse et sa fureur : les mines gênées des soldats, les hoquets déchirants de la gouvernante, et le regard dur, empli de reproche, que son frère Collin fixait sur lui.

— C'est Apryll de Serennog qui a volé mon enfant, déclara-t-il aux personnes attroupées sur le seuil de la chambre et dans le corridor – soldats, domestiques et invités qui, dévorés par la curiosité, étaient montés voir ce qui se passait. Mais je vous certifie qu'elle me le rendra.

Il avait de la peine à respirer, en songeant à l'intrépidité de cette femme, à la manière dont elle l'avait berné.

Il se tourna vers Collin.

— Qu'on ferme les portes, qu'on abaisse la sarrasine ! Nul ne quittera le château cette nuit. Et ordonne aux gardes de fouiller les environs. Ils n'ont pas eu le temps de parcourir des lieues, ils ne doivent pas être loin.

Repoussant le chapelain qui les avait rejoints, il sortit à grands pas de la chambre. Son cœur cognait dans sa poitrine. Avait-on fait du mal à Yale ? Et s'il était agonisant ou déjà mort ?

Seigneur, non, c'était impossible ! Jamais il n'avait éprouvé une peur pareille.

— Appelez le capitaine de la garde !

Il dévala l'escalier, fendant la foule qui s'écartait respectueusement devant lui. Le caractère emporté du lord de Black Thorn était légendaire – nul n'aurait osé provoquer sa colère.

Collin allongea le pas pour le rattraper.

— Tu ne peux pas garder tes invités prisonniers.

— Je le ferai, pourtant !

— Mais...

Devlynn pivota et, le regard flamboyant, s'approcha de son frère.

— Suis-je ou non le maître ?

— Bien sûr, mais...

— Alors, obéis !

— Mon frère, rétorqua Collin sur ce ton condescendant qui avait le don d'exaspérer son aîné, il serait malvenu de traiter lord de Wybren comme un vulgaire voleur, de forcer lady Monteith à…

— Écoute, coupa Devlynn en l'agrippant par son pourpoint, mon fils a été enlevé. Il est peut-être blessé. Ou… ou pire.

La vision du corps pantelant de Yale fulgura de nouveau dans son esprit. Une douleur atroce lui tordit le cœur.

— Nous allons les retrouver, lui et ceux qui ont commis cet acte monstrueux, reprit-il entre ses dents. Et nous les retrouverons cette nuit même. Qu'on interroge tous les hommes, toutes les femmes et tous les enfants qui sont dans nos murs. Immédiatement ! Je veux connaître le nom de chaque personne qui est entrée ici ce soir. Et je veux savoir pourquoi cette créature – il brandit la robe blanche chiffonnée qu'il tenait dans son poing serré –, cette Apryll de Serennog, si elle est bien ce qu'elle prétend être, a été autorisée à pénétrer dans le château.

— Nous avons tout fouillé de fond en comble. Aucune trace de votre fils, déclara Rudyard, le capitaine de la garde, raide comme un piquet.

Ils étaient réunis dans les appartements du maître. Collin était assis à une petite table. Devlynn, campé devant la fenêtre cintrée, d'où il avait vue sur le pont-levis, scrutait l'obscurité. Il était oppressé, assourdi par le sang qui martelait violemment ses tempes. Devant ses yeux flottait l'image du cou gracile d'Apryll – ce cou qu'il rêvait de briser de ses propres mains.

— Ce n'est pas tout, ajouta Rudyard. Une sentinelle est morte. Égorgée. Apparemment, nous avons affaire à une bande.

— Bon Dieu ! jura Collin. Et personne n'a rien vu, rien entendu ?

— Quant au trésor... continua le capitaine dont la voix commençait à chevroter. L'homme qui le gardait est mort, lui aussi.

À ces mots, Devlynn se précipita vers l'antichambre et la porte dérobée ouvrant sur une petite pièce où la plupart des objets précieux du domaine étaient enfermés dans un coffre massif. Collin et Rudyard le suivaient.

Ainsi que l'avait dit le capitaine, le garde gisait dans une mare de sang. Devlynn se pencha. Le corps était encore chaud.

— Assassins, articula-t-il. Appelez le chapelain.

Des bouchers. Des barbares.

Ces monstres avaient emmené Yale.

Il ne supporterait pas de perdre son fils, son garçon. Pas après Glynda et leur bébé. Il se força à respirer profondément, pour dominer la panique qui montait en lui, se redressa et se tourna vers le coffre. Il était vide, les serrures avaient été fracassées.

— Fouillez encore le château, marmonna-t-il.

Comme Rudyard paraissait hésiter, Devlynn le saisit au collet.

— Inspectez les moindres recoins. Chaque masure, les magasins de vivres, les chenils, les écuries et les étables, le moulin, les quartiers des soldats, les tours et le donjon. Au besoin, démolissez ce château pierre par pierre. C'est compris ? Vous devez retrouver mon fils.

La sueur laquait le front de Rudyard, sa pomme d'Adam montait et descendait frénétiquement dans sa gorge. Devlynn eut envie de le rouer de coups. Le capitaine de sa garde tremblait de peur ! Un incapable !

— Devlynn, déclara Collin d'un ton ferme, on va tout fouiller une deuxième fois, c'est entendu. Mais tu ne crois pas qu'il faudrait se mettre à la recherche de ces brigands ? Yale est avec eux, j'en mettrais ma tête à couper, ils ont eu des heures pour se cacher... et il y a cette femme. Elle fait certainement partie du complot.

— En effet, grommela Devlynn. Que dix hommes restent ici et que vingt soldats m'accompagnent!

— Tu ferais mieux de demeurer auprès de tes invités. Tu es le lord, et tu les retiens ici contre leur gré. Je me charge de traquer ces bandits. J'emmène les chiens, nos meilleurs piqueurs et nos plus vaillants chevaliers. Tu as ma parole, ils paieront leur crime.

Devlynn secoua la tête. L'idée d'arpenter ses appartements en attendant des nouvelles de son fils lui était intolérable. S'il n'agissait pas, il deviendrait fou.

— J'expliquerai brièvement la situation à nos hôtes. Ensuite le bailli les interrogera un par un. Au matin, ils seront libres de partir.

— Ils seront furieux.

— Pas autant que moi.

— Ton attitude pourrait les dresser contre toi, faire de tes alliés d'aujourd'hui des ennemis.

— Je m'en moque. Pour l'heure, le sort de mon fils est mon unique souci.

— Mon frère, je t'en prie. Il serait vraiment plus judicieux que tu restes ici. Tu es le lord, je te le répète.

— Exactement, et c'est mon enfant qui a disparu. Appelle le bailli, ajouta Devlynn, pointant un doigt autoritaire vers Collin.

— Il arrive, soupira ce dernier.

— Bien. Toi, poursuivit Devlynn en s'adressant au capitaine, organise la battue. Il nous faut des armes, des chevaux et des provisions. Choisis les meilleurs de nos hommes. Collin, je te charge de découvrir le traître qui a aidé ces assassins à s'introduire dans nos murs.

— Le traître est une traîtresse, répliqua Collin avec un regard en direction de la robe blanche abandonnée sur le sol.

— Oui, mais elle n'était pas seule. Quelqu'un dans la forteresse l'a fait entrer ; il a participé à l'enlèvement de Yale, peut-être lui a-t-il donné une potion pour l'endormir. Dans ce cas, c'est une personne en qui j'ai confiance.

Devlynn dévisagea fixement son cadet et, d'une voix sourde, vibrante, conclut :

— Ce Judas paiera de sa vie. Je le trouverai, j'en fais le serment.

— Et je t'y aiderai, rétorqua Collin avec un sourire glacial.

— Parfait. Pour moi et jusqu'à preuve du contraire, chacun ici est suspect.

Des dizaines de figures familières défilaient dans l'esprit de Devlynn. Était-ce un serviteur qui l'avait trahi ? Pourquoi ? Pour se venger ? Parce qu'on lui avait promis de l'or ou une existence meilleure ? Pour quelle raison ?

Était-ce un membre de sa famille ? Sa sœur ou son frère ?

Un invité ? L'un des lords de la région qui voulait s'emparer de Black Thorn ?

Il songea aux saltimbanques. Grimés, masqués. Des inconnus.

— Tu ne soupçonnes quand même pas ta famille ?

— Je ne me fie plus à personne.

Miranda qui pénétrait dans la pièce, portant dans ses bras la petite Bronwyn, entendit ces mots. Elle rougit de colère.

— C'est outrageant ! s'exclama-t-elle. Tu ne peux pas retenir lord de Derwynn en otage. Et lady Camille de...

— Ils resteront ici jusqu'au matin, l'interrompit sèchement Devlynn. La plupart des invités avaient d'ailleurs prévu de passer la nuit au château, par conséquent cela ne change rien.

— Ils souhaitaient passer la nuit ici, rectifia Miranda. Ils n'y étaient pas contraints.

Blottie contre la poitrine de sa mère, Bronwyn soupira dans son sommeil, ses cils frémirent. Le cœur de Devlynn se serra. Où était son fils ? Était-il blessé ou...

Non, il refusait d'envisager le pire.

— Ainsi tu soupçonnes tes amis, ta famille ? accusa Miranda. Moi ? Tante Violet ?

— Tout le monde, répondit Devlynn d'une voix tranchante.

Sur ce, il descendit l'escalier, longea un corridor et se dirigea vers les écuries.

Il retrouverait son fils.

Si Yale était encore vivant.

Payton s'était évaporé. Il était devant elle, il portait le garçon sur son dos et filait comme une ombre dans la nuit. Puis soudain, alors qu'ils contournaient une meule de foin, il avait disparu, ainsi que les hommes qui les accompagnaient.

Désemparée, elle fouilla l'enceinte des yeux, la forge qui rougeoyait, les masures où brûlaient des chandelles. Elle n'apercevait Payton nulle part.

À l'origine, le plan prévoyait de retrouver le reste de leur petite bande dans les écuries, où ils devaient faire main basse sur les chevaux. Un projet voué à l'échec, qu'elle n'aurait jamais dû accepter, songea-t-elle, la gorge nouée.

Elle marchait à pas de loup dans l'herbe, priant que les chiens ne flairent pas sa présence et qu'elle ne tombe pas sur une sentinelle. Une idée affolante la hantait : et si Payton avait décidé de la laisser toute seule ici ?

C'était un ambitieux, or il avait toujours été entravé par sa condition de bâtard – il était le rejeton d'un homme qui avait violé leur mère, le souvenir vivant de cette honte.

Il était le fils de Morgan de Black Thorn, le père de Devlynn.

Cette nuit, Payton jouait gros, pourtant elle ne parvenait pas à croire qu'il pourrait la condamner à croupir dans les cachots du château.

Mais que savait-elle, au fond, de Payton et de ses motivations ? Ne l'avait-il pas brutalement frappée quand elle s'était opposée à ce qu'il enlève l'enfant ?

Elle se dirigeait vers les écuries, lorsqu'elle entendit la première alarme – une cloche qui sonnait le tocsin, des voix qui braillaient des ordres pour rameuter les soldats. Oh, Seigneur, on avait déjà tout découvert !

Sans plus réfléchir, elle se mit à courir. Sur le seuil des écuries, son pied heurta le corps d'un homme qui gisait par terre.

— Aide-moi, mon garçon... gémit-il.

Il tentait de se redresser, et elle vit sur sa chemise une tache sombre. Il avait un poignard – celui d'Apryll – planté dans la poitrine.

— Ne bougez pas.

Elle tira sur la lame qui se dégagea de la chair meurtrie avec un horrible bruit de succion. Le sang coulait à flots, trempait la chemise.

— Il faut panser cette plaie, dit-elle, résolue à ne pas laisser ce malheureux mourir. À moi ! s'écria-t-elle.

Un soldat accourut.

— Mais que se passe-t-il ici ?

Les chevaux piétinaient nerveusement la paille, certains poussaient des hennissements stridents.

— Emmenez cet homme chez l'apothicaire, il a besoin de soins.

La sentinelle ne lui jeta même pas un regard. Il s'accroupit près du blessé.

— Qui t'a fait ça, Seth ? Qui ?

— Je ne sais pas. Un inconnu... non, ils étaient deux et d'autres les attendaient, et... ils avaient Yale avec eux... Ils ont pris l'étalon du lord... Je... dis à ma femme... dis-lui que...

La voix du pauvre homme était inaudible, ses yeux devenaient vitreux.

— Il faut le soigner, vite ! balbutia Apryll, effarée à l'idée qu'elle avait dans sa poche le poignard ensanglanté.

Les chevaux s'agitaient de plus en plus. Tout à coup, Apryll sentit une odeur de fumée et perçut un craquement sinistre.

— Ô mon Dieu !

— Au feu ! hurla le soldat, en tirant Seth hors de l'écurie.

Apryll se précipita à l'intérieur pour libérer les chevaux paniqués. Ils sortirent dans un grondement de tonnerre et se dispersèrent.

— Au feu !

Bêtes et gens couraient en tous sens, les flammes rugissaient, dévoraient la paille et grimpaient à l'assaut des poutres. Apryll s'élança vers le puits où une chaîne s'organisait déjà. Les seaux d'eau circulaient de main en main, les femmes y trempaient de grands sacs de jute. Apryll en saisit un et retourna sur ses pas pour s'attaquer courageusement au brasier. Elle n'avait plus qu'un espoir : lorsque l'incendie serait à peu près maîtrisé, peut-être réussirait-elle à se sauver.

Tout cela était l'œuvre de Payton. Il avait tué des hommes. Il avait volé le trésor du baron et enlevé un enfant. Il ne reculerait devant rien pour obtenir ce qu'il voulait. Même s'il devait assassiner le fils du lord.

5

— Au feu !

— Il y a le feu aux écuries !

— Bon Dieu ! grommela Devlynn en allongeant le pas.

Une épaisse fumée tourbillonnait dans l'air. La lune éclaboussait de sa pâle lumière les remparts du château, l'enceinte où domestiques, soldats et invités s'affairaient à transporter des seaux. Les chevaux affolés piétinaient le sol gelé, les chiens hurlaient à la mort, les gens criaient. L'enfer semblait se déchaîner.

Devlynn se rua vers le sentier qui longeait le moulin à vent. Des hommes puisaient de l'eau dans le ruisseau. Il saisit deux seaux et fonça vers les écuries où l'incendie faisait rage.

— Comment est-ce arrivé ? demanda-t-il à un soldat.

— Je ne sais pas. Seth a reçu un coup de poignard, et puis le bâtiment a pris feu.

— Seth a été poignardé ? murmura Devlynn en jetant le contenu de ses seaux sur les flammes qui sifflèrent comme des serpents.

— Oui, quand on a volé les chevaux. Avant de mourir, il a dit que les hommes qui ont enlevé Yale l'avaient frappé.

— Des hommes ? Il n'y avait pas une femme avec eux ?

— Non, il n'en a pas parlé.

— Mon fils était vivant ?

— Je... je ne sais pas, bredouilla le soldat. C'est Henry qui a recueilli les derniers mots de Seth.

Devlynn jeta un regard autour de lui. La majeure partie des écuries était sauvée, semblait-il, quoique les murs et les poutres fussent aussi noirs que du charbon. Quelques gardes s'efforçaient de rassembler les chevaux.

Où donc était Apryll de Serennog ? Si elle n'était pas partie avec les ravisseurs de Yale, se trouvait-elle encore dans la forteresse ? Ou bien s'était-elle enfuie par ses propres moyens ?

Se dissimulait-elle parmi la foule qui s'activait alentour afin d'éteindre le brasier ? Elle était capable de tout.

Il crispa les poings en songeant à la façon dont elle l'avait aveuglé et dupé par sa beauté, son charme, son esprit. Il se remémora le baiser qu'elle lui avait donné. Violet l'avait prise pour un ange, mais la vieille dame s'était cruellement trompée, car Apryll de Serennog n'avait rien d'une créature céleste. Non, elle était plutôt la compagne de Lucifer.

Jurant entre ses dents, il s'avança dans l'écurie qu'éclairaient des lanternes. Des cris, des ordres, fusaient de toutes parts. Les chevaux piaffaient et hennissaient, tandis que les palefreniers les sellaient. Deux gardes transportaient le cadavre de Seth. La jeune veuve et leur petit garçon de trois ans les suivaient. Elle sanglotait et se cramponnait au corps de son époux, que la vie avait quitté à jamais.

— Non ! gémissait-elle, sans entendre les paroles de consolation que lui chuchotait le père Luke.

Deux hommes étaient morts. Sans doute plus.

Le trésor du château avait été volé, ainsi que les meilleurs chevaux.

Et Yale avait disparu.

Tout cela parce que Devlynn s'était laissé séduire par une femme.

Une Jézabel !

Il s'immobilisa devant la stalle réservée à son magnifique étalon gris, et qui était maintenant vide.

— Par tous les saints, je me vengerai, marmonna-t-il.

Une personne connaissait la vérité. L'ange de la mort et de la trahison : Apryll de Serennog.

Saisissant une fourche, il la lança contre le mur, avec une telle fureur qu'elle se ficha dans les pierres calcinées.

Il remuerait ciel et terre pour la retrouver. Il la traquerait jusqu'en enfer s'il le fallait. Et quand il mettrait la main sur elle, il lui ferait subir les derniers outrages.

Dissimulée dans la chapelle, Apryll observait le lord. Quand elle avait vu que le feu perdait de sa virulence, elle s'était éclipsée en hâte, avait traversé les jardins et s'était faufilée dans le premier refuge qui s'offrait à elle : une vaste salle faiblement éclairée par des cierges qui achevaient de se consumer. Elle s'était signée puis postée près d'un vitrail d'où elle pouvait épier Devlynn.

Son attitude la surprenait. Il n'était pas tel que le dépeignait sa sinistre réputation.

Certes, il était grand et large d'épaules, néanmoins d'autres étaient physiquement plus imposants que lui, or il n'émanait pas de leur personne cette impression d'autorité qui se dégageait de lui. En sa présence, tous semblaient rapetisser.

Il parlait aux hommes, allait et venait dans les écuries, donnait des ordres. Cependant, malgré son évidente fureur, elle ne l'imaginait pas capable de tuer de sang-froid, contrairement à ce que prétendait la rumeur. Hormis peut-être si l'on s'en prenait aux êtres qui lui étaient chers, surtout à son fils.

Elle préférait ne pas rester dans les parages pour en avoir le cœur net.

Mais comment s'échapper ? Le pont-levis était levé, les portes closes, et Apryll ne doutait pas que le baron ferait fouiller les moindres recoins de sa forteresse. Il y avait forcément des issues secrètes – chaque château possédait des souterrains, des portes dérobées, des ouvertures aménagées en haut des remparts pour permettre aux soldats de s'y glisser sans être remarqués par d'éventuels assaillants – hélas Apryll ignorait où elles se trouvaient.

Elle pouvait aussi tenter le tout pour le tout, affronter Devlynn, implorer son pardon et lui proposer son aide, mais il l'enverrait au diable. Et la perspective de lire sur son visage le mépris, le dégoût, lui était intolérable.

Maudit Payton, pourquoi l'avait-il abandonnée ? Avait-il agi délibérément ?

— Doux Jésus, venez à mon secours ! balbutia-t-elle en tournant le regard vers le crucifix qui surmontait l'autel.

Il lui fallait quitter la chapelle, où on ne manquerait pas de la découvrir. Elle devait se lancer sur les traces de son frère et, d'une manière ou d'une autre, libérer l'enfant. Ensuite, et seulement ensuite, elle serait en mesure de se présenter devant lord Devlynn.

À cet instant, elle aperçut le chapelain qui arrivait avec une femme. Terrifiée, elle regarda autour d'elle. Où se cacher ? Certainement pas sous l'autel.

Sur la pointe des pieds, elle se précipita dans une pièce attenante, meublée sobrement d'une couche étroite et d'une petite table. Une tenture masquait une alcôve. Prestement, Apryll s'engouffra dans le renfoncement et avisa une porte. Verrouillée. Elle donna un coup d'épaule contre le battant en bois massif, s'acharna sur la poignée. En vain. Elle était prise au piège.

Elle n'avait plus qu'à se tapir contre le mur, à retenir son souffle et à attendre pour s'enfuir que l'abbé s'endorme.

Elle entendit le religieux prier, dire à la femme que son époux était maintenant au ciel, que leur fils se souviendrait de lui comme d'un homme bon et méritant. Les sanglots de la malheureuse s'apaisèrent quelque peu, mais ils n'en déchiraient pas moins le cœur d'Apryll. À cause de Payton, le monde comptait une veuve et un orphelin de plus. Combien d'autres vies avait-il prises cette nuit ?

Depuis le début, bien sûr, elle savait que leur entreprise comportait des risques, cependant Payton lui avait certifié qu'aucun être humain ne serait sacrifié, que si les choses se déroulaient comme prévu, nul n'en pâtirait. Selon lui, la plupart des occupants de Black Thorn participeraient à la fête, les gardes seraient ivres, en tout cas peu vigilants, on n'aurait pas de mal à les maîtriser.

— Ce sera facile de les délester de leurs armes, de les ligoter et de les bâillonner, avait-il déclaré quand elle lui avait demandé comment il comptait procéder. J'ai des gens dans la place, ma sœur, des mouchards qui savent où sont postées les sentinelles, et ils m'ont garanti qu'ils pourraient leur donner assez de bière, d'hydromel et de vin pour que notre intrusion passe inaperçue.

Dire qu'elle l'avait cru ! Quelle nigaude ! Maintenant, recroquevillée dans l'alcôve tapissée de toiles d'araignée, tandis qu'elle écoutait les sanglots de la veuve et de son fils, ce pauvre innocent, un atroce sentiment de culpabilité la fouaillait.

Jamais elle ne serait en mesure de réparer, puisque la mort avait frappé. Précautionneusement, elle écarta de quelques millimètres la tenture pour coller son œil à la fente entre le chambranle et la porte. Elle discerna, dans la lueur tremblotante des cierges, le gros abbé qui priait à mi-voix, une main dodue posée sur la tête brune d'une femme. Un bambin de deux ou trois ans s'accrochait aux jupes de sa mère. Il avait les yeux cernés par le manque de sommeil et suçait fiévreusement son pouce.

À cause de toi, cette femme a perdu son mari.

À cause de toi, cet enfant ne connaîtra jamais son père.

D'une manière ou d'une autre, tu dois racheter ta faute – en commençant par ramener le fils de lord Devlynn puis en affrontant celui-ci.

En admettant que tu en aies la possibilité. Peut-être Payton a-t-il déjà usurpé ton titre. En cet instant, il est peut-être de retour à Serennog et s'est proclamé lord.

Bientôt, la femme et l'enfant s'en allèrent. Le silence retomba... comme si la chapelle était déserte. Apryll s'attendait à ce que l'abbé pénètre dans sa chambre, mais elle n'entendait aucun bruit, hormis le trottinement de souris qui couraient derrière les murs de la geôle où elle s'était volontairement enfermée.

Que faire ? Tenter sa chance ?

À nouveau, elle écarta la tenture, s'avança, tous ses sens en éveil. La chapelle était effectivement vide. Sur la pointe des pieds, elle se dirigeait vers la porte quand elle discerna un bruit de pas. Elle recula promptement, regagna l'alcôve. Elle ébauchait le mouvement de s'appuyer contre le battant fait de grossières planches de chêne, lorsque des doigts durs comme de l'acier s'emparèrent de son poignet.

— Oh...

Elle voulut se retourner, l'étau qui lui encerclait le poignet se resserra encore.

— Qui donc êtes-vous ? demanda lord Devlynn qui, dans l'obscurité, ne distinguait pas ses traits.

Elle sentit ses genoux se dérober sous elle. La tirant par le bras, il l'entraîna hors de sa cachette, dans un escalier incurvé. Enfin, il ouvrit une porte et poussa la jeune femme dans une vaste pièce. Un feu brûlait dans la cheminée, des bougies éclairaient les tapisseries et les armes qui ornaient les murs, ainsi qu'un grand lit placé devant l'âtre.

Apryll crut défaillir : elle était dans les appartements privés du baron.

Elle n'avait plus d'échappatoire.

Plus aucun choix.

Sa destinée l'attendait ici... N'était-ce pas ce que Geneva, la sorcière, avait prédit ?

Redressant bravement les épaules, elle planta son regard dans les yeux gris du Loup de Black Thorn. Il lui tenait toujours le poignet, avec une telle brutalité qu'il allait lui briser les os.

— Lady Apryll, murmura-t-il d'une voix rauque, il se trouve que je vous cherchais, figurez-vous.

D'un coup de pied, il referma la porte qui claqua avec un bruit sinistre.

— Dites-moi, et vite, où est mon garçon ?

6

Il dut déployer un effort considérable pour ne pas poser les mains sur le cou laiteux de cette femme et serrer jusqu'à ce que le dernier souffle de vie la quitte. Au lieu de quoi, il se mit à arpenter la pièce de long en large. La raison lui commandait de lui extorquer la vérité afin de sauver Yale.

— Votre fils est avec mon frère, dit-elle.

Elle était courageuse et fière, la diablesse. Et surtout, elle mentait comme personne.

— Ils sont en route pour Serennog. J'ignorais qu'il était prévu de l'enlever, mais apparemment mon frère m'avait caché certains éléments de son plan.

— Votre frère ?

— Payton.

Ce nom était vaguement familier, déplaisant, cependant Devlynn ne savait pas pourquoi et, dans l'immédiat, ne s'en souciait pas.

— Peu importe qui l'a enlevé, pour quelle raison. Une seule chose compte pour moi : qu'on me le rende.

— C'est mon vœu le plus cher.

— Votre *vœu* ? railla-t-il, ébahi par son toupet. Il ne vous appartient de former des vœux, *milady*. Vous n'êtes pas en situation de faire quoi que ce soit. Vous êtes ma prisonnière.

— Non…

Elle secoua la tête, comme si elle avait son mot à dire sur ce sujet. Son chapeau tomba à terre, libérant ses cheveux miel qui cascadèrent sur ses épaules.

— Il est vrai qu'ici, je suis impuissante. Mais si vous m'autorisiez à partir, je jure de rattraper Payton. Je le convaincrai de relâcher votre fils.

Elle parlait avec une telle ardeur, une telle persuasion qu'il fut tenté de la croire, cette menteuse. Elle écarquillait les yeux, tendait les mains.

— Vous croyez que je pourrais avoir confiance en vous ? Vous êtes inouïe. Au cas où vous l'auriez oublié, deux hommes sont morts, peut-être plus, mon garçon a disparu, mes chevaux et mon trésor m'ont été dérobés, les écuries ont failli brûler de fond en comble, et tout cela à cause de vous.

Il scrutait ce visage levé vers lui, maculé de suie, de poussière, et de...

— Vous saignez ? Où avez-vous récolté cette vilaine écorchure ? demanda-t-il en effleurant du bout du doigt la plaie qu'elle avait à la joue.

Elle tressaillit mais n'eut pas un mouvement de recul.

— Ce n'est pas grave.

— Répondez-moi.

— Une dispute.

— Avec qui ?

— Mon frère. À propos de votre fils. Quand j'ai compris qu'il avait l'intention de l'emmener comme otage, nous nous sommes querellés.

— Et il vous a frappée ? rétorqua-t-il, indigné.

S'il avait eu Payton de Serennog sous la main, il l'aurait réduit en bouillie. Et maintenant, cette ordure détenait Yale.

— Vous mentez de manière très convaincante, déclara-t-il, conscient que le temps s'écoulait à toute vitesse, qu'à chaque seconde qui passait les ravisseurs de Yale s'éloignaient davantage de Black Thorn.

— Je ne mens pas, riposta-t-elle, la tête haute, le dos raide, le regard étincelant. Je vous promets, si vous me laissez partir, de vous ramener votre fils.

— Il me semble préférable de vous garder prisonnière.

Il s'approcha et lui prit le bras, l'attirant contre lui, si près qu'il sentit un parfum de lavande, cette fragrance qui l'avait tant troublé quelques heures plus tôt. Malgré sa rage, il songeait à leur baiser, aux courbes de ce corps ravissant, à la rondeur affolante de ses seins que couvrait à présent une bure rugueuse.

— Mais je peux vous aider !

— J'estime que vous avez déjà suffisamment « aidé ». Garde ! appela-t-il.

— Non, je vous en prie, lord Devlynn. Je peux vous être utile, ayez confiance en moi.

— Jamais.

Rudement, il la poussa vers Jemmison qui avait surgi sur le seuil.

— Voici lady Apryll de Serennog. C'est une ennemie de Black Thorn, et elle est ma prisonnière. Qu'on la mette au cachot !

— Non ! Je ne pourrai rien faire si vous m'enfermez.

Il plongea son regard dans ces grands yeux qui semblaient si innocents et le suppliaient. Au nom du ciel, pourquoi était-il encore sensible à son charme ? Il se la représenta au fond du cachot, dans la crasse et l'obscurité, en compagnie des rats, des autres prisonniers et des gardes, ces paillards. Ceux-ci ne tarderaient pas à s'amuser avec elle, à la prendre l'un après l'autre. Devlynn avait beau sévir et châtier sévèrement ceux qui se livraient à ce type de sévices, qu'il avait en horreur, il ne doutait pas que d'ici une heure Apryll serait réduite à l'état de loque, violée et molestée par ces mâles en rut.

— Mettez-la plutôt dans l'ancienne cellule de l'ermite, grommela-t-il, dans la tour nord. Et veillez personnellement sur elle. Personne ne doit la voir, sauf moi.

— Bien, milord.

— Laissez-moi partir, implora-t-elle. Je reviendrai avec votre fils, j'en fais le serment. Ici, je ne sers à rien.

À nouveau, Devlynn se sentit faiblir sous le regard de ces yeux d'ambre si mystérieux. Pauvre fou ! se gourmanda-t-il. Cette femme était un fléau, et Yale était en danger à cause d'elle.

— Emmène-la, commanda-t-il à Jamison. Je compte sur toi pour qu'elle ne s'échappe pas, sinon...

Sur ce, il tourna les talons et redescendit l'escalier pour se diriger vers les écuries, où ses soldats préparaient la chasse à l'homme. Il s'efforça d'effacer de son esprit l'image d'Apryll de Serennog. C'était impératif. Dans l'immédiat, il devait retrouver son fils.

Ensuite, il aviserait.

Dans sa masure de Serennog, Geneva était assise seule devant le feu. Les flammes mouraient peu à peu, le vent s'infiltrait sous le chaume du toit et par les fissures des murs délabrés. Un frisson la parcourut, mais il n'était pas dû au froid qui la pénétrait pourtant jusqu'à la moelle. Elle avait supporté des températures bien moins clémentes, survécu à des hivers infiniment plus rigoureux que celui-ci. Mais, aujourd'hui, il lui semblait que son cœur était comprimé dans un étau de glace.

Son chat, en général vagabond et plutôt sauvage, était pelotonné à son côté sur le tapis de paille tressée qui couvrait le sol en terre battue. Dans son enclos, la chèvre poussait des bêlements plaintifs, comme si cette pauvre bête décharnée sentait elle aussi dans le souffle du vent des relents maléfiques, la peur désespérée qui pétrifiait Geneva.

— Qu'est-ce que j'ai fait? murmura-t-elle en passant sa main sur son ventre encore plat où, elle le savait, son bébé commençait à grandir. Oh, Morrigu, toi la Mère suprême, pardonne-moi d'avoir menti!

Fermant les yeux, elle prit un petit poignard dans sa poche et, du bout de la lame, traça sur le sol devant les braises un dessin évoquant une patte de coq, la rune de la protection.

— Veille sur lady Apryll et Payton.

Elle essuya la lame sur sa robe, puis la posa au creux de sa paume et referma les doigts. L'acier tranchant lui entailla la peau, quelques gouttes cramoisies coulèrent sur la rune.

— Protège-les. Eux et l'enfant. Qu'il ne leur arrive pas de mal.

Elle lâcha le poignard, contempla le feu. De la fumée noire s'en élevait, s'envolait par le trou ménagé dans la toiture, et elle eut une nouvelle vision, plus sinistre que les autres et qu'elle ne pouvait écarter. Une vision qui lui mit les larmes aux yeux.

On avait déjà versé beaucoup de sang pour Serennog et on en verserait encore pendant longtemps.

— Non... gémit-elle en resserrant autour de ses épaules son châle dépenaillé.

Dans les flammes, elle avait vu la mort se dresser pour s'emparer de ceux qu'elle aimait.

La cellule de l'ermite ne comportait qu'une paillasse et une couverture. Un filet d'air pénétrait dans le local exigu par une fente dans le mur, guère plus large qu'une meurtrière. Le garde apporta un seau d'eau, et un autre pour les besoins intimes de la prisonnière. Puis il referma la porte, et Apryll se retrouva dans les ténèbres.

Les nerfs à vif, elle assena un violent coup de pied à la paillasse, avant de se résigner à s'y asseoir. Les coudes sur les genoux, le menton dans ses mains, elle réfléchit. Il fallait absolument sortir d'ici. Mais comment ? En appelant le garde et en le frappant avec le poignard qu'elle avait caché dans sa poche ? En l'enfermant à son tour dans cette pièce ?

Non, elle ne réussirait pas de cette manière.

Elle explora le mur à tâtons, dans l'espoir de trouver une ouverture qu'elle n'aurait pas remarquée, dans la faible lueur de la torche. Mais elle ne sentit rien sous ses doigts, hormis la pierre nue.

L'espèce de meurtrière était trop étroite et, même si elle parvenait à s'y glisser, elle serait à plusieurs mètres du sol. En tombant, elle se romprait le cou. Il ne lui restait qu'à se servir de son intelligence...

Incapable de tenir en place, elle se mit à arpenter la cellule, songeant à la trahison de Payton. Maudites soient sa soif de vengeance, son ambition et sa fourberie. Pourquoi lui avait-il désobéi et avait-il enlevé ce garçon ? Quels étaient exactement ses projets ?

Toutes ces questions tourbillonnaient dans sa tête, tandis qu'elle tournait en rond dans sa geôle. Brusquement, elle entendit des pas dans l'escalier. Quelqu'un montait prestement les marches, sur la pointe des pieds.

La clé grinça dans la serrure.

Apryll se figea, les doigts serrés sur le manche de son poignard. La porte s'entrebâilla.

— Lady Apryll ? chuchota une voix éraillée.

— Oui. Qui êtes-vous ?

— Votre planche de salut.

Était-ce un homme ? Une femme ? Une personne âgée, jeune ? Impossible de le déterminer.

— Moins vous en saurez, mieux ce sera. Allons, vite. Nous n'avons pas beaucoup de temps. Un cheval vous attend dehors. Suivez-moi.

L'inconnu, emmitouflé dans de lourds habits, était coiffé d'un capuchon qui dissimulait son visage. Il referma la porte derrière eux, empoigna une torche à moitié consumée et l'entraîna dans l'escalier en colimaçon qui débouchait à l'extérieur, où l'odeur de fumée et de cendres s'attardait dans l'air de la nuit. Apryll était sidérée par ce brusque revirement du destin. Son guide la menait-il à la liberté ou à la mort ? Était-il un ami ou un traître ? Elle n'en savait rien, mais tant pis.

Il se glissait parmi les ombres, en ayant soin de garder sa figure cachée. Des hommes s'affairaient autour des écuries, des lumières éclairaient les croisées du château où, quelques heures auparavant, Apryll avait dansé et badiné avec le lord. Il lui semblait qu'une éternité s'était écoulée depuis ce moment.

Ils passèrent derrière le moulin, longèrent un sentier caillouteux et rejoignirent les portes, sur l'arrière de la forteresse. Apryll prit une inspiration pour rassembler son courage. Il y aurait certainement des sentinelles dans les quartiers réservés aux soldats... Mais non, ils montèrent deux volées de marches sans rencontrer personne.

— Ils sont tous occupés par l'incendie, dit son compagnon, comme s'il lisait dans ses pensées.

Il ouvrit une porte donnant sur une petite salle, une armurerie. Il traversa le local, fit pivoter sur ses gonds un autre lourd battant en chêne.

— Une ancienne issue, qu'on n'utilise plus, expliqua-t-il. Vous voyez cette corde ? Je la tiendrai. Laissez-vous descendre, sautez à terre et courez vers les bois. Un cheval vous attend près du vieux pont.

— Qui êtes-vous ? Et pourquoi agissez-vous ainsi ?

— Considérez-moi comme un ami de Serennog. À présent, hâtez-vous. Le lord sera bientôt sur le pied de guerre et, alors, il n'y aura plus d'espoir.

Apryll obéit, non sans jeter un regard par-dessus son épaule. Sous la capuche, elle entrevit un visage. Une peau blanche, des yeux clairs.

Puis elle agrippa la corde à deux mains. Un instant après, elle était sur la terre ferme et s'élançait dans l'obscurité.

7

La jument était effectivement attachée à un pommier. D'un bond, Apryll sauta en selle et, donnant un coup de genou dans le flanc de sa monture, partit au galop à travers champs.

Dans quelques minutes, le lord de Black Thorn et son armée franchiraient la sarrasine du château. Saurait-il alors qu'elle s'était enfuie ? La croirait-il encore enfermée dans sa cellule, un otage à négocier avec Payton ?

Penchée en avant, elle s'évertuait à pousser la jument qui, malheureusement, n'était guère plus vive qu'une mule. Elle avait pris la direction du nord, vers Serennog. Si son frère s'en était tenu à son plan initial, elle pourrait peut-être le rattraper. Seule, elle était en mesure de prendre des raccourcis sur des terrains accidentés, tandis que lui emmenait le garçon, les chevaux volés et sa bande de complices.

Si elle avait de la chance, elle les rejoindrait au croisement. Dans le cas contraire, ils seraient tous perdus, car le spectre de la mort se lancerait à leur poursuite.

Devlynn de Black Thorn, dès qu'il comprendrait qu'elle l'avait à nouveau dupé, les pendrait haut et court.

Dieu nous aide ! murmura-t-elle, serrant ses doigts gourds sur les brides en cuir, si froides qu'elles semblaient sur le point de se casser comme du verre.

Elle était transie, le vent lui mordait impitoyablement les joues. Mais, intérieurement, elle bouillait de rage.

Payton n'était qu'un fou ! Et il l'avait abandonnée !

Oh, si elle en avait l'occasion, elle lui tordrait le cou, à cet orgueilleux ! Comment avait-il osé désobéir à ses ordres ? Mettre en péril la vie des gens de Serennog ? Entraîner dans cette aventure des hommes qu'elle connaissait depuis toujours ?

Son frère n'avait plus toute sa raison. Elle frémissait à l'idée de ce qui leur arriverait quand Devlynn tomberait sur le groupe de ce qu'il jugeait être des voleurs et des ravisseurs. Aucune torture ne serait assez cruelle pour le satisfaire et calmer son courroux.

Les paroles de Geneva résonnèrent dans l'esprit d'Apryll. *C'est votre destinée, milady.* Pour l'instant, cette destinée semblait aussi sombre que la nuit.

— Plus vite ! dit-elle à la jument qui s'engouffrait dans un bosquet où la lune se faufilait entre les branches squelettiques des arbres.

Elle avait sans cesse devant les yeux le visage dur de Devlynn, ses poings crispés, la douleur et la rage dans son regard. Elle repensait surtout à la façon dont elle l'avait impudemment embrassé sur les lèvres. Elle avait tremblé sous ses caresses, jamais encore elle n'avait éprouvé un pareil trouble – le plaisir de séduire et d'être séduite.

Elle avait entrevu ce que pouvait être la passion, le démon l'avait soumise à la tentation et elle avait failli y céder. Elle s'était laissé étourdir par la fête, la gaieté qui régnait dans le château, sans se douter que derrière son dos se tramait un horrible complot.

Et maintenant son fils est en danger à cause de toi.

Brusquement, elle discerna dans le lointain la petite troupe de Payton. Son frère montait un grand cheval gris, sans doute le destrier du seigneur de Black Thorn ; il tenait contre lui une frêle silhouette. Malgré la distance, Apryll eut la certitude qu'il s'agissait du garçon, Yale.

La bande traversait déjà le ruisseau, l'eau giclait sous les sabots des chevaux. Apryll, atterrée, encourageait sa jument qui s'efforçait vaillamment d'accélérer l'allure, mais dont les forces s'épuisaient.

Les paroles de Payton hantaient la jeune femme. *Voilà le problème avec toi, ma sœur, tu ne veux jamais faire ce qui doit être fait.*

Cette accusation était bien plus douloureuse que l'écorchure sur sa joue, car elle recelait une part de vérité. La suzeraine de Serennog se complaisait dans ses rêves, dans son espoir que les choses changeraient comme par enchantement, que le bonheur reviendrait.

Or, à présent, les meilleurs soldats, les plus braves du château, étaient devenus des assassins. La plupart avaient des épouses, deux d'entre eux étaient pères, pourtant ils avaient risqué leur vie pour cette expédition invraisemblable. Pour Serennog.

Et quand ils seraient capturés, ils seraient condamnés au gibet ou au supplice de la roue.

Tous les habitants de Serennog seraient faits prisonniers. Peut-être torturés, eux aussi. Réduits à la servitude.

Par ta faute, Apryll, toi qui as pour devoir de les protéger.

Rose, la couturière aux yeux pétillants et qui avait toujours le mot pour rire ; Wynne, la cuisinière, capable de remplir l'estomac de vingt personnes avec une seule oie rôtie ; la petite Millie, la lingère... et tant d'autres qui subiraient le châtiment de Devlynn de Black Thorn. Certaines femmes seraient même jetées en pâture aux soldats... tout cela parce qu'Apryll s'était montrée trop faible et trop confiante.

Ils approchaient du croisement où la route semée d'ornières se divisait en trois branches. Comme prévu, les cavaliers se séparèrent en trois groupes qui prirent chacun une direction différente.

Payton, sur son étalon gris, bifurqua à gauche – toujours comme le prévoyait le plan. Apryll et lui avaient convenu d'emprunter le chemin le plus long pour rejoindre Serennog, pendant que Bernard et Samuel, qui emmenaient les chevaux volés, iraient vers l'est. Roger, Isaac et Melvynn continueraient au nord, le chemin le plus direct pour atteindre Serennog à travers la montagne. Quand ils seraient sur la crête, ils allumeraient des torches pour tromper les soldats de Devlynn, les détourner du véritable point de rencontre : une auberge abandonnée, à l'ouest de Serennog.

Mais le Loup de Black Thorn se laisserait-il égarer aussi aisément ?

Elle avait deviné dans ses yeux gris une intelligence aiguë, une terrible perspicacité.

Dans le lointain, elle entendait des chiens aboyer. Ils avaient flairé une piste. Et ils se rapprochaient inexorablement.

Devlynn éperonnait sans pitié sa monture. Escorté par ses soldats, il suivait la meute. Il avait fait sentir les vêtements de Yale aux chiens qui s'étaient mis à tourner en rond en glapissant. Quand on les avait lâchés, ils avaient filé comme des flèches sur la route menant vers le nord.

Vers Serennog.

À travers champs et bois, toujours plus vite. Le temps était l'ennemi de Devlynn. Plus il tarderait à retrouver Yale, plus son garçon risquerait d'en souffrir.

Son cheval, en franchissant un ruisseau, glissa sur les rochers. Rudement, Devlynn le força à avancer et à escalader la berge opposée.

Bientôt, il atteignit un carrefour. Les chiens allaient et venaient, hésitants. Le meneur de la meute voulait manifestement continuer vers le nord, mais cela paraissait trop simple. La femelle, en revanche, reniflait le chemin de gauche ; or c'était une chasseuse remarquable. Les autres piétinaient en jappant l'embranchement de droite.

Devlynn mit pied à terre et, dans la lumière pâle de la lune, examina les traces, tandis que ses soldats faisaient halte.

— Par où sont-ils passés ? demanda Rudyard.

— Par le nord, répondit Devlynn avec plus d'assurance qu'il n'en éprouvait.

Et s'il précipitait ses hommes dans un piège ? Qu'arriverait-il si des renforts avaient rejoint les ravisseurs, près de frapper lorsque Devlynn et ses soldats seraient à leur portée sur cette route déserte ? Devait-il envoyer un éclaireur juger de la situation ? Non, il n'en avait pas le temps.

Irrité, il donna un coup de pied dans un caillou qui roula et heurta bruyamment le tronc d'un chêne.

— Nous allons nous séparer, décida-t-il.

— N'est-ce pas ce que l'ennemi attend, milord ? objecta Rudyard en descendant à son tour de cheval. Diviser pour prendre le pouvoir ?

— Dans quel but ?

— Peut-être ont-ils enlevé votre fils uniquement pour vous éloigner du château. Celui qui est derrière tout ça ne s'intéresse peut-être pas à votre fils. Il s'est servi de lui pour vous capturer ou vous tuer.

— Eh bien, tant pis, rétorqua Devlynn d'une voix vibrante de colère. Que je meure, mais que mon garçon vive ! Voilà tout ce qui compte pour moi.

— Il vaudrait mieux que vous et lui restiez vivants.

Les autres chasseurs et soldats étudiaient le sol givré.

— Ces traces vont vers le nord, déclara Kirby, un archer bedonnant.

— Oui, mais celles-là partent vers l'est, dit Spencer, l'air perplexe, en tirant sur sa courte barbe. Et aussi vers l'ouest. Il fait trop sombre pour savoir. Avec les fêtes, il y a eu beaucoup de passage par ici. On ne peut être sûr de rien.

— Séparons-nous, répéta Devlynn d'un ton sec.

Il avait, viscéralement, la conviction que les malandrins fidèles à lady Apryll se rendraient directement à Serennog pour se mettre à l'abri dans l'enceinte du château.

— Milord ! s'exclama brusquement un soldat, montrant la crête. J'aperçois des lumières là-haut... des torches...

— Oui, je les vois aussi, renchérit l'un de ses compagnons.

Devlynn, plissant les paupières, discerna dans le lointain des lueurs tremblotantes.

— Ce sont eux, assura Rudyard. Ils chevauchent vers le nord. La route la plus courte qui mène à Serennog, par la montagne.

— Mais pourquoi ont-ils allumé ces torches ? marmonna Devlynn qui réfléchissait à voix haute. C'est un piège.

— À moins que ces ordures aient pensé que l'incendie nous retiendrait jusqu'à l'aube, suggéra un soldat. Ils se croient peut-être en sécurité, même s'ils préfèrent ne pas courir le risque de s'arrêter pour se reposer. Ils ont besoin des torches pour éclairer le chemin.

— Oui, approuva Rudyard, les falaises de l'autre côté de la crête sont dangereuses, s'y aventurer dans l'obscurité n'est pas une mince affaire. Plutôt que de dégringoler dans le ravin, ils ont effectivement pris le risque de se faire repérer.

Devlynn observait les chiens qui s'agitaient nerveusement. Le mâle qui menait la meute ne l'avait jamais entraîné sur une fausse piste, cependant la femelle avait aussi un flair infaillible. Or elle gémissait, courait sur l'embranchement de gauche, pour revenir ensuite en arrière, gémir de nouveau, aboyer avec frénésie. Oui, elle avait flairé quelque chose. L'odeur de Yale ?

Se baissant, Devlynn toucha le sol, comme si ce contact pouvait lui permettre de deviner quelle direction prendre.

La chienne s'énervait, elle tourniquait, ses aboiements devenaient de plus en plus impérieux. Devlynn se redressa.

— On se sépare, répéta-t-il encore, et cette fois il n'y avait pas la moindre incertitude dans sa voix. J'irai vers l'ouest, six hommes viendront avec moi. Toi, Rudyard, tu suivras ces torches, là-bas. Emmène six de tes soldats. Et vous, ajouta-t-il en s'adressant à sir Benson, vous vous dirigerez vers l'est avec le reste de la troupe. Nous chevaucherons toute la nuit et la matinée. Si, à ce moment-là, nous n'avons pas retrouvé Yale, rendez-vous devant les portes de Serennog. Chaque groupe dépêchera un messager à Collin. Il lui fera son rapport afin que mon frère nous envoie des renforts, du ravitaillement, le bélier et les catapultes pour que nous nous emparions du château.

— Nous ne serions pas plus forts si nous demeurions ensemble ? rétorqua Rudyard.

— Plus forts, probablement, mais plus lents. Maintenant, à cheval, et ramenez-moi mon fils ! ordonna Devlynn en remontant en selle.

Aucune muraille ne serait assez haute pour l'empêcher de sauver son garçon. Au besoin, il détruirait Serennog pierre par pierre.

Il se lança au galop en direction de l'ouest. Il aurait dû emmener lady Apryll avec lui, il regrettait de ne pas y avoir pensé. Peut-être aurait-il lu sur son visage quelle route avait prise sa bande de coupe-jarrets.

L'infâme créature... Et lui, quel imbécile il était ! Son épouse ne lui avait-elle donc rien appris sur la nature des femmes ? Elle aussi était belle à damner un saint, et elle ne lui avait pas laissé un instant de répit, de tranquillité.

Son cheval déployait toute son énergie pour grimper la pente escarpée de la colline. Parvenu au sommet, Devlynn ralentit l'allure pour ménager sa monture. Il scruta le chemin qui s'étirait devant lui, attendant que les soldats le rejoignent.

Ils se traînaient comme des limaces. Ne comprenaient-ils pas qu'il fallait se hâter, que le sort de Yale était en jeu ?

Peut-être était-il déjà trop tard. À cette idée, il lui sembla que son cœur se décrochait dans sa poitrine. S'il arrivait malheur à son enfant, alors s'éteindrait le peu de vie qu'il portait en lui – cette étincelle d'humanité qui le distinguait d'un barbare assoiffé de sang.

8

— Halte ! cria Apryll quand elle eut parcouru la majeure partie de la distance qui la séparait de son frère. Payton ! Arrête-toi !

Ils étaient déjà assez loin de Black Thorn, elle pouvait s'accorder quelques instants.

Payton se retourna à demi et, l'apercevant, tira sur ses rênes. Il tenait fermement le garçon, couché en travers de la selle.

— Où étais-tu ? lança-t-il d'un ton véhément, ses traits déformés par la colère. Que s'est-il passé ?

— Tu as disparu, accusa-t-elle.

— Tu savais pourtant que nous devions nous retrouver au...

— Je ne savais rien ! coupa-t-elle, crispant les poings car elle avait une envie dévorante de le gifler. Le plan a été complètement modifié.

— J'ai cru que tu avais préféré rester auprès du Loup de Black Thorn.

— Et pourquoi, je te prie ?

Elle prit une inspiration, balaya l'air de sa main comme pour chasser un insecte indésirable.

— Oh, peu importe ! Nous n'avons pas le temps de nous quereller.

Elle était fourbue, à l'instar de sa pauvre jument qui soufflait bruyamment et paraissait sur le point de s'effondrer sous le poids de sa cavalière. Le fils de Devlynn, à l'évidence, n'était pas en meilleur état. Il gisait, inerte, dans les bras de son ravisseur; son corps ballottait pitoyablement à chaque mouvement du cheval de Payton.

— Tu as modifié le plan, répéta-t-elle. Et si nous voulons être encore vivants demain matin, nous devons aller jusqu'à la ville la plus proche et confier le garçon au chapelain du lieu. Il veillera à ce que cet enfant retourne sain et sauf à Black Thorn. Alors, peut-être, pourrons-nous éviter une guerre qui...

— Je l'ai enlevé dans un but précis, l'interrompit Payton qui la toisait avec mépris du haut de l'étalon gris, bien plus grand et imposant que la jument d'Apryll.

— Et nous en subirons tous les conséquences.

— Je ne le pense pas.

— Devlynn de Black Thorn ne connaîtra pas de repos avant que toi et moi soyons à sa merci. Mais nous ne serons pas les seuls, tous ceux de Serennog seront implacablement châtiés. Nous serons anéantis.

— Pas s'il s'inquiète pour la sécurité de son rejeton.

Les yeux de Payton étincelaient à la lueur du clair de lune, un petit sourire cruel découvrait ses dents blanches et luisantes.

À ce moment, le garçon poussa un faible gémissement, et le cœur d'Apryll se serra.

— C'est lui qui est à notre merci, déclara Payton. Il ne tentera rien qui risque de mettre son fils en danger. Il nous donnera ce que nous voulons et même davantage.

— La vengeance et la mort!

— Non, j'ai tout prévu.

— Tu m'as désobéi.

— J'ai fait ce que j'avais à faire.

— Tu m'avais promis qu'aucune goutte de sang ne serait versée.

Il haussa les épaules.

— Eh bien, j'ai menti.

Perché sur un arbre, un hibou ulula.

— Tu m'as trahie, Payton.

— J'ai agi comme je le devais, ma sœur, afin de mettre Devlynn de Black Thorn à genoux. Maintenant, j'en ai assez de tes jérémiades, je ne les écouterai pas plus longtemps. Ou tu viens avec moi, ou tu affrontes seule notre ennemi.

Il talonna le flanc de son cheval qui bondit en avant. L'enfant, toujours abruti par la drogue, murmura quelques mots d'une voix pâteuse.

À contrecœur, Apryll les suivit. Dans l'immédiat elle n'avait pas le choix, cependant elle savait que l'avenir de ses sujets dépendait désormais d'elle. D'une manière ou d'une autre, elle les sauverait en restituant le jeune otage à son père.

Payton avait raison sur un point. Elle avait été une écervelée, une rêveuse, mais c'était fini. Malgré ce qu'il pensait, elle pouvait être aussi implacable que lui. Et elle le prouverait dès ce soir.

Il était trop tard, songea Geneva qui, dans la masure exiguë, contemplait le lit dévasté où Mary, une femme corpulente et trempée de sueur, bandait ce qu'il lui restait de force pour mettre ses jumeaux au monde. Elle était en travail depuis des heures. Britt la sage-femme, vieille et desséchée, était sortie pour aller chercher un seau d'eau et prévenir le chapelain.

La malheureuse, sur son grabat souillé, poussait des plaintes à fendre l'âme.

Elle agrippa Geneva par la manche.

— Aide-moi. Aide mes bébés, chuchota-t-elle, le visage méconnaissable, déformé par la souffrance.

— Ce n'est pas mon rôle.

— Je t'en supplie. Avant qu'elle revienne. Britt, les bébés, elle s'en moque... elle n'y voit plus bien, ses mains sont maladroites. Tu le sais.

— Elle est vieille.

Geneva jeta un coup d'œil vers la porte entrebâillée. C'était une nuit de pleine lune, et le vent se déchaînait. Une nuit de mauvais augure. De sombres pressentiments taraudaient Geneva, ils palpitaient au tréfonds de son être. Les forces de la nature, les esprits qui habitaient les forêts, les champs, l'océan, s'agitaient.

À cause de Payton.

Elle se mordit les lèvres, en proie à une sourde douleur, comme chaque fois qu'elle pensait à l'homme qu'elle n'osait pas aimer et avait pourtant accueilli dans son lit. Il lui avait pris sa virginité et, pire, son cœur. Machinalement, elle effleura son ventre, où la semence de Payton commençait à germer.

— Oui, balbutia Mary, Britt est trop vieille... elle a perdu son habileté... s'il te plaît, pour l'amour du dieu que tu pries, quel qu'il soit, aide-moi. Les jumeaux, ils arrivent... mais j'ai peur... j'ai peur de les avoir déjà perdus.

La voix de Mary tremblait de désespoir, ses gros doigts calleux griffaient la manche dépenaillée de Geneva.

— Par pitié, aide-moi. Aide mes petits.

Comment refuser ?

Consciente que ça lui vaudrait le courroux du père Hadrian ainsi que de la sage-femme, Geneva s'empressa de fermer la porte.

Résolument, elle chassa de son esprit l'image de Payton. Oui, même si elle craignait qu'il ne fût déjà trop tard, elle s'efforcerait d'assister cette femme vaillante qui, du matin au soir, plumait les volailles et dépouillait le gibier qu'on servait à la table de la suzeraine.

Fouillant dans son panier, elle y prit des bouts de chardon, de cataire et de tiges de framboisiers séchés. Elle éparpilla ces fragments de végétaux sur les bougies qui brûlaient sur une table, tout près. Puis elle plaça du gui, la plante protectrice, sur le lit et jeta dans le feu une poignée d'aiguilles de sapin argenté afin de sauver la parturiente et ses bébés. Chantant à voix basse, elle invoqua la Mère suprême, lui demandant de veiller sur cette pauvre femme et ses enfants à naître. Puis elle s'aspergea les mains d'huile, les posa sur le ventre nu de Mary qu'elle palpa doucement – hélas, elle ne perçut aucun signe de vie.

Mary laissa échapper un cri, se débattit. Dehors, un chien hurlait à la mort.

Saisissant le poignard caché dans son panier, Geneva traça sous le lit, par terre, une rune formée d'un triangle et d'un carré, entrecroisés pour engendrer la famille. Elle espérait que ce symbole épargnerait les jumeaux. De nouveau, elle plaça sa main sur le ventre énorme de Mary. Elle ne sentit que le vide, le froid.

— Ils... ils bougent ? bredouilla la malheureuse.

À cet instant, le père Hadrian pénétra impétueusement dans la masure. Une rafale de vent fit vaciller la flamme des bougies.

— Que se passe-t-il ici ? demanda-t-il d'un ton rogue. Geneva, si tu es en train de t'adonner aux antiques rituels, cela causera ta perte. Allons, Mary, nous devrions plutôt prier. Le seul vrai Dieu, ajouta-t-il en lançant un regard accusateur à Geneva.

Comme si l'instinct le guidait, il glissa un pied sous le lit et effaça la rune.

Britt, chargée d'un seau, les rejoignit. Elle renifla.

— Quelle est cette odeur ? Des herbes ? Je ne tolérerai pas ces pratiques païennes ici.

Elle désigna les bougies d'un doigt rendu noueux par les années.

— Qu'est-ce que tu as fait brûler ? Ne t'avise pas d'invoquer Lucifer, ma fille. Si notre abbé est trop bon pour te le dire, je te rappelle que nous sommes en terre chrétienne. Et maintenant, à nous deux, Mary. Contente-toi de respirer à fond, et moi, je vais te délivrer.

— Tu n'aurais pas invoqué le démon, n'est-ce pas, Geneva ? s'inquiéta le père Hadrian qui aperçut le gui disposé sur le lit.

— J'ai juste apporté un peu de gui et de houx pour Noël.

Il lui était facile de débiter des mensonges à ce représentant de Dieu.

Cette réponse ne parut pas le convaincre.

— Je devrai avertir lady Apryll à son retour.

Si elle revient, songea Geneva en se glissant prestement hors de la masure.

Dehors, la nuit était claire, hormis quelques nuages qui entouraient la lune comme un anneau. Pourtant, quelque chose de terrible, d'abominable se préparait. Geneva pressentait un revirement du destin. Mentalement, elle voyait la ruine d'Apryll de Serennog.

Tout cela parce qu'elle, la sorcière, avait menti.

9

La monture d'Apryll n'était pas assez rapide pour rivaliser avec l'étalon gris. En quelques minutes, Payton fut hors de vue, et la jument se mit à boitiller.

— Allons, allons... l'encouragea Apryll.

Mais la pauvre bête, pour vaillante qu'elle fût, n'en pouvait plus. Sautant à terre et la tenant par la bride pour la laisser reprendre des forces, Apryll continua à pied.

Elle était encore loin de l'ancienne auberge où les soldats de Serennog devaient se retrouver, et plus loin encore du château. En outre, il n'était pas impossible que Payton eût fixé un autre rendez-vous à ses hommes, en un lieu inconnu d'Apryll.

Pourquoi pas? Il avait déjà trahi sa sœur, menti éhontément, dévalisé Black Thorn et enlevé un enfant. Il n'avait pas hésité à tuer pour assurer ses arrières. De quelles infamies était-il capable?

Perdue dans ses pensées, elle discerna vaguement un bruit. Sourd, distant, mais qui se rapprochait. Des chevaux. Mon Dieu... Le piège n'avait pas fonctionné. Le Loup de Black Thorn était sur leurs traces.

Vivement, elle entraîna la jument dans des buissons. Ceux-ci n'offraient pas un réel abri où se dissimuler, mais heureusement il faisait sombre.

Elle entendit un chien dont les aboiements lugubres se répercutaient dans toute la forêt.

— Satanée bête, maugréa-t-elle.

Attachant sa monture à un baliveau, elle jeta son chapeau dans un ravin, espérant que le limier suivrait cette piste, ce qui lui laisserait un peu de temps. Où se cacher, cependant ? Il n'y avait alentour ni grotte ni chaumière. Rien.

Des sabots martelaient le sol avec fracas. De plus en plus proches. Le cœur d'Apryll cognait si fort qu'elle n'arrivait plus à réfléchir.

Courir... non, elle n'irait pas très loin. Mieux valait rester cachée et, quand les soldats seraient passés, revenir sur ses pas afin que son odeur se confonde avec celle des hommes et des chevaux... et prier pour que ce subterfuge déroute le chien.

Elle ôta sa cape, la lança également dans le ravin. Puis, s'élançant vers la troupe qui la traquait, elle s'enfonça entre les arbres dont les branches s'accrochaient à ses manches et à ses cheveux.

Des cris, des jappements surexcités, le bruit des sabots sur le sol gelé.

Elle plongea derrière une souche et se plaqua contre l'écorce calcinée par la foudre, tandis que l'armée passait en trombe.

Yale ouvrit péniblement les yeux. Des bras robustes le tenaient, il était sur un cheval qui galopait à une telle allure qu'il semblait voler. Il en était étourdi et se demanda pourquoi son père l'avait sorti de son lit pour chevaucher en pleine nuit.

Il était tellement fatigué, il se sentait si lourd. Quelque chose n'allait pas, pas du tout.

— Père ? bredouilla-t-il.

— Je ne suis pas ton père.

Yale ne connaissait pas cette voix. Il fit un effort surhumain pour regarder celui qui l'emportait ainsi sur le dos de Phantom. C'était un étranger, un homme au visage dur et qui semblait habité par une terrible rage.

Il avait atrocement mal à la tête, son estomac chavirait, et les ténèbres d'où il venait d'émerger menaçaient de l'engloutir à nouveau.

— Qui... qui vous êtes ? articula-t-il avec peine.

Le cavalier éclata d'un rire mauvais.

— Il vaut mieux que tu ne le saches pas.

Yale voulut protester, mais tout tournoyait autour de lui à une vitesse vertigineuse. Avant d'avoir pu émettre un son, il retomba dans l'inconscience.

Apryll rongeait son frein, en essayant de contrôler sa respiration. Au bout d'un moment, elle s'enhardit à jeter un coup d'œil par-dessus la souche. Constatant qu'il n'y avait personne en vue, elle sauta sur ses pieds et courut vers la route avec toute l'énergie dont elle était capable, en direction de Black Thorn. Elle se rappela avoir traversé un ruisseau, plus loin. Si elle prenait suffisamment d'avance, elle réussirait à l'atteindre et le suivrait sur quelques centaines de mètres – l'eau masquerait ainsi son odeur.

Ensuite, elle rebrousserait chemin vers Serennog ou vers l'auberge où les hommes de Payton devaient le rejoindre. Elle s'arrangerait pour emmener Yale, au nez et à la barbe de son frère, et le reconduire à Black Thorn... non, mieux encore, elle négocierait avec le diable en personne, promettrait à Devlynn de lui restituer son fils, ses chevaux et son trésor en échange de la paix.

Même s'il acceptait ce marché, ce ne serait pas terminé, naturellement. Devlynn ne renoncerait pas à sa vengeance, mais, avec un peu de chance, celle-ci serait moins implacable.

Et Serennog ? Le château ne serait-il pas dans un état plus lamentable encore qu'auparavant ?

Quel genre de suzeraine es-tu ?

Au fond, Payton n'avait pas tort. Elle aurait dû épouser un seigneur fortuné, l'un de ceux qui la dégoûtaient tellement. William de Balchdar, par exemple. Il était cruel, certes, mais il n'était pas pire que ses autres prétendants.

Elle avait des crampes dans les jambes, les poumons en feu. Comme elle n'entendait presque plus les soldats, elle ralentit quelque peu l'allure. Parvenue au bord du ruisseau, sûre d'avoir semé ses poursuivants, elle ôta pour ne pas la mouiller sa tenue de chasseur, noua autour de son pantalon et de ses bottes les manches de sa tunique.

Le vent sur sa peau nue lui donna la chair de poule, l'eau glacée lui mordit les chevilles, tandis que, en équilibre précaire sur les rochers glissants, elle descendait vers l'aval.

L'aube pointait déjà, des traînées de lumière grisâtre s'étiraient sur les collines, à l'est. Frissonnante, ruminant ses griefs contre son frère et songeant aux diverses manières dont elle l'étriperait à la première occasion, Apryll s'avançait courageusement dans le ruisseau. Des poissons la frôlaient au passage, mais elle ne les sentait même pas, tant ses membres étaient paralysés par le froid.

En outre, elle était affamée, exténuée. Il lui semblait que des siècles s'étaient écoulés depuis le moment où, dans les bras robustes de Devlynn, elle avait dansé à la lueur de milliers de bougies qui faisaient étinceler la robe immaculée de sa mère.

Un coq chanta dans un village voisin. Le ciel s'éclairant, Apryll aperçut un pont en arc qui enjambait le ruisseau. Elle escalada la berge moussue, où affleuraient des racines tout juste bonnes à la faire trébucher. Elle se dissimula dans des broussailles, enfila rapidement son pantalon.

Elle allait revêtir sa tunique quand la pointe d'une épée se posa sur sa nuque.

— On ne bouge pas.

Elle en eut le souffle coupé.

Devlynn de Black Thorn !

— Retournez-vous, articula-t-il d'une voix sourde, terrifiante. Lentement.

Plaquant sa tunique contre sa poitrine pour ménager sa pudeur, Apryll obéit. Depuis combien de temps était-il là, à l'affût ? L'avait-il vue nue, l'avait-il observée tandis qu'elle pataugeait dans l'eau ?

Son visage était pareil à un masque de pierre, reflétant la fureur et le mépris. Un rictus découvrait ses dents, ses yeux n'étaient plus que deux fentes. Il ne baissa pas son épée lorsque Apryll lui fit face. Un mouvement trop brusque, et la lame lui transpercerait la gorge. Malgré sa frayeur, elle redressa pourtant la tête et repoussa ses cheveux sur ses épaules.

— Vous vous êtes enfuie.

Elle ne répondit pas.

— Qui vous a libérée ? demanda-t-il en se rapprochant, si près qu'ils étaient nez à nez.

Comme elle continuait à se taire, il ajouta :

— Vous vous êtes échappée pour rejoindre les autres, pourtant vous n'êtes pas sur le chemin de votre domaine.

Épouvantée, elle sentit la pointe de l'épée s'enfoncer un peu plus au creux de sa gorge.

— Je vous repose la question. Où est mon fils ? Qu'avez-vous fait de lui ?

— Il est avec mon frère.

— Où ?

— Là-bas, plus loin sur la route.

Un muscle tressautait sur la mâchoire de Devlynn.

— Alors, il est vivant ?

— Évidemment !

Mon Dieu, la croyait-il vraiment capable de tuer un enfant ?

— Pourquoi n'êtes-vous pas auprès d'eux ?

— Eh bien, je... j'ai réussi à rattraper Payton, mais... ma jument s'est mise à boiter et je n'ai pas pu le suivre. Je vous ai entendu arriver, et... et je me suis dit que je devais absolument fuir, trouver de l'aide.

— Pour sauver votre misérable carcasse, rétorqua-t-il avec mépris.

— Non, pour reprendre Yale à Payton.

Il la toisa, soupesant ses paroles, cherchant à démêler le vrai du faux.

— Vous vouliez délivrer l'enfant que vous avez enlevé, mais vous ne vous êtes pas adressée à moi.

— Vous auriez pensé que je mentais. D'ailleurs j'ignorais où vous étiez, et je... je me demandais quel traitement vous me feriez subir en découvrant que j'avais quitté ma cellule.

Elle déglutit, mais ne bougea pas. Elle offrait sa gorge à l'épée de Devlynn. Elle sentait son sang affluer là, au creux de son cou. Il lui semblait que son cœur allait crever l'étoffe de la tunique qu'elle gardait toujours plaquée contre sa poitrine.

Cet homme qui la tenait à sa merci avait l'air d'un démon. Ses boucles noires lui tombaient sur le front, un début de barbe lui salissait la figure, ses yeux jetaient des éclairs. Était-ce réellement celui que, poussée par un mystérieux élan, elle avait embrassé, avec qui elle avait dansé et bu du vin ? Son visage reflétait un intolérable dégoût, il la contemplait comme si elle n'était que de la vermine.

— Comme je... je vous l'ai expliqué, bafouilla-t-elle, ma jument boite et...

— *Ma* jument, corrigea-t-il.

La pointe de l'épée descendit de quelques centimètres, s'arrêta sur la clavicule d'Apryll.

— Je vous en prie, lord Devlynn, il faut me croire. Je ne voulais pas que votre fils soit enlevé.

— Il l'a néanmoins été.

— Oui...

La lame descendit encore, repoussa la tunique. Apryll agrippa l'étoffe, perçut un éclat menaçant dans les yeux de Devlynn. Résignée, elle laissa choir le vêtement à terre.

— Ainsi... vous aviez seulement l'intention de me dévaliser, d'emmener mes chevaux et d'assassiner quelques-uns de mes hommes.

— Il ne devait pas y avoir de blessés.

La pointe de l'épée glissait toujours, sur son ventre, jusqu'à la lisière de sa toison.

— Pourtant il y a deux morts, d'autres hommes qui agonisent. Mon fils, qui a été drogué par un traître, à l'intérieur même de mon château. Assez de crimes pour vous valoir la potence.

La fureur de Devlynn était palpable, elle semblait imprégner les arbres alentour, l'eau aux reflets argentés qui bouillonnait sur les rochers du ruisseau.

— J'aimerais tant pouvoir réparer, murmura-t-elle.

— Oh, ma chère lady, vous le pouvez ! Et, je vous en donne ma parole, vous allez le faire si vous tenez à la vie.

— Dans ce cas, rengainez cette maudite épée et hâtons-nous. Nous n'avons pas de temps à perdre en... en menaces inutiles.

Elle recula d'un pas, se baissa à demi pour ramasser sa tunique, puis tourna le dos à Devlynn.

— Qu'exigez-vous de moi ? s'enquit-elle.

— C'est très simple. Votre frère me rend mon fils sain et sauf, faute de quoi vous en subirez les conséquences.

— Vous me taillerez en pièces, voilà ce que vous envisagez ? riposta-t-elle.

Elle en avait assez de se montrer soumise. Ce n'était pas sa nature.

— J'ai en tête d'autres châtiments, moins brutaux, mais qui vous inciteront sans doute à m'avouer la vérité. Il existe diverses manières de délier la langue d'une femme.

Vivement, elle enfila sa tunique et lui fit face.

— Puis-je vous poser une question ? Comment m'avez-vous retrouvée ?

— Cela n'a pas été difficile.

Elle noua les lacets qui fermaient l'échancrure de sa tunique. Elle refusait d'exhiber la moindre parcelle de peau.

— J'ai découvert votre monture, reprit-il, et compris que vous n'étiez pas loin. Alors je me suis mis à votre place et j'ai réfléchi. Nous allions vous capturer, vous n'aviez donc qu'une solution : revenir sur vos pas, chercher un ruisseau, essayer de dérouter les chiens, puis vous procurer un autre cheval.

Effectivement, tel était le plan qu'avait conçu Apryll.

Il arborait un sourire condescendant qui l'exaspéra. Elle aurait tout donné pour pouvoir à son tour surgir au moment où il serait nu comme un ver et le menacer de son épée. Comment réagirait-il dans cette fâcheuse posture, lui l'orgueilleux seigneur ? Oh oui, ce serait un spectacle dont elle se délecterait !

Malheureusement, l'heure n'était pas à ce genre de rêveries. Une seule question se posait : était-il possible de récupérer le fils de Devlynn et de négocier la sauvegarde de Serennog ?

Payton n'accepterait jamais de relâcher son otage. Pas sans combattre. Pas sans compensation.

Elle enfila ses bottes, se redressa. Il tendit une main.

— Votre poignard.

— Je n'ai pas de...

— Ne me prenez pas pour un imbécile.

Les dents serrées, elle extirpa de sa poche le petit poignard à manche d'os. Il s'en saisit, désigna son cheval.

— À partir de maintenant, vous ferez ce que je vous dis de faire.

Apryll ne discuta pas, c'était inutile. Pour l'instant, elle se plierait à sa volonté. Mais seulement pour l'instant.

Il lut le défi et la colère dans ses yeux. Elle était accoutumée à donner des ordres, et non à en recevoir ; à l'évidence, ce revirement de situation lui déplaisait au plus haut point.

Elle pivota, et il lui emboîta le pas, admirant malgré lui son dos pareil à une tige souple, ses cheveux miel qui cascadaient sur ses épaules, ses longues cuisses que n'avantageait pourtant pas ce ridicule pantalon dont elle s'était affublée. Il revoyait encore ses seins nus, quand il l'avait surprise en train de se rhabiller, les mamelons que le froid durcissait et dont la couleur délicate évoquait celle d'un bouton de rose, le triangle de sa toison…

Seigneur, cette créature l'obsédait ! Il la regardait marcher, scrutant les alentours, à l'affût d'un moyen de fuir. Elle ne capitulait jamais. Le courage, la volonté farouche dont elle faisait preuve étaient, il devait l'admettre, dignes d'admiration.

Peut-être, mais elle t'a volé ton fils. Ne l'oublie pas !

Naguère, son épouse lui avait appris qu'entre l'amour et la haine il n'y avait guère de différence. Apryll de Serennog, avec sa fierté indomptable et son corps splendide, appartenait aussi à cette race de femmes capables de le rendre fou.

Il sauta en selle, lança d'une voix tranchante :

— Ne vous faites pas d'illusions, vous ne m'échapperez plus.

Il lui tendit la main pour l'aider à se hisser sur le dos du cheval, crut un instant qu'elle allait cracher dans sa paume.

— Si vous me désobéissez, ajouta-t-il, vous serez impitoyablement châtiée, ainsi que ceux qui vous sont chers.

Il la dévisagea, ne capta pas la moindre lueur de crainte dans son regard brillant d'intelligence. Les lèvres pincées, elle mit sa main dans la sienne et, d'un mouvement souple, s'assit entre le pommeau de la selle et lui.

Le frottement de ces fesses rondes, parfaites et si féminines, contre son membre viril, faillit lui arracher un gémissement. Les heures à venir promettaient d'être une véritable torture. Pourquoi ne pas la jeter à terre, l'abandonner dans la forêt, face à son destin ? Ce serait tellement plus facile.

Hélas, il ne le pouvait pas. Elle représentait une monnaie d'échange, et elle seule savait où était Yale.

Pour insupportable que fût cette idée, il avait besoin d'elle.

Et tu la désires, reconnais-le. Tu la veux, plus qu'aucune autre femme au monde. Tu veux la sentir se tordre de plaisir sous ton poids, l'entendre crier ton nom.

La bouche sèche, il lui murmura à l'oreille :

— Dites-moi où est mon garçon.

Comme elle ne répondait pas, il referma brutalement les doigts sur son sein.

— Il y a plusieurs façons de vous extorquer la vérité, lady Apryll. Et je vous jure que je n'hésiterai pas à y avoir recours.

Elle déglutit avec peine, s'efforça de ne pas réagir. La main gantée, qui lui pétrissait le sein, ne lui inspirait pas de répulsion, et elle se méprisait pour cela. L'homme qui la touchait ainsi l'avait enfermée dans une cellule, il avait juré de se venger d'elle et pouvait à tout instant mettre fin à ses jours. Pourtant, c'était plus fort qu'elle, l'envie de l'embrasser, de le caresser, de se blottir dans ses bras, la tenaillait.

Que lui arrivait-il ?

Elle devait absolument lui fausser compagnie à la première occasion, rejoindre seule Payton, tenter de raisonner son frère et ramener le jeune Yale au château de son père.

Peut-être alors parviendrait-elle à se libérer du Loup de Black Thorn.

Cependant, ce n'était pas sûr.

10

Cette chevauchée – ce calvaire, plutôt – était enfin terminée, songea Apryll lorsque Devlynn tira sur les rênes de sa monture, couverte de sueur.

Ils étaient arrivés au campement, qui se résumait à un feu, une tente, et cinq ou six chevaux attachés à des arbres. Non loin gargouillait un ruisseau. Quelques hommes étaient accroupis autour du feu. Ils tournèrent la tête pour observer le lord de Black Thorn qui aidait Apryll à mettre pied à terre.

— Où l'avez-vous trouvée, celle-là ? demanda un homme gras, promenant ses petits yeux porcins, luisants, sur le corps de la jeune femme qui sentit le rouge de la honte lui monter aux joues. Je croyais qu'elle était au fond d'un cachot, à Black Thorn.

— Eh bien, vous vous trompiez, riposta-t-elle.

— Ce n'est pas peut-être une mauvaise chose, continua le chevalier d'un ton lubrique qui fit frémir Apryll. Une femme ne nous serait pas inutile, pour cuisiner, laver notre linge et nous réchauffer la nuit. Pas vrai ? ajouta-t-il en adressant un clin d'œil égrillard à ses compagnons. Elle est jolie, et je suis prêt à parier qu'elle a tout ce qu'il faut pour contenter un homme.

— Osez me toucher et vous vous en repentirez jusqu'à la fin de vos jours, articula-t-elle.

Elle s'approcha de l'odieux personnage, darda sur lui un regard étincelant.

— Si vous tenez à vos mains, ne vous avisez pas de les poser sur moi.

Il s'esclaffa.

— Et qu'est-ce que vous feriez ? Vous me mordriez ? rétorqua-t-il en lui agitant ses doigts crasseux sous le nez.

Devlynn observait la scène sans broncher. Si elle comptait sur lui pour venir à sa rescousse…

— Oh… j'adore les pouliches un peu rétives, gloussa le chevalier.

Elle aurait donné n'importe quoi pour avoir encore son petit poignard et le lui planter dans la panse. Mais elle n'avait qu'une ressource : sa ruse.

D'un air hautain, elle fit alors ce qu'elle avait si souvent vu Geneva faire. Du bout de sa botte, elle traça sur le sol deux runes : un pentacle et, à côté de l'étoile à cinq branches, le symbole de la virilité.

— Oublions vos mains, je vais maudire une autre partie de votre personne, dit-elle.

Et, cette fois avec le talon de sa botte qu'elle enfonça dans la terre, elle barra la flèche, signe de la masculinité. Puis elle se mit à déclamer :

— « *Mère suprême, écoute ma prière,*
Tous tes secrets ici sont révélés,
Frappe le pécheur incrédule,
Frappe et pourris son membre. »

— Mais qu'est-ce que… bafouilla sa victime.

Les autres ricanaient.

— Vous ne saviez pas que les femmes de Serennog sont réputées pour être des jeteuses de sorts ? Une malédiction pèse sur le château et tous ceux y vivent possèdent des pouvoirs magiques.

— C'est… c'est un mensonge. Une blague.

Elle fixa son regard sur l'entrejambe de son interlocuteur, haussa les épaules.

— Vous le découvrirez bientôt, d'ici demain. Mais si vous n'êtes pas téméraire et préférez que j'annule le sort, alors ne m'approchez pas. Et ceci est valable pour chacun d'entre vous, conclut-elle en observant tour à tour les hommes assis en rond, qui avaient juré fidélité au lord de Black Thorn.

— Si vous êtes une sorcière, hasarda l'un d'eux, pourquoi vous ne vous êtes pas sauvée ?

— Je l'ai déjà fait. Je peux recommencer.

— Oui, oui... Montrez-nous ça : claquez des doigts et disparaissez.

Elle secoua la tête comme s'ils étaient des chenapans tellement stupides qu'elle n'en revenait pas.

— Cela ne marche pas de cette façon. Mais vous verrez bien, ajouta-t-elle en coulant un nouveau regard vers le bas-ventre du chevalier aux yeux porcins. Quel dommage que votre compagnon soit condamné à ne jamais avoir de fils !

— Ça suffit ! gronda Devlynn.

Il feignait la colère, mais en réalité il était amusé par la manière dont elle avait cloué le bec à sir Lloyd, qui était une véritable plaie avec ses plaisanteries de mauvais goût et ses perpétuelles récriminations. S'il n'avait pas été un archer de première force, Devlynn l'aurait laissé au château.

— Sir Lloyd, commanda-t-il, emmenez quelques hommes avec vous et ne revenez pas ici sans avoir tué un cerf ou un sanglier.

Il se tourna vers un individu grand, aux yeux noirs et à l'air maussade.

— Bennet partira en éclaireur sur ce chemin... et toi, Dennis, retourne à Black Thorn. Préviens mon frère que nous avons retrouvé lady Apryll, qu'il y a des traîtres chez nous et que je n'aurai pas de repos avant de les avoir tous démasqués.

— Et vous, milord, qu'allez-vous faire ? demanda Dennis, avec un coup d'œil en direction d'Apryll qui demeurait immobile, feignant la plus parfaite indifférence.

— Interroger la prisonnière.

Il désigna d'un geste la tente à Apryll qui hésita et, un instant, perdit son bel aplomb.

— Là-dedans.

— Pourquoi pas dehors ?

— Pour que vous preniez à nouveau la clé des champs ? Non, pas question.

Raide comme un *i*, elle marcha devant lui jusqu'à la tente. Il lança un regard par-dessus son épaule, constata avec satisfaction que ses hommes sellaient leur monture. Bien. Il voulait rester seul quelques heures avec lady Apryll de Serennog, celle que Violet comparait à un ange, que Collin jugeait fascinante, celle qui prétendait être une sorcière et qui, pour Devlynn, incarnait Némésis.

Aujourd'hui, il découvrirait tout ce qu'il y avait à savoir sur elle et déciderait ensuite de son avenir.

C'était un bien piètre repaire, mais il faudrait s'en contenter, décréta Payton en observant la bâtisse à moitié effondrée, mangée par les ronces et les broussailles.

Portant le fils endormi du lord de Black Thorn, il s'avança sur le sentier, à peine visible sous la végétation qui l'envahissait, vers ce qui avait été naguère, en des temps plus florissants, une auberge. C'était avant que le pont sur la rivière ne soit emporté par la crue des eaux et la route détournée vers un village plus prospère. Durant un demi-siècle, on avait laissé ce bâtiment tomber en ruine. Rares étaient ceux qui se rappelaient son existence.

La mère de Payton lui en avait parlé autrefois, c'était là que le père du Loup de Black Thorn l'avait brutalisée et engrossée. À ses yeux, c'était le lieu idéal pour, aujourd'hui, enfermer son otage, le fils de Devlynn.

Malgré lui, il grinça des dents. Il avait grandi avec la conscience de ne pas avoir été désiré, d'être le fruit d'un viol, ignoré par le lord dont le sang coulait dans ses veines, toléré par celui qui l'avait élevé, lord Regis, un homme qui n'avait jamais pu engendrer d'héritier mâle. Lord Regis, le père d'Apryll.

Les railleries et les quolibets dont il avait été la cible durant son enfance résonnaient encore à son oreille. *Payton le bâtard. Payton, la progéniture du démon.*

Ces mots-là, il les avait entendus si souvent, il les avait portés dans son cœur, les avait fait ravaler plus d'une fois, à coups de poing, à ses camarades de jeu. Mais c'étaient surtout les commentaires qu'on chuchotait dans leur dos, quand il passait avec sa mère, qui l'avaient le plus blessé.

— La pauvre, murmuraient les vieilles commères de Serennog d'un ton dégoulinant de pitié. Il lui rappellera toujours l'horreur qu'elle a subie.

— Pourquoi l'a-t-elle mis au monde ? Elle aurait dû prendre une potion, vous savez, quelque chose pour se débarrasser du bébé.

— Moi, à sa place, je me serais tuée. Je n'aurais pas enfanté de cette mauvaise graine.

Payton avait entendu à longueur de temps ces murmures – des flèches empoisonnées qui faisaient saigner son âme. Et il avait compris que de nombreux habitants du domaine pensaient que le viol et la grossesse de sa mère avaient amené sur Serennog une terrible malédiction. Qu'il était coupable des malheurs qui accablaient le château depuis près de deux décennies.

À présent, il allait enfin prendre sa revanche.

Le garçon gémit lorsqu'il se courba pour franchir le seuil, à moitié effondré. La porte, des planches pourries, était prête à se décrocher de ses gonds rouillés. Les murs étaient d'un gris sale, abîmés par les intempéries. Les ronces s'engouffraient dans les fenêtres. La bâtisse évoquait une bête agonisante, dont on aurait vu l'échine sous la chair déchiquetée, partout où le chaume du toit s'était envolé.

À l'intérieur, une faible lumière, que laissaient entrer les lézardes et les trous béants dans la toiture, éclairait un amas de paille moisie sur laquelle Payton déposa son otage.

— Oooh... gémit le gamin qui ouvrit un œil et se frotta le crâne.

Ses boucles noires lui tombaient sur le front, il avait le nez semé de taches de son. Il darda un regard intrigué sur son ravisseur.

— Qui vous êtes ? demanda-t-il, sans manifester la moindre peur. Et où suis-je ?

— Tu peux m'appeler « seigneur », répondit Payton avec jubilation.

Clignant les paupières, comme pour s'éclaircir l'esprit, Yale émit un reniflement méprisant.

— Pourquoi ? Vous en êtes un ?

Payton esquissa un petit sourire.

— Pas encore.

Se redressant sur un coude, Yale examina le décor qui l'entourait : le sol en terre battue, des victuailles, apportées ici quelques jours plus tôt, entassées près d'un âtre noirci à l'autre bout de ce qui avait été jadis la salle principale de l'auberge.

Dans les coins sombres, des toiles d'araignée et des nids de guêpes abandonnés. Sous une haute poutre qui lui servait de perchoir, gisaient les squelettes et les dépouilles des proies dévorées par un hibou.

— Où est mon père ?

Bonne question, petit, songea Payton. Il haussa négligemment les épaules.

— Il s'est égaré, je suppose.

— Non, pas mon père.

Yale s'assit, grimaça.

— Aïe... ma tête. J'ai l'impression d'avoir là-dedans des centaines de chevaux qui galopent.

— Ça passera, marmonna Payton en se dirigeant vers les provisions.

— Quand ?

— Bientôt.

— Pourquoi suis-je ici ?

Payton avait prévu une réponse.

— Tout ce que tu as besoin de savoir, c'est que maintenant tu es notre prisonnier et que tu ne dois pas tenter de t'échapper.

— C'est un jeu ? Pour les fêtes de Noël ?

Les yeux de Yale se mirent à briller à cette idée, un sourire ravi retroussa ses lèvres, découvrant des dents fortes et étincelantes. Avoir un défi à relever lui plaisait. Il ressemblait bien à son géniteur.

— Tante Miranda a dit à Bronwyn qu'il y aurait une surprise pour les fêtes !

— Ce n'est pas un jeu, crois-moi, grogna Payton.

Yale ne tint aucun compte de cette déclaration.

— Il faut que je m'échappe, c'est ça ?

— Non, ce serait une terrible erreur de ta part.

Le garçon se leva et, encore étourdi, s'appuya au mur pour ne pas tomber. Il étudiait les lieux, cherchant déjà une issue par où s'enfuir.

Mais, dans l'immédiat, il n'aurait pas l'énergie d'aller très loin. Il était toujours sous l'effet de la drogue qu'on lui avait fait ingurgiter.

— J'ai soif, se plaignit-il.

— Il y a un ruisseau tout près, tu auras de quoi boire.

— Et j'ai faim.

— Tu mangeras bientôt, quand les autres seront là.

— Quels autres ?

— Ça ne te regarde pas.

— Mais j'ai faim.

Payton crispa les poings. Il n'avait pas imaginé que ce garçon serait aussi pénible.

— Il te faudra patienter.

— Ma tante dit que je suis comme mon père : la patience n'est pas mon fort.

Elle n'a pas tort, cette femme, pensa Payton.

— À présent, tu te tais. J'ai du travail.

— Quel travail ?

— Je te le répète : ça ne te regarde pas. Tu t'assieds et tu te tiens tranquille. Quand les autres arriveront, nous mangerons. Pour l'instant, tu attends.

Les yeux du garçon s'étrécirent, emplis de suspicion.

— Vous êtes des voleurs ? Des coupe-jarrets ?

— Oui, et on coupe aussi les têtes, rétorqua Payton d'un ton menaçant.

— Alors vous êtes une bande d'assassins ? Et je fais partie de votre bande ? s'exclama Yale, oubliant sa soif et son ventre creux tant l'aventure qui s'annonçait l'excitait.

— Non, tu es notre prisonnier.

— Ah bon ? répliqua Yale, impressionné. Et comment je dois me comporter ?

— Je te l'ai dit : tu te tiens tranquille et tu attends ! articula Payton, exaspéré.

— Mais qu'est-ce que j'attends ?

— Qu'on vienne te secourir.

— Il me plaît, ce jeu ! C'est mon père qui va me secourir ? Et oncle Collin et tante Miranda, ils jouent aussi ? Parce que ma tante, avec un arc et des flèches, elle est championne. Elle sait même manier la masse d'armes, je l'ai vue un jour. Elle est de notre côté ?

— Oui, grommela Payton. Ils sont tous de notre côté.

— Mais... et Bronwyn ? C'est une fille...

Yale fronça le nez d'un air dégoûté.

— Une pleurnicheuse. Elle arrive tout juste à monter à cheval et à tenir un poignard. Elle n'est pas comme sa mère et...

— Assez !

Payton se massa la nuque, pour se détendre ; il aurait volontiers étouffé ce garnement. Il avait besoin de silence pour penser, réfléchir à l'attitude qu'il adopterait vis-à-vis de sa sœur, qui ne tarderait certainement pas à apparaître.

— Quand est-ce qu'il sera fini, le jeu ? insista Yale.

Payton le foudroya des yeux ; toutes ces questions lui donnaient mal à la tête.

— Pour le moment, tu es mon prisonnier et tu restes ici, sans bouger.

— Jusqu'à ce que mon père me délivre ?

Payton pinça les lèvres.

— Oui, jusqu'à ce qu'il *essaie* de te délivrer.

— Alors, je ne peux pas tenter de m'enfuir ? rétorqua Yale, dépité et à nouveau soupçonneux.

— Tu dois obéir à mes ordres. Sinon, le jeu sera gâché.

— Et il faut absolument que je sois prisonnier ?

— Absolument. Et que tu sois docile.

Yale fit la grimace.

— Je ne trouve pas ça amusant.

— La prochaine fois, tu seras le ravisseur.

La figure du garçon s'illumina.

— Oh, oui ! Et je serai très méchant.

Payton le croyait sans peine.

Il regarda par la fenêtre les nuages qui s'amoncelaient dans le ciel et se demanda où était passée sa sœur. Sa jument, certes, était moins rapide que l'étalon gris du lord de Black Thorn, cependant son retard commençait à devenir préoccupant.

À moins qu'elle n'ait eu un problème en route.

Ou que Devlynn ne l'ait rattrapée. Non, c'était improbable.

Pourtant...

L'inquiétude s'insinuait dans l'esprit de Payton. Qu'adviendrait-il si Devlynn l'avait capturée ? La soumettrait-il à la torture pour lui délier la langue ?

En cet instant même, les soldats de Black Thorn approchaient peut-être de l'auberge, prêts à en découdre.

Il lança un coup d'œil à Yale qui fixait sur lui un regard étincelant, intense, pareil à celui de son père. Il songea que cet enfant était son neveu, puisque

Devlynn, par la faute d'un monstre assoiffé de luxure, était son demi-frère.

Néanmoins, apparemment, peu de gens à Black Thorn le savaient. Sans doute parce que Morgan, le défunt lord, avait violenté des dizaines de femmes innocentes, dispersé sa semence dans tout le pays de Galles et engendré d'innombrables bâtards.

Mais Payton était le fils d'une lady, et non d'une quelconque servante à la cuisse légère.

Il observa à nouveau Yale, l'unique héritier de Devlynn, et n'éprouva rien. Il n'avait aucun lien avec lui. Ce garçon n'était pour lui qu'un moyen d'atteindre son but. Il n'avait pas plus d'importance à ses yeux que l'étalon gris volé à son ennemi mortel.

11

En entrant dans la tente du lord, Apryll frémit. Sur le sol était installée une paillasse recouverte de fourrures.

La couche de Devlynn.

Elle eut l'impression que sa bouche s'emplissait de sable. Les autres soldats quittaient le campement, le martèlement des sabots de leurs chevaux s'estompait déjà.

Elle était seule avec le Loup de Black Thorn.

— Asseyez-vous, ordonna-t-il.

— Je préférerais rester debout, j'ai...

— Asseyez-vous.

Elle s'exécuta. Inutile de le mettre en colère. Elle devait l'amener à croire qu'elle avait renoncé à toute idée de fuite. En prenant place sur les moelleuses fourrures, elle se demanda combien de femmes il avait déjà prises sur ce lit de fortune. Serait-elle la prochaine ?

Serait-ce si terrible ?

Apryll, tu oublies qu'il est ton ennemi.

Oui, mais tu as senti le goût de ses lèvres, tu as frissonné sous ses mains. Combien de temps encore garderas-tu ta virginité et, puisque personne ne te plaît, as-tu vraiment l'intention de ne jamais te marier ?

Serait-ce un péché de t'unir à un homme que tu n'aimes pas ? D'autres le font et ce serait peut-être un bon moyen pour t'échapper.

Dans les couloirs de Serennog, elle avait souvent surpris des conversations entre femmes. Notamment un jour, Daisy la lingère s'était plainte : son homme s'endormait sitôt qu'il se couchait.

— Il n'est pas le seul à souffrir de ce mal, lui avait répondu Frannie la couturière, avec un rire gras. Et nous, avait-elle confié à sa jeune interlocutrice, nous sommes condamnées à nous contenter de peu. Et à rêver que notre mari soit assez viril pour assouvir nos besoins aussi bien que les siens. Mais ça se produit rarement, Daisy. La plupart des mâles se dépêchent de faire leur petite affaire et, au moment où tu commencerais à avoir du plaisir, ils se mettent à ronfler. Mon Tim, par exemple, il n'arrête pas de se vanter auprès de ses compères, de dire qu'il est capable de m'arracher des hurlements de bonheur jusqu'à l'aube. Il ment comme un arracheur de dents. Et le pire, c'est qu'il y croit, à ce mensonge.

À présent, un plan commençait à germer dans l'esprit d'Apryll. Oserait-elle le mettre en application ? Coucher avec cet homme et prier qu'il s'endorme ? Il devait être aussi épuisé qu'elle après toutes ces heures de veille.

Cependant... c'était une force de la nature. Elle le détailla discrètement. Il était si grand qu'il lui fallait se courber pour tenir debout sous la tente, il avait les bras croisés sur sa large poitrine. Son regard gris, perçant, était braqué sur elle, comme s'il lisait dans ses pensées.

— Étendez-vous.

Il fit un pas vers elle.

— Mais je ne suis pas fatiguée, bredouilla-t-elle, le cœur cognant à se rompre.

— Oh si, vous l'êtes ! Nous le sommes tous les deux. Nous allons dormir et nous nous lèverons quand mes hommes seront de retour. Vous me direz alors pourquoi vous avez attaqué mon château et enlevé mon fils. Si vous réussissez à me persuader que vous êtes sincère, vous aurez de quoi manger, car je présume que vous êtes affamée.

Il ne se trompait pas, elle avait des crampes à l'estomac.

— Maintenant, étendez-vous, répéta-t-il.

— Je n'ai pas besoin de me reposer.

Mijoter le plan de coucher avec lui était une chose, passer à l'acte en était une autre, et à présent qu'elle était au pied du mur le courage lui manquait.

— Vous ne supportez pas qu'on vous donne des ordres, n'est-ce pas ?

— Pas plus que vous, j'imagine.

— Je vous rappelle que vous êtes ma prisonnière et que vous n'avez donc pas votre mot à dire. Vous tenez à ce que je vous allonge de force sur cette paillasse ?

Elle obéit et retint son souffle lorsqu'il se laissa tomber lourdement à son côté. Agrippant ses deux poignets d'une main, il la contraignit à étirer les bras au-dessus de sa tête et, de sa main libre, remonta les fourrures sur eux.

Elle essaya de se dégager, mais les doigts qui lui enserraient les poignets avaient la solidité du métal – un étau de chair et d'os.

— Vous ne vous enfuirez pas, murmura-t-il. N'ayez aucune illusion.

— Mais je ne peux pas dormir dans cette position.

— Moi, si. C'est l'essentiel.

— Vous êtes un monstre.

— Effectivement.

— Je constate que toutes les horreurs qu'on raconte sur vous ne sont pas exagérées.

— Et elles sont encore loin de la vérité. Ne l'oubliez pas.

— Mais…

— Chut…

Serrée contre lui, elle sentait son haleine brûlante dans son cou, et la chaleur de son corps à travers la fragile barrière de leurs vêtements. Et s'ils étaient nus, peau contre peau, qu'éprouverait-elle ?

N'y songe pas. Réjouis-toi qu'il soit exténué. Dès qu'il sombrera dans le sommeil, tu pourras lui fausser compagnie. Fais semblant de dormir et ensuite, tout doucement, tu te libéreras de son étreinte.

C'était simple. Il suffisait d'attendre.

— La prisonnière s'est évadée.

Le soldat tremblait littéralement comme une feuille. Il était debout face à Collin, installé dans le fauteuil du lord devant la cheminée du grand hall. Les chiens étaient nerveux, leurs yeux sombres ne quittaient pas le siège du maître.

— La prisonnière ?

— Oui, la femme. Elle… elle n'est plus dans la tour.

Lentement, Collin se redressa.

— Tu es en train de me dire qu'Apryll de Serennog a disparu ?

— Oui, milord, marmonna le garde, baissant le nez.

— Tu n'étais pas à ton poste ?

— Si. Dès qu'on m'a donné l'ordre de surveiller la porte de la cellule, je n'en ai plus bougé. Et cette porte est restée verrouillée.

— Alors, elle ne peut pas avoir disparu. Montre-moi.

Jetant un manteau sur ses épaules, il empoigna son épée et sortit à grands pas, escorté par le garde qui, plus petit que lui, avait de la peine à le suivre.

En traversant l'enceinte, où l'air était encore imprégné d'une âcre odeur de fumée et de poutres calcinées, il entendit le fracas des marteaux. On s'affairait déjà à réparer les écuries.

Il pénétra dans la tour, grimpa l'escalier en colimaçon menant à la cellule, dont la porte était maintenant grande ouverte.

En effet, la pièce était vide.

— Où est-elle ?

— Je... je ne sais pas.

— Ce n'est pas un fantôme, elle n'a pas pu s'évaporer de cette manière.

Le soldat déglutit.

— Je crois que... peut-être... elle s'est échappée avant que je prenne mon poste.

Collin lui lança un regard meurtrier.

— Ce qui dégagerait ta responsabilité et te permettrait de sauver ta tête, n'est-ce pas ?

— Je ne vois pas d'autre explication.

Avec un grognement de mépris, Collin donna un coup de pied rageur au grabat qui alla percuter bruyamment le mur. Un rat, effarouché, détala à toute vitesse.

— Alerte les gardes qui sont encore ici. Fouillez à nouveau le château. Aucun des invités n'a été pour l'instant autorisé à partir. Inspectez tous les chariots, les moindres recoins.

Il pivota, redescendit les marches.

— Et quand lord Devlynn reviendra, ce sera à toi de lui annoncer que sa prisonnière, à laquelle il tient tant, s'est envolée.

— Où vas-tu donc comme ça ?

Geneva, qui tentait de se faufiler par la porte principale du château, se figea. Elle se retourna vers le père Hadrian, ce répugnant serviteur de Dieu revêtu d'une aube d'excellente qualité qui chatoyait dans la lumière. Oh, pourquoi ne ressemblait-il pas au cher père Benjamin ?

— Je vais chercher des plantes dans la forêt.

Elle s'arracha un sourire crispé qui, elle le savait, ne convaincrait pas cet individu soupçonneux de nature.

— Pour quelle raison ? Pratiquer tes rites païens et démoniaques ? Je sais ce que tu es : une sorcière. Et même si les autres peuvent se laisser envoûter par toi ou être aveugles comme le père Benjamin, qui l'est à tous les sens du terme, moi je vois clair dans tes manigances.

— La cuisinière a besoin d'herbes, elle n'a plus rien dans son potager.

Ce n'était pas tout à fait faux. Geneva avait proposé à la cuisinière de lui regarnir le garde-manger d'aromates sauvages qu'on trouvait dans les collines.

— C'est l'hiver, objecta le père Hadrian. Rien ne pousse.

— Quand on sait où chercher, on peut récolter des racines, des herbes séchées et des pommes.

À court d'arguments, il plissa les lèvres.

— Pourquoi ne pas emmener quelqu'un avec toi ? S'aventurer seule hors du château est dangereux.

Moins dangereux que de rester entre ses murailles, songea-t-elle.

— Je serai de retour à midi. Il n'y a pas à s'inquiéter.

Il jeta un coup d'œil en direction de la porte, à la herse – formée d'épais barreaux aux pointes acérées – levée.

— Bon... maugréa-t-il. Mais ne t'attarde pas. J'ai promis à lord Payton de veiller sur chacun de vous en son absence.

— Vous voulez dire que vous l'avez promis à lady Apryll, rétorqua-t-elle, intriguée par le lapsus de son interlocuteur.

— Oui, bien sûr. À lady Apryll.

— Mais n'est-ce pas sir Brennan qui a la responsabilité du domaine jusqu'au retour de milady ?

— Naturellement, acquiesça le vaniteux serviteur de Dieu. J'exécute ses ordres, justement. Il m'a demandé de m'occuper des serviteurs et des paysans. Lui a des affaires plus importantes à traiter.

— Lesquelles ? s'enquit-elle, flairant un mensonge.

— Faire fonctionner le domaine, quelle question ! Il a du pain sur la planche, entre la garnison, les litiges divers et cet imbécile d'intendant, Andrew. Pourquoi lady Apryll garde-t-elle pareil incompétent ? C'est incompréhensible.

À cet instant, Geneva entendit un bruit de pas. Le père Benjamin approchait, la main posée sur l'épaule du garçon qui lui servait généralement de guide.

— Que se passe-t-il ici ? s'enquit-il, ses yeux aveugles fixant le vide.

— Geneva veut aller dans la forêt ramasser des racines et des herbes, répondit son successeur.

— Et vous n'êtes pas d'accord ?

— C'est dangereux.

— Là, c'est moi qui ne suis pas d'accord avec vous, déclara le vieil homme avec un doux sourire, en tapotant affectueusement la tête de son jeune cicérone. Le Seigneur la protégera comme Il protège tous ses enfants. Va vite, Geneva. Et, si tu en trouves, rapporte-moi quelques-unes de ces racines qui ont un goût d'anis.

— Je n'y manquerai pas, mon père.

D'un pas pressé, elle se dirigea vers la porte avant que le père Hadrian n'imagine un prétexte pour la retenir dans l'enceinte de Serennog.

Elle devait réparer ses torts, rétablir la vérité puisqu'elle avait menti, racheter son péché. Elle avait été folle parce qu'elle était amoureuse. D'un homme qui jamais ne lui donnerait son cœur, car il n'avait peut-être pas de cœur.

12

Maintenant ! Essaie de te libérer maintenant !

La respiration de Devlynn était lente et régulière. Dormait-il vraiment ? C'était la question. Chaque fois qu'elle bougeait, comme il la tenait serrée contre lui, Apryll sentait que sa virilité, elle, n'était pas au repos.

Elle avait tenté à plusieurs reprises de se dégager, en vain. Elle avait vaguement sommeillé, sous ces fourrures qui l'enveloppaient d'une chaleur bienfaisante. Sur ce lit où, absurdement, elle éprouvait une sensation de bien-être, de sécurité qu'elle n'avait pas connue depuis qu'elle avait accepté de participer à cette tragique expédition contre Black Thorn.

Elle aurait volontiers sacrifié quelques années de sa vie pour sombrer sans remords dans l'inconscience et tout oublier.

Mais pas ici. Pas avec Devlynn. Elle devait s'enfuir.

Avec d'infinies précautions, elle s'écarta de lui. Les doigts de Devlynn qui enserraient toujours ses poignets semblaient avoir quelque peu relâché leur pression, c'était le moment d'en profiter.

Elle esquissa un petit sourire, car si elle voulait s'enfuir, ce n'était pas réellement pour retrouver sa liberté. Elle voulait surtout lui prouver qu'elle était habile et capable de lui damer le pion. Une adversaire à sa mesure.

Pourtant quelque chose en elle, une féminité profondément enfouie se rebellait, lui soufflait qu'il serait infiniment plus doux de rester là, de se blottir contre lui, de croire qu'il était un amant épris d'elle et prêt à la protéger des vicissitudes de l'existence.

À cette pensée, elle faillit pousser un grognement de mépris. Comment pouvait-elle être aussi sotte ? Elle était sa pire ennemie, celle qui avait permis à des voleurs et des ravisseurs de s'introduire dans l'enceinte de Black Thorn. Jamais plus il ne lui accorderait sa confiance, pas même si elle lui rendait son fils.

Lentement, elle fit glisser ses mains, millimètre par millimètre, hors de l'étau qui les comprimait. Elle déplaça un pied, s'écarta encore…

Oui, elle y était presque. La sueur perlait à son front, tant l'effort qu'elle fournissait pour contrôler ses mouvements était intense.

Dehors le vent gémissait, de grosses gouttes de pluie s'écrasaient sur la tente.

Elle avait les deux pieds sur le sol, les mains libres et…

Soudain, il l'empoigna et la plaqua sur la paillasse. Il était couché sur elle, l'écrasait de son poids.

— Vous pensiez pouvoir me berner une fois encore, milady ?

Dans la pénombre, ses yeux jetaient des éclairs argentés.

Elle répondit la première chose qui lui vint à l'esprit :

— Je… j'ai besoin de me… rafraîchir.

— Dans ce cas, pourquoi ne pas m'avoir réveillé ?

— C'est trop intime, rétorqua-t-elle, feignant d'être offensée.

— Je vous accompagne.

— Je vais y aller seule.

— Oh non, ma belle ! Vous en profiteriez pour vous sauver.

— Eh bien j'attendrai que la nuit tombe ! riposta-t-elle.

— À votre guise.

Il ne bougea pas, cependant. Son torse puissant pesait sur la poitrine d'Apryll, son souffle chaud lui caressait le cou. Il plantait dans le sien un regard où flambait le désir.

Elle eut l'impression que son sang se mettait à bouillir dans ses veines.

— Je vous serais reconnaissante de changer de position, articula-t-elle.

— Pour que vous m'échappiez ?

— Pour que je puisse respirer !

Un sourire narquois étira les lèvres de Devlynn, ses yeux se fixèrent sur les seins de la jeune femme qui palpitaient comme deux oiseaux affolés.

— Il me semble que vous respirez très bien.

Sur ce, il entreprit de dénouer le lacet qui fermait l'échancrure de la tunique d'Apryll.

— Qu'est-ce que vous faites ? balbutia-t-elle.

— Je m'assure que vous avez assez d'air.

— Non ! Vous n'avez pas le droit !

— J'ai tous les droits et vous, qui êtes une criminelle, n'en avez aucun.

Il glissa les doigts sous l'étoffe du vêtement. Un long frisson parcourut Apryll.

— Vous êtes un monstre...

— Parce que je vous touche ? Vous avez enlevé mon enfant, assassiné mes gardes, volé mes chevaux et mon trésor, et vous me trouvez monstrueux ?

— Un gentilhomme ne traiterait pas une lady de cette façon.

— Une lady ne se conduirait pas comme vous.

Il contemplait la peau laiteuse, dénudée, d'Apryll. Il avait les yeux d'un fauve, pourtant une ombre d'indécision s'inscrivit fugacement sur son visage qui paraissait sculpté dans la pierre.

Il était terriblement séduisant, et elle envisagea à nouveau l'idée qui lui était venue quelques heures plus tôt : se donner à lui pour qu'il s'endorme enfin.

Pouvait-elle vraiment offrir son corps pour sauver son domaine ?

Elle devinait que, si elle agissait ainsi, ce ne serait qu'un début. Le regard de cet homme promettait des délices enivrantes dont elle aurait de la peine ensuite à se priver. Que deviendrait-elle alors ?

Il se pencha et pressa les lèvres au creux de sa gorge, dessina du bout de la langue le modelé délicat de sa clavicule.

— Non... non...

— À présent, vous êtes peut-être décidée à me parler, lady Apryll ?

— Vous parler ?

— Dites-moi quel était exactement votre plan.

— Je... j'ai répondu à cette question.

— Vous m'avez expliqué que votre frère vous avait trahie parce qu'il veut se venger de moi.

— C'est la vérité.

Il glissa un bras sous ses reins, la serra plus étroitement contre lui. Sa bouche continuait sa lente et affolante promenade sur sa poitrine.

— Dites-moi ce que je veux savoir, Apryll, murmura-t-il d'une voix rauque.

— Mais je vous l'ai dit. Nous devions nous retrouver à Serennog. Pour votre fils, j'ignorais tout...

— Menteuse.

— Non, je ne mens pas. Nous nous sommes séparés au croisement, au nord de Black Thorn, près du vieux moulin... oh... s'il vous plaît, arrêtez.

— Pourquoi votre bande s'est-elle séparée ?

— Pour dérouter vos soldats. Nous savions que vous vous lanceriez à notre poursuite et... je vous en prie...

— De quoi me priez-vous ?

En fait, elle aurait aimé qu'il lui arrache ses habits, qu'il prenne sa virginité et mette fin à ce doux calvaire qu'elle endurait. Seigneur, que lui arrivait-il ?

— Laissez-moi tranquille.

— C'est ce que vous souhaitez ?

— Oui.

Il caressa ses mamelons dressés.

— Votre corps vous contredit, milady. Il en réclame davantage... Et le mien aussi, comme vous pouvez le sentir. Ce serait facile de succomber, mais pas avant que vous ne m'ayez avoué où est Yale.

— Payton ne me l'a pas révélé... Je pense qu'il l'a emmené à Serennog où il le gardera jusqu'à ce qu'il ait négocié avec vous.

Il lui fallait déployer des efforts surhumains pour s'exprimer de façon cohérente, tant le feu qui la consumait lui embrouillait l'esprit.

Il secoua la tête, poussa un long soupir. Puis d'un mouvement preste qui la surprit, il lui ôta sa tunique, lui saisit les mains et les attacha avec le lacet qu'il avait retiré de l'encolure.

— Non ! s'écria-t-elle.

Effarée d'être à moitié nue devant lui, elle tenta de se lever. Il l'empoigna et, sans rudesse, la recoucha sur la paillasse.

— Où est mon garçon ?

— Avec mon frère.

— Où ?

— Sans doute au château, à l'heure qu'il est. Pourquoi ne me croyez-vous pas ?

— Parce que vous mentez, milady, et que j'exige la vérité.

— Je vous ai tout dit.

Il la regarda un moment en silence.

— Dieu que vous êtes belle ! Une créature de rêve, traîtresse et menteuse.

Là-dessus, il se détourna et sortit de la tente.

— Vous ne pouvez pas me laisser ainsi ! protesta-t-elle. Je vais mourir de froid.

Il hésita, en proie à une bouffée de remords. Pourquoi se comportait-il de cette manière ? Certes, il s'évertuait à lui soutirer des informations, cependant il était bien obligé d'admettre qu'une part de lui voulait la voir nue, l'entendre gémir sous ses caresses.

Il n'avait pas éprouvé un tel désir pour une femme depuis des années. Et maintenant, il ne songeait qu'à explorer ce corps ravissant, à le goûter, à s'en repaître.

Il devenait fou.

Il se dirigea vers le feu, y remit du bois pour raviver les flammes. La pluie glacée lui dégoulinait dans le cou. Tant mieux, il avait besoin de se calmer.

Hélas, l'eau du ciel ne parvenait pas à effacer de son esprit la pensée que, si on ne retrouverait pas bientôt Yale, il punirait lady Apryll en la possédant, de force si cela s'avérait nécessaire. Et ensuite, il le craignait, il ne serait plus jamais le même.

— Toujours pas de nouvelles de notre frère ? demanda Miranda à Collin qui, l'air morose, ruminait devant la cheminée.

— Non.

Bronwyn caracolait dans l'escalier ; elle siffla les chiens et éclata de rire lorsqu'ils se précipitèrent vers elle.

— Et la femme, vous avez réussi à la dénicher ?

— Non, ma chère sœur, grogna Collin.

Il vida sa coupe, claqua des doigts pour appeler le page.

— Une autre, ordonna-t-il. Ou plutôt non, se ravisa-t-il, apporte-moi le pichet.

— Tu as des devoirs, rétorqua Miranda, sévère.

— Je m'en moque. Cette créature s'est évanouie dans l'espace. La diablesse !

Il se redressa dans le fauteuil de Devlynn, celui du seigneur.

— Tous les invités sont partis, dit Miranda.

— Bon débarras.

Il embrassa d'un regard sombre le lierre, le houx et le gui qui décoraient les murs et le manteau de la cheminée, les bougies pour la plupart éteintes. Les reliefs de la fête traînaient un peu partout, et il était fatigué. Tenir le rôle du lord, fût-ce pour une journée, représentait une tâche éreintante et fastidieuse. D'incessantes et mesquines querelles à apaiser, des soucis, des responsabilités. Oui, vraiment, c'était lassant.

Le page revint avec le pichet de vin, ce qui le revigora quelque peu.

— Elle s'est peut-être noyée dans les douves du château en essayant de s'enfuir, reprit-il.

Il soupira.

— Dommage...

Il aurait bien aimé la mettre dans son lit... une fois que Devlynn s'en serait fatigué. Quand on était le cadet, malheureusement, on passait toujours en second. Mais il reconnaissait – il en avait eu l'expérience aujourd'hui – que le titre de lord n'avait pas que des avantages.

— Qu'as-tu fait du garde qui a laissé lady Apryll s'échapper ? s'enquit Miranda.

Collin remplit sa coupe de vin, la vida à moitié.

— J'ai bouclé cette maudite sentinelle dans la cellule même où lady Apryll était censée demeurer enfermée. Devlynn s'en chargera à son retour.

— Je vois...

Miranda, qui semblait distraite, s'approcha d'une croisée et contempla la pluie.

— Espérons qu'on nous ramènera bientôt Yale.

— Et que la famille sera à nouveau réunie.

— Ce serait une bénédiction, déclara Violet en pénétrant dans le hall de sa démarche de reine douairière. C'est ce que veut votre mère, vous le savez.

— Notre mère est morte, objecta Collin, qui avait du mal à supporter le gâtisme de sa tante – on ne pouvait jamais deviner si elle était ou non lucide.

— Je ne l'ignore pas ! s'insurgea-t-elle. Mais c'est ce qu'elle vous aurait demandé : rester soudés.

Collin, de plus en plus agacé, plongea le nez dans sa coupe.

— Morgan était un méchant homme, poursuivit la vieille dame. Je déteste parler ainsi de votre père, mais hélas je ne dis que la vérité. Il abusait de son pouvoir et de sa puissance, y compris par rapport à nos alliés. Quant aux femmes... ses innombrables conquêtes, dont il se vantait tant, ont brisé le cœur de votre mère. Elle a souffert le martyre.

— Elle est morte à cause de lui, c'est ce que tu insinues ? grommela Collin, négligeant le regard noir que lui lançait sa sœur.

— Elle est morte en couches, évidemment, rétorqua Violet. Mais je le répète : Morgan lui a brisé le cœur. Elle l'aimait et elle l'a payé très cher.

— N'est-ce pas le triste sort du sexe faible ? ironisa Collin.

— Tais-toi ! gronda Miranda. Viens, tante Violet, laissons-le à sa beuverie. Il est d'une humeur de dogue.

— Bien sûr, ma chérie. Il vient de découvrir qu'il n'avait pas l'étoffe d'un lord.

Pointant le menton, Violet sortit dignement de la salle, escortée par Miranda.

— Merci infiniment, tante *chérie*, murmura Collin en levant sa coupe.

— Je ne suis pas sourde, je t'ai entendu, lui jeta Violet par-dessus son épaule. Crois-moi, si ta mère était encore de ce monde, elle m'approuverait. Tu devrais essayer de contrôler ton goût immodéré pour le vin et les belles damoiselles. Tu prendrais ainsi plus d'envergure.

Quelle vieille folle !

Furieux, il se redressa d'un bond et, à son tour, se dirigea vers une fenêtre pour scruter le paysage.

Où était Devlynn ? Pourquoi n'était-il pas de retour, et pourquoi n'avait-il pas, au moins, envoyé un messager ? Quoique… dédaigner de tenir son cadet informé des derniers événements lui ressemblait bien.

Pestant entre ses dents, Collin acheva de vider sa coupe et se rassit dans le fauteuil de son frère.

Que faire, sinon attendre ?

13

En entendant des cavaliers au loin, Devlynn qui venait de passer un quart d'heure sous la pluie à attiser le feu pour s'occuper les mains et l'esprit se redressa. Il regagna la tente dont il écarta les pans.

Apryll était allongée sur la paillasse, les yeux clos, les fourrures remontées tant bien que mal sur sa poitrine nue. Ses lèvres, qui laissaient deviner l'éclat nacré de ses dents, évoquaient une rose à peine éclose. Ses longs cheveux miel auréolaient sa tête.

Elle était belle, comme le sont les créatures incarnant la tentation destinée à perdre les humains. Pourtant, malgré ses crimes, la souffrance qu'elle avait semée sur son passage, il y avait sur son visage et surtout dans son regard une innocence, une apparente sincérité qui touchaient Devlynn au plus profond de son être.

Sans bruit, il s'accroupit pour lui détacher les poignets. Elle ne pourrait pas s'enfuir sans qu'il la rattrape aussitôt. Il l'avait ligotée avec le lacet de sa tunique uniquement pour la mater, la soumettre à sa volonté. Cela n'avait d'ailleurs servi à rien. Elle était indomptable.

Est-ce donc cela que tu veux ? Dompter cette femme orgueilleuse et intrépide, la mettre nue, la voir trembler et sangloter ?

Elle soupira, se tourna sur le côté et se pelotonna sous les fourrures, pareille à un petit animal endormi.

À cet instant, les chevaux atteignirent le campement. Devlynn ressortit de la tente et regarda les chasseurs mettre pied à terre. Ils rapportaient un cerf, un sanglier et plusieurs palombes.

— Nous allons faire un festin ce soir ! s'exclama Lloyd avec fierté.

— Je vous félicite.

Lloyd humecta de la langue sa bouche lippue, jeta un coup d'œil en direction de la tente.

— Et la fille... elle est toujours là-dedans ? Celle-là, dans un lit, ce doit être une fameuse tigresse. J'y goûterais bien, mais ces incantations, ces sortilèges, j'avoue que...

Il s'interrompit, ahuri, car Devlynn l'avait empoigné par le bras et littéralement soulevé de terre, si bien qu'ils étaient littéralement nez à nez.

— Écoutez-moi bien, sir Lloyd. Vous n'êtes pas autorisé à appeler notre prisonnière autrement que lady Apryll. Quant à vos plaisanteries grivoises, je vous en dispense. Ne dites plus un mot sur elle. Suis-je assez clair ?

— C'est une sorcière, une meurtrière ! Seth est mort. Elle fait partie d'une bande d'assassins !

— Oublieriez-vous votre position, sir Lloyd ? rétorqua Devlynn d'un ton menaçant.

— Je... non, milord.

— Maintenant, occupez-vous de dépouiller le sanglier et le cerf.

Devlynn le relâcha.

— Toi, James, aide-le. Les autres, construisez un abri. Ce fichu temps ne va pas s'améliorer, et nous aurons besoin de nous protéger de la pluie.

Lloyd, vexé, cracha par terre et se moucha sur sa manche.

— Alors on n'a pas de nouvelles de Bennet ?

— Non, répondit Devlynn, la mine sombre.

L'éclaireur n'était pas encore revenu, or Devlynn avait hâte de quitter le campement. La fatigue et l'angoisse crispaient tous ses muscles, et il lui semblait que l'action lui procurerait un peu de détente. Cela l'empêcherait surtout de penser à la trop belle lady Apryll.

Il prêta main-forte à ses hommes pour ériger une sorte de hutte faite de branchages. Il était impossible d'y tenir debout, mais au moins la pluie glaciale qui continuait à tomber n'éteindrait pas le feu sur lequel rôtissaient les quartiers de gibier.

Hésitant à regagner la tente et à s'allonger au côté d'Apryll – il préférait ne pas s'exposer à nouveau à cette torture –, il s'accroupit près des flammes dorées qui crépitaient allégrement.

Il réfléchissait, se demandait ce qu'il était advenu de son éclaireur. Pourvu qu'il ne soit pas tombé dans un piège.

Apryll lui disait-elle la vérité ? Payton avait-il emmené Yale à Serennog ? Cela paraissait logique, pourtant Devlynn n'en était pas convaincu. Pourquoi les ravisseurs n'avaient-ils pas filé directement au château ? Pourquoi avaient-ils perdu du temps à essayer de brouiller les pistes au croisement ? Pourquoi s'étaient-ils divisés en plusieurs groupes, au risque de n'être pas en nombre suffisant pour affronter leurs poursuivants si ceux-ci leur tombaient dessus ?

Autant de questions dont la ravissante créature endormie sous la tente détenait la réponse. Il en était certain.

Apryll se réveilla dans l'obscurité et, pendant quelques secondes, ne sut plus où elle était. Elle percevait une lueur rougeâtre derrière une espèce de toile, elle était couverte de fourrures jusqu'au menton. Un fumet de venaison lui chatouillait les narines.

Non loin, un chien poussa un jappement plaintif.

Alors elle se rappela où elle était, et son cœur se serra. Elle était prisonnière de Devlynn de Black

Thorn, l'homme qui avait osé la dévêtir et lui ligoter les poignets.

Mais à présent, elle avait les mains libres... et sa tunique gisait à son côté. Prestement, elle l'enfila. En revanche, le lacet qui lui aurait permis de ne pas exhiber sa gorge avait disparu.

Maudit soit le Loup de Black Thorn !

À tâtons, elle chercha une ouverture, un espace entre le sol et la bâche par où se faufiler pour... quoi donc ? S'enfuir dans la forêt en pleine nuit ? Voler un cheval ? Essayer une fois de plus d'empêcher les chiens de suivre sa piste ?

Seigneur, il lui fallait un plan !

À ce moment, elle entendit un bruit de pas. Les pans de la toile s'écartèrent et la haute silhouette de lord Devlynn apparut. Il tenait une bougie.

— Vous ne dormez plus ? J'allais justement vous réveiller, déclara-t-il, comme s'ils étaient d'excellents amis... ou des amants. C'est l'heure de manger.

De fait, Apryll était affamée, elle n'avait rien avalé depuis une éternité. Bien que l'idée de se trouver face aux hommes qui l'avaient capturée, spécialement l'infâme et adipeux sir Lloyd, lui déplût au plus haut point, elle se dépêcha d'enfiler ses bottes.

Elle sortit de la tente. La pluie avait enfin cessé, mais il faisait un froid à fendre les pierres. Le chevalier aux yeux porcins et un autre homme, assis sous un abri de fortune devant le feu, découpaient de la viande grillée dont la vue fit saliver Apryll.

Devlynn lui en donna un morceau, et ils s'installèrent sur un rocher tapissé de mousse pour manger. Apryll dévora sa part, qu'elle trouva succulente, puis s'essuya la bouche d'un revers de main.

— Où sont les autres ? Votre éclaireur n'est pas revenu ?

— Pas encore, admit Devlynn.

— Et s'il ne revient pas ?

— Vous avez intérêt à ce qu'il arrive bientôt, sinon j'en déduirai qu'il est tombé dans un traquenard tendu par votre frère.

— À moins qu'il ait décidé de ne pas reparaître.

— Non, Bennet est loyal.

En disant ces mots, cependant, Devlynn ne put s'empêcher d'avoir un doute. Car il y avait un félon à Black Thorn, et même plusieurs. On avait introduit les assassins dans le château, fait sortir Apryll de sa cellule.

Il pensa aux hommes qui l'accompagnaient – ceux qui étaient ici au campement, et les autres dont il s'était séparé au croisement : Kirby, Spencer et Rudyard, le capitaine de la garde.

Étaient-ils de fidèles sujets ou des traîtres qui n'hésiteraient pas à lui trancher la gorge ? Les yeux rivés sur les flammes qui dansaient, Devlynn réalisa avec un coup au cœur que, dans le fond, il ignorait presque tout d'eux : leur véritable personnalité, leur manière de vivre, leurs rêves.

Peut-être leur loyauté n'était-elle pas aussi profonde qu'il l'imaginait.

Mal à l'aise, il porta le cruchon à ses lèvres, but une grande lampée de vin. Mais le breuvage ne dissipa pas les questions qui le tourmentaient. Quelle canaille était passée dans le camp des ennemis de Black Thorn et avait contribué à l'enlèvement de Yale ? L'un de ses soldats avait-il tué Seth ou Saunders… Lequel ? Qui pouvait avoir la témérité de lui voler ses chevaux, son argent et ses joyaux ? Qui le haïssait à ce point ?

Au bout du compte, force lui était de reconnaître qu'il ne devait se fier à personne.

Les hommes, qui avaient fini de manger, s'enveloppèrent dans leur manteau et s'installèrent pour la nuit sous l'abri.

— Je prendrai le premier tour de garde, annonça Devlynn. Nous partirons à l'aube.

— Et si Bennet n'est pas revenu, milord ? demanda Lloyd.

— Nous nous en irons sans lui.

— Hmm... Peut-être que notre sorcière est capable de nous le ramener, ricana Lloyd, qui avait ingurgité plus que sa part de vin.

— Ce n'est pas ma spécialité, riposta-t-elle, imperturbable. En revanche, je suis très douée pour transformer les chevaliers ventripotents en crapauds.

L'autre eut l'imprudence de s'esclaffer.

— Des crapauds au corps couvert de pustules cuisantes, ajouta-t-elle, toujours impassible. Quoique... parfois, je le reconnais, le sortilège ne marche pas complètement, si bien que le chevalier paresseux et trop gras garde sa forme d'homme, mais se retrouve avec des verrues sur toute la peau. Néanmoins, il ne peut plus gober que des insectes.

Elle darda sur sir Lloyd son regard d'ambre.

— Je vous le certifie.

Nonchalamment, elle se mit à dessiner une rune sur le sol.

— Une fois que le sort est jeté, il est impossible de le rompre, et cela me fendrait le cœur que vous passiez le reste de votre existence à sautiller dans la vase, et à attraper vos repas à l'aide d'une longue langue visqueuse.

— Je ne vous crois pas, grogna-t-il.

— Tant pis pour vous.

Il faisait le fier, et poussait James du coude en gloussant, toutefois il observait du coin de l'œil la jeune femme en tenue de chasseur, concentrée sur la figure compliquée qu'elle traçait sur le sol.

Quelle petite peste ! songea Devlynn. Certes, Lloyd méritait qu'elle lui fasse peur, mais il était temps de mettre un terme à ce manège.

Il se pencha pour lui murmurer à l'oreille :

— Vous vous êtes suffisamment amusée, il est l'heure de regagner la tente.

Elle fronça les sourcils.

— Me permettez-vous d'abord de me laver un peu et de...

Elle toussota, embarrassée.

— ... enfin, vous comprenez.

Il la prit par le bras et, sans dire un mot, la conduisit jusqu'à l'endroit où le ruisseau formait une sorte de bassin. Il la relâcha.

— Allez-y.

— Vous pouvez vous retirer.

— Sûrement pas.

— Mais je...

— Dépêchez-vous, articula-t-il.

— Mais j'ai besoin d'être seule !

— Quand Yale a été enlevé, vous avez déjà eu recours à cette ruse. Vous pensez bien que je ne me laisserai pas duper deux fois de suite. Alors lavez-vous, faites ce que vous avez à faire. Je reste ici.

Il l'entendit marmonner entre ses dents, parler de rustres et de butors. Puis elle dit d'un ton outragé :

— Veuillez au moins vous retourner, *milord*. Un gentilhomme...

— Je vous rappelle que je ne suis pas un gentilhomme. Et maintenant, hâtez-vous, je n'attendrai pas toute la nuit.

Elle protesta à nouveau à voix basse, se cacha derrière un arbre au gros tronc noueux. Il ne voyait plus d'elle que sa chevelure qui, dans la faible lueur de la lune, avait des reflets argentés.

À contrecœur, il pivota et se croisa les bras. Cette femme était une vraie calamité. Il serait préférable de la renvoyer à Black Thorn et de l'enfermer dans le donjon.

Mais elle se débrouillerait pour lui filer une fois de plus entre les doigts. Elle était pire que les anguilles qui peuplaient l'étang du château. Non, mieux valait la surveiller de près.

Il lança un regard par-dessus son épaule. Agenouillée sur un rocher, elle se penchait sur l'eau pour s'éclabousser le visage.

Elle offrait un si joli tableau qu'on avait du mal à imaginer qu'elle soit capable de perfidie. Était-il possible qu'elle n'ait pas menti, que son frère lui ait joué un mauvais tour ?

Une part de lui voulait croire qu'elle était incapable d'avoir participé à l'enlèvement de Yale, néanmoins il ne devait pas oublier qu'elle avait joué le rôle du leurre dans le complot visant à lui prendre l'être auquel il tenait le plus en ce monde.

— Vous n'avez pas encore fini ? aboya-t-il, en proie à un regain de fureur.

— J'arrive.

Elle se releva, se sécha la figure avec le bas de sa tunique, découvrant dans ce geste, l'espace d'une seconde, son ventre plat et crémeux. Devlynn crispa les mâchoires. Jamais une femme, pas même son épouse Glynda, ne l'avait à ce point troublé.

Soudain, Apryll apparut devant lui et, la tête haute, le précéda sur le sentier jusqu'au feu de camp. La plupart des hommes étaient déjà couchés par terre, un autre donnait leur picotin aux chevaux. Lloyd aiguisait le fil de son épée.

Docile, Apryll entra dans la tente. Devlynn, lui, ainsi qu'il l'avait décidé, prit le premier tour de garde.

— Il nous reste de l'avoine pour trois jours, pas plus, le prévint Rearden, celui qui s'était occupé des chevaux.

— Nous nous en procurerons au prochain village.

— Bien.

— Alors nous partirons demain, que Bennett soit revenu ou pas ? demanda Lloyd sans cesser de repasser le tranchant de sa lame.

— En effet.

— Et la femme ?

— Elle nous accompagne.

— Elle n'a rien à faire dans une expédition comme la nôtre, ce n'est pas sa place. Les donzelles ne sont bonnes qu'à une chose…

— C'est-à-dire ? répliqua Devlynn d'une voix sourde, menaçante.

— Tenir chaud aux hommes, voilà.

— Et porter leurs enfants, non ?

— Ça, on a tort d'en faire toute une histoire. Ma mère est morte en me mettant au monde, et je ne m'en porte pas plus mal. Votre propre fils n'a pas de mère, or je trouve qu'il va très bien.

— Il a Miranda et Violet pour le choyer.

— Il se passerait d'elles sans problème.

Devlynn, exaspéré, leva les yeux au ciel. Sir Lloyd, malgré sa corpulence, avait une cervelle de la taille d'un grain d'avoine.

— Lady Apryll nous accompagnera, répéta-t-il d'un ton catégorique. Et je vous préviens : je ne tolérerai pas qu'on lui manque de respect.

— Ce n'est qu'une prisonnière, insista Lloyd.

— C'est aussi une lady, riposta Devlynn, réprimant avec difficulté l'envie d'écraser son poing sur la figure joufflue du chevalier.

Apryll les écoutait discuter. Si seulement elle trouvait un couteau, un quelconque objet pointu, elle s'en servirait pour déchirer la toile et s'enfuir pendant que les hommes discutaient autour du feu, et que les chiens rongeaient les os qu'on leur avait laissés.

Elle s'enfoncerait dans la forêt, volerait un cheval, ou supplierait un paysan de l'emmener dans son chariot.

Tu n'irais pas très loin, pauvre folle. Ils auraient tôt fait de te rattraper.

Désespérée, elle s'étendit sur la paillasse et ferma les yeux, feignant de dormir. Mais son esprit travaillait à toute allure, s'efforçait d'élaborer un plan d'évasion qui aurait des chances de réussir.

Les minutes, les heures s'égrenaient. Le silence enveloppait à présent le campement.

Puis Apryll entendit Devlynn ordonner à l'un de ses hommes de le relayer.

Elle demeura immobile. Elle refusait de songer à ce qui risquait d'arriver maintenant.

Il allait la rejoindre, se coucher à son côté, la toucher peut-être, comme auparavant, et réveiller en elle cet émoi dont elle avait tellement honte.

Elle reconnut le bruit de son pas. Les pans de la tente se soulevèrent, retombèrent.

Le lord de Black Thorn s'avança vers elle.

14

Devlynn s'allongea avec précaution sur la paillasse. Apryll, pétrifiée, s'obligea à respirer lentement, profondément. Son cœur pourtant battait si fort qu'elle en avait les côtes douloureuses.

Calme-toi. Fais semblant de dormir.

Elle sentit qu'il se redressait sur un coude pour la regarder. Que voyait-il dans l'obscurité ? Soudain, il lui effleura la joue – là où Payton, en la giflant, l'avait écorchée. Elle dut bander toute sa volonté pour ne pas sursauter.

— Je tuerai ce bâtard, souffla-t-il. Pour Yale et parce qu'il a osé blesser Apryll... Seigneur Dieu, mais qu'est-ce que je raconte ? ajouta-t-il d'une voix où elle perçut un écho du tourment dont elle-même souffrait.

Il remonta les couvertures, passa son bras autour de la taille d'Apryll et l'attira contre lui. Elle ne broncha pas.

Dors, lui ordonna-t-elle en silence. Que tous les hommes, les chevaux et surtout cette maudite chienne de chasse sombrent dans un sommeil de plomb, qu'elle puisse enfin s'échapper.

Les doigts de Devlynn se glissèrent sous sa tunique, rampèrent sur son ventre, frôlèrent sa poitrine. Elle eut l'impression que ses seins se gorgeaient de soleil.

Ne réagis pas. Contrôle-toi, empêche ton corps de te trahir.

Il poussa une sorte de grognement étouffé, l'enlaça plus étroitement. Il la caressait, à présent, pressait son membre viril contre elle.

Et elle, pauvre folle, luttait de toutes ses forces pour ne pas se tourner et baiser les lèvres brûlantes qui frôlaient son cou. Elle saurait enfin ce qu'était la passion, elle assouvirait cette faim qui la torturait, éteindrait ce brasier qui flambait en elle.

Mon Dieu, mais où avait-elle la tête ?

Malgré toute sa volonté, elle cambrait les reins. Un gémissement montait en elle, qu'elle ne parvenait pas à ravaler.

Elle frissonnait.

— Tu me désires, ma belle, murmura-t-il. Même endormie, tu as envie de moi. Tu seras mienne, mais pas maintenant. Je te prendrai quand tu seras parfaitement réveillée, que tu me regarderas dans les yeux... et je te montrerai alors ce qu'est un amant digne de toi.

La croyait-il réellement endormie ? Ou avait-il deviné qu'elle tremblait de fièvre ?

Il s'écarta d'elle, sans la lâcher cependant.

— Fais de jolis rêves, milady...

Puis il émit un petit rire, comme si tout cela n'était qu'un jeu – destiné à le distraire et à humilier Apryll.

Elle en était malade de honte, au point qu'elle faillit fondre en larmes.

Plus jamais il ne la toucherait.

Cette nuit, elle s'évaderait. D'une manière ou d'une autre, elle trouverait le moyen de mettre le plus de distance possible entre elle et cet homme mystérieux qui l'effrayait, car il était capable – elle venait d'en avoir la preuve – de lui faire perdre la raison.

— Où sont les autres ? demanda Yale. Tes voleurs et tes coupe-jarrets, où ils sont ?

— Ils sont en chemin, répondit Payton qui, posté devant la fenêtre, scrutait les ténèbres.

En vérité, il s'interrogeait. Il avait passé la journée à arpenter la salle délabrée. À attendre. À penser que Devlynn et son armée risquaient de surgir à tout instant.

Bernard et Samuel, qui avaient pris la direction de l'est, auraient dû arriver à la tombée de la nuit. Quant à Roger, Isaac et Melvynn, qui avaient longé la crête avec les torches afin d'attirer les soldats de Devlynn, eux aussi auraient dû revenir ici.

Il y avait également ceux qui étaient restés à Black Thorn, les félons qui l'avaient aidé. Le plan prévoyait que l'un d'eux vienne lui faire son rapport. Or il n'avait aucune nouvelle.

Et Apryll ? Où était-elle ?

Avaient-ils tous été capturés, ses hommes et sa sœur ? Avait-il tragiquement sous-estimé son ennemi ?

— Ce jeu m'ennuie, bougonna Yale.

Il avait passé la journée à sculpter une petite épée de bois avec un poignard à la lame émoussée que Payton lui avait donné pour qu'il se tienne tranquille.

— Où est mon père ?

C'est justement la question que je me pose.

— Il te cherche, certainement.

— Alors il me trouvera, répliqua Yale en hochant la tête d'un air pénétré.

Ce garçon avait une confiance absolue en son père. Payton se demanda ce qu'il éprouverait s'il avait un fils pareil, qui l'admire et ait foi en lui.

— Et quand il m'aura retrouvé, toi, tu auras perdu, ajouta le garçon.

— Je ne crois pas.

— Mon père est le plus grand guerrier de tout le pays de Galles.

— Si tu le dis, marmonna Payton qui était fatigué d'entendre chanter les louanges de Devlynn de Black Thorn.

— Oui, il ne fera qu'une bouchée de toi et de tes sbires, à condition qu'ils arrivent !

Payton ferma un instant les yeux. Son jeune otage lui mettait les nerfs à rude épreuve. Il ne cessait de parler, de virevolter autour du feu, pourfendant des dizaines de bandits imaginaires.

Il était plus vif que l'éclair, débordant d'une inépuisable énergie. Comme il s'approchait, hachant l'air de son « épée », Payton porta malgré lui la main au pommeau de la sienne. Un sourire étira les lèvres du garçon.

— Ah, tu veux te battre en duel ?

— Ne dis pas de sottises. Ton arme ne couperait pas un cheveu, alors que je pourrais t'embrocher avec la mienne. Dans un duel, les forces doivent être égales.

— Oh, mais je n'ai pas peur de toi ! rétorqua le garçon.

Il se remit à tournoyer, observant son ombre qui dansait sur les murs branlants.

Payton soupira. Il avait bien envie de redonner à son prisonnier un peu de la potion qui l'avait plongé dans le sommeil. Ou bien de le ligoter et de le bâillonner, pour en finir une bonne fois avec ce simulacre de « jeu ».

Brusquement, Yale s'immobilisa.

— À partir de maintenant, tu m'appelleras Yale la Mort.

— Pourquoi ? rétorqua Payton, ahuri.

— Parce que les assassins ont tous un surnom de ce genre, pour effrayer les gens. Puisque je fais partie de ta bande, il faut que j'en aie un, moi aussi. Je ne répondrai qu'à ce nom-là.

Payton se massa les tempes, dans l'espoir d'atténuer la migraine qui lui taraudait le crâne.

— Va te coucher, ordonna-t-il. Il est l'heure de dormir.

Le garçon ne parut pas entendre.

— Je t'ai dit de lâcher ton « épée » et de te coucher. Tout de suite !

Pas de réaction.

Payton s'avança d'un pas et, à sa grande surprise, son jeune otage fit de même. Excédé, Payton fourragea dans ses cheveux. Yale l'imita.

— Écoute, je te conseille…

— Écoute, je te conseille… répéta le garçon, tel un perroquet.

Payton l'agrippa par sa tunique.

— Ne te moque pas de moi.

— Ne te moque pas de moi…

— Es-tu donc complètement stupide ? Je pourrais te briser le cou d'une seule main.

— Je ne suis pas stupide, et mon père, lui, te briserait l'échine avec un seul doigt. Tu as oublié que tu devais m'appeler par mon nouveau nom : Yale la Mort.

— Eh bien, d'accord ! Tu aurais intérêt, *Yale la Mort*, à t'envelopper dans cette fourrure que j'ai eu la bonté de te donner, et de dormir !

Payton le lâcha. À son étonnement, son petit prisonnier s'exécuta. Il s'allongea près du feu, pelotonné sous la fourrure, son « épée » serrée contre son cœur, et adressa à son geôlier un sourire enfantin.

— Bonne nuit, dit-il.

— Bonne nuit.

Le garçon darda sur lui ses yeux gris, pareils à ceux de son père, et haussa un sourcil autoritaire. Payton comprit aussitôt.

— Bonne nuit, *Yale la Mort*.

Enfin satisfait, ce dernier ferma les paupières. Quelques secondes plus tard, il dormait comme un bienheureux.

Payton, soulagé, décida d'ouvrir une cruche de vin. Après ces dernières quarante-huit heures, il méritait un peu de réconfort.

Yale la Mort. Quel absurde sobriquet, preuve de l'innocence et de l'insouciance de ce gamin !

Il se dirigea vers le coin de la salle où étaient rangées les victuailles, et leva les yeux vers les poutres qui soutenaient la toiture à moitié défoncée. Le hibou avait abandonné son nid, fuyant les humains et la lumière du feu.

La Mort…

Payton saisit la cruche dont il ôta le bouchon, et but une lampée de vin, pour ne plus penser que le surnom inventé par Yale était peut-être une prémonition du sort qui l'attendait.

Apryll se glissa tout doucement jusqu'au bord de la paillasse. Le bras de Devlynn sur sa taille était flasque, elle avait réussi à se dégager sans difficulté. Assourdie par les battements de son cœur – elle avait l'impression qu'un oiseau pris au piège s'agitait frénétiquement dans sa poitrine –, elle se redressa.

Elle avait patienté longtemps, observé la silhouette du garde qui allait et venait. Puis il s'était assis près du feu. À en juger par ses épaules voûtées, il s'était sans doute assoupi. Dans le cas contraire, elle lui expliquerait qu'elle avait besoin de retourner au ruisseau, car elle était dans cette période du mois où les femmes saignent. En principe, les hommes détestaient qu'on parle de ces choses, il la laisserait tranquille.

Elle n'eut cependant pas à utiliser ce prétexte car, de fait, le garde ronflait, adossé au tronc d'un chêne, les yeux clos, la bouche ouverte.

Et la chienne… où était-elle ? Apryll fouilla le campement du regard et aperçut l'animal roulé en boule, son os aux trois quarts rongé entre ses pattes.

Par chance, le vent s'était à nouveau levé. Ses gémissements, le crépitement des flammes, le gargouillis du ruisseau couvriraient les bruits de pas.

Sur la pointe des pieds, elle se faufila hors de la tente qu'elle contourna pour se diriger vers les chevaux.

Malheureusement, la nuit était trop sombre pour lui permettre de repérer l'étalon le plus rapide. Transie jusqu'aux os, elle choisit la première monture qu'elle put détacher de ses doigts gourds, un cheval apparemment brun avec des taches blanches sur les pattes et le poitrail.

Tendant l'oreille, à l'affût du moindre son, elle enroula les rênes autour de sa main.

Malgré le froid, elle était si nerveuse que la sueur trempait déjà le dos de sa tunique et emperlait son front. Dans son esprit défilaient les images du châtiment que lord Devlynn lui infligerait s'il se réveillait et découvrait qu'elle avait disparu.

Doux Jésus, aidez-moi !

Tenant le cheval par la bride, elle longea le sentier menant vers le nord. Quand elle jugea qu'elle était assez loin du campement, elle sauta en selle et partit au galop.

À la lueur de la lune, poussée par le vent, elle s'enfonça dans la forêt, traversa les ruisseaux, tout droit vers l'ancienne auberge où elle espérait trouver Payton et son jeune otage.

Elle ne se demanda pas par quel miracle elle avait réussi à s'échapper si facilement.

Elle ne se douta pas non plus que chacun de ses mouvements avait été épié par des yeux d'un gris étincelant.

15

— Par tous les saints, marmonna Devlynn en observant la jeune femme s'éloigner en tirant le cheval par la bride.

Un sourire satisfait joua sur ses lèvres. Elle avait agi exactement comme il le prévoyait, comme il l'avait poussée à le faire.

Maintenant, elle allait le mener à Yale.

Il rassembla rapidement quelques affaires – des armes, un peu de nourriture, une couverture.

Puis il hésita. Devait-il se faire accompagner par l'un ou plusieurs de ses hommes ? Il les regarda tour à tour, ces soldats en qui il avait eu confiance, qu'il avait même considérés pour certains comme ses amis.

Orwell, allongé inconfortablement par terre, près des chevaux, le visage lissé par le repos, son nez protubérant émergeant d'une barbe hirsute.

Lloyd, cet ours mal léché à la tignasse flamboyante, ce personnage souvent exaspérant qui, pour l'heure, ronflait, la tête sur un rocher moussu. Son cœur était-il sincère ou plein de fiel ?

Comment séparer le bon grain de l'ivraie ?

Les autres membres de ce groupe étaient sans importance, y compris cet imbécile de garde qui s'était assoupi près du feu au lieu de veiller.

Qui étaient les traîtres ? Qui ?

Car il y en avait un, ici même. Et d'autres sans doute, parmi les soldats dont ils s'étaient séparés au croisement. Et d'autres encore au château, ceux qui avaient permis aux intrus d'y pénétrer, qui les en avaient fait ressortir et avaient délivré lady Apryll.

Quelqu'un dirigeait les manœuvres de l'ennemi, quelqu'un dont il ne s'était pas méfié et à qui profiterait la chute de Black Thorn.

S'il ne se retenait pas, il passerait au fil de l'épée les guerriers qui sommeillaient autour du feu du camp. Il leur arracherait la vérité des tripes, mais il n'en avait pas le temps.

Mieux valait partir seul, prendre le meilleur cheval et la chienne de chasse, et pister Apryll. Quelle ironie! songea-t-il, avec un goût amer dans la bouche. Lui, le lord responsable de centaines de sujets, fort d'une armée de vaillants chevaliers qui lui avaient juré fidélité, n'avait plus personne à ses côtés. Pas un allié.

La mine sombre, il s'éloigna, siffla doucement la chienne et détacha un étalon noir, le plus beau des chevaux qu'on lui avait laissés – quoique, comparé au magnifique Phantom, il eût l'air bien pathétique.

Devlynn se mit en selle et piqua des deux.

L'épais brouillard, la boue et le tapis de feuilles mortes qui jonchait le sol étouffaient le bruit des sabots de sa monture. Plissant les paupières pour mieux scruter l'obscurité, il vit la chienne devant lui, qui courait, le nez au vent. En quelques minutes, elle retrouva la route et, d'instinct, prit la direction du nord.

De Serennog.

Apryll aurait-elle dit vrai ? Yale était-il déjà enfermé, tremblant de froid, dans les cachots de ce vieux château à moitié en ruine ? Cette idée glaça Devlynn.

De toute façon, il ne pouvait pas se fier aux déclarations de cette traîtresse.

On conspirait contre lui. On s'était uni à Apryll de Serennog pour l'abattre. L'image de Collin dansant avec l'ange blond, ébloui par sa beauté, s'imposa à son esprit.

Son frère serait-il capable de le trahir ?

En réalité, il l'avait déjà fait une fois. Et justement pour une femme, Glynda – l'épouse de Devlynn, l'enchanteresse au teint laiteux, aux cheveux de feu.

Oui, Collin pouvait être le traître.

De même que Miranda. Elle ne s'était jamais pliée de gaieté de cœur à l'autorité de Devlynn. Leur père, qui ne voulait que des enfants mâles, l'avait ignorée, bien qu'elle fût l'aînée. Elle aussi avait des secrets à cacher.

Et Rudyard, son capitaine de la garde toujours si renfrogné ? Il y avait parfois de l'insolence et de l'irrespect dans ses yeux.

Cesse donc de ressasser ces questions, se tança-t-il. Dans l'immédiat, il ne devait penser qu'à son but : retrouver Apryll et Yale.

Si, par malheur, elle ne le menait pas à son fils, il l'obligerait à tout avouer. Il la prendrait de force… et en mourrait de plaisir.

Enfin ! À travers les lambeaux de la brume matinale qui l'enveloppaient, Apryll observait l'ancienne auberge. La lueur d'un feu rougeoyait derrière les fenêtres, et le splendide étalon gris de Devlynn était attaché sous un grand pin dont les branches pendantes le dissimulaient.

Elle mit pied à terre, soulagée. Au moins, Payton n'avait pas totalement modifié son plan.

Bien que moulue par sa longue chevauchée, elle redressa les épaules et, parée pour la bataille, franchit le seuil de la bâtisse.

Emmitouflé dans une peau de daim, Yale était assis près du feu dont Payton attisait les braises. En l'entendant entrer, ce dernier se retourna, la main sur le pommeau de son épée.

— Ah, te voilà ! s'exclama-t-il avec un sourire.

— Oui, je suis encore vivante, rétorqua-t-elle d'un ton sec. Mais ce n'est pas grâce à toi.

— Je croyais que tu me suivais, se défendit-il en se redressant. Puis, tout à coup, je me suis aperçu que tu avais disparu.

Yale se leva à son tour, brandissant son « épée ».

— Qui es-tu ?

Payton, irrité, grimaça.

— C'est ma sœur.

— Elle est avec nous ?

— *Nous ?* répéta Apryll, déconcertée.

— Oui, répondit Payton, elle est dans notre camp.

— Attendez... quel camp ? De quoi parlez-vous ?

— Du jeu, déclara Yale d'un air condescendant.

Payton le fit taire d'un geste.

— Je commençais à croire que tu ne viendrais plus.

— Où sont les autres ?

— Ils ne sont pas encore là.

— Ils ont été arrêtés ? demanda-t-elle, songeant, le cœur serré, aux hommes qui avaient risqué leur vie pour elle et son frère.

— Je ne sais pas. Et toi, que t'est-il arrivé ?

Yale continuait à dévisager Apryll d'un œil soupçonneux.

— Moi, je... je me suis fait prendre.

— Par mon père ! s'écria le garçon, radieux soudain. Je te l'avais dit, ajouta-t-il en pointant son épée vers Payton. Il va me retrouver.

— Il est dans l'autre camp, répliqua Payton.

Apryll, qui ne comprenait rien, écarquillait des yeux ronds.

— Mais de quoi parlez-vous ? insista-t-elle.

— Du jeu, évidemment ! décréta Yale. Comment tu t'appelles ?

Payton soupira.

— Oh, pardonnez mes mauvaises manières, je ne vous ai pas présentés !

Il arborait un sourire narquois, comme si cette situation l'amusait énormément, ce qui donna à Apryll l'envie de le saisir au collet et de le secouer comme un prunier pour le ramener à la raison. Elle lui lança un regard noir, le prévenant ainsi qu'ils s'expliqueraient plus tard, en tête à tête.

S'efforçant de garder son calme, elle regarda le jeune otage de son frère.

— Je suis Apryll, la sœur de Payton.

— Lady de Serennog, précisa ce dernier d'une voix où vibrait une note de mépris.

Le garçon détailla le pantalon et la tunique de chasseur, maculés de boue.

— Tu n'as pas l'allure d'une lady.

— Elle est déguisée, dit Payton.

— Une lady ne porte pas des habits d'homme.

— Eh bien, je ne suis pas comme les dames que tu connais, intervint Apryll.

Yale émit un reniflement. D'approbation ou de dédain ? Il avait les yeux gris et les boucles noires de son père. Il lui ressemblait tellement qu'Apryll en eut un pincement au cœur.

Le garçon s'approcha, traînant sa peau de daim, et désigna l'écorchure qu'elle avait sur la joue.

— Qu'est-ce que tu as à la figure ? Tu as été blessée au combat ?

Elle lança un coup d'œil à son frère.

— En quelque sorte.

— Et tu as perdu ?

Pour l'instant.

Payton, qui s'occupait à nouveau d'attiser le feu, ne broncha pas.

— Il ne s'agissait pas d'un combat, expliqua-t-elle. Disons que c'était une erreur.

— N'empêche que tu as perdu.

Payton se redressa, s'épousseta les mains. L'agacement durcissait ses traits.

— Il est plus bavard qu'une pie, grommela-t-il.

— Il est simplement curieux.

— Insupportable, oui !

— Ne te plains pas, c'est toi qui l'as amené ici.

— Et je commence à le regretter.

— Dans ce cas...

— Non ! coupa-t-il. Il reste avec nous. Sinon, qu'aurions-nous à vendre ?

Yale leva le nez vers son ravisseur.

— Tu vas me vendre ?

— Sans hésiter. À n'importe quel assassin qui acceptera de débourser un prix convenable.

— Arrête ! s'insurgea Apryll.

Naguère, elle pensait connaître son frère, comprendre ce qui l'animait, mais elle s'était fourvoyée. Il n'était plus le frère avec qui elle avait grandi, en qui elle avait confiance. Il s'était endurci au fil des années jusqu'à devenir cet homme brutal et amer, dévoré par la soif de vengeance.

Une vengeance dans laquelle tu as joué ton rôle en participant à cette folle expédition contre Black Thorn.

Payton avait déjà tué plusieurs hommes. Si cela servait ses noirs desseins, il se débarrasserait sans remords de son otage. Mais elle ne le laisserait pas faire sans tenter l'impossible.

Elle sourit gentiment à Yale.

— Ne crains rien, tu es en sécurité avec nous.

— Je n'ai besoin de personne pour veiller sur moi, rétorqua-t-il avec dédain.

Elle en doutait, mais préféra changer de sujet.

— Qu'est-il advenu de Bernard et de Samuel ? demanda-t-elle à Payton.

— Je l'ignore. Ils auraient dû rebrousser chemin et être ici cette nuit.

— Et Melvynn, Isaac, Roger ? Ils étaient censés suivre la crête, n'est-ce pas ? À moins que tu aies apporté d'autres modifications à ton plan ?

— Non, eux aussi devraient être là.

Payton se campa sur le seuil, observant les alentours.

— Ils avaient pour mission de détourner les soldats de Black Thorn, puis d'éteindre leurs torches et de me rejoindre.

Il se frictionnait nerveusement la nuque.

— Tu penses qu'ils ont eu un problème ? s'enquit-elle d'un ton anxieux.

— Je ne sais pas.

— L'un d'eux, au moins, aurait dû réussir à atteindre l'auberge.

— Oui... marmonna-t-il. Nous n'avons qu'à attendre.

— J'en ai assez d'attendre, rouspéta Yale. Et puis, j'ai faim et soif. Vos bandits ne sont que des bons à rien. Ils se sont perdus ?

Il s'interrompit, ses yeux se mirent à pétiller.

— Ou peut-être que mon père les a attrapés. Alors là, oui, ils vont avoir de gros problèmes.

— Tais-toi, ordonna Payton. Il ne les a pas « attrapés », comme tu dis.

— Il est fort, et plus rapide que l'éclair quand il a une épée à la main. Et avec un arc, il ne manque jamais son coup ! S'ils l'ont rencontré, vos hommes sont en danger, je vous l'assure !

Là-dessus, traînant toujours sa peau de daim, Yale virevolta dans la salle, brandissant son arme de fortune.

Payton pinça les lèvres ; sa migraine le reprenait.

— Si j'étais un hors-la-loi, personne ne m'attraperait ! chantonna Yale. Jamais. Je les tuerais tous !

Payton fixa sur Apryll un regard las.

— C'est comme ça à longueur de temps, soupira-t-il. Il ne se tient pas tranquille une minute. J'ai bien envie de le ligoter et de le bâillonner.

— Essaie et tu crèveras comme un chien ! vociféra Yale sans cesser de tournoyer et de fendre l'air avec son épée de bois.

Sentant que son frère était au bord de l'explosion, Apryll tendit la main à Yale.

— Viens... Je t'emmène au ruisseau. Tu pourras boire tout ton soûl.

— Appelle-moi Yale la Mort.

Payton, accablé, secoua la tête.

— C'est son nouveau nom. Il l'a choisi lui-même.

Le garçon opina vigoureusement.

— Puisque je suis du côté des bandits, dans ce jeu, il me fallait un surnom qui fasse peur. Et toi, comment on va t'appeler ?

— Lady Apryll, coupa Payton. Il est persuadé que nous avons organisé ce « jeu » pour les fêtes de Noël, enchaîna-t-il en s'adressant à sa sœur. Il croit aussi que son père ne tardera pas à venir à sa rescousse.

— Oh oui, et quand il sera là, il vous tuera tous ! Mais, comme je suis dans votre camp, peut-être que je pourrai vous sauver.

Apryll, malgré son épuisement, réprima un sourire. L'héritier de Black Thorn donnait à Payton du fil à retordre.

— Et maintenant... dehors !

La Mort, alias Yale, pointait son épée vers la porte.

— Attends que je...

Sourd aux protestations de Payton, le garçon sortit de la salle à la vitesse d'une flèche.

— Pas question de le laisser seul !

— Je le surveillerai, déclara Apryll.

— Ne le quitte pas des yeux, car s'il nous filait entre les doigts, nous n'aurions plus rien. Nous aurions fait tout cela en vain. Et il ne faudrait pas que ce garçon s'égare dans la forêt. Le châtiment de Black Thorn serait encore pire.

— Nous sommes au moins d'accord sur un point, rétorqua-t-elle d'une voix sifflante.

Dehors, le brouillard rampait toujours sur le sol et s'enroulait autour des arbres, créant un paysage fantasmagorique. Le moment était idéal, songea Apryll, pour fausser compagnie à Payton. Mais celui-ci, comme s'il avait deviné les pensées de sa sœur, lui emboîta le pas.

— Ne te mets surtout pas en tête de l'emmener, ma sœur. Je vous traquerai jusqu'en enfer, et je tuerai ce gamin sans sourciller.

— Au risque d'avoir ensuite à affronter Devlynn de Black Thorn ?

— Je l'affronterais volontiers.

La haine de Payton était presque palpable, son âme devenait aussi noire qu'un puits. Ce n'étaient pas seulement les visions de Geneva qui le guidaient, ni la volonté de sauver Serennog. Il brûlait du désir de se dépouiller enfin de ce statut de bâtard qu'il vivait comme une malédiction.

— Prends garde à toi, mon frère. Je suis encore la suzeraine de Serennog.

Il laissa échapper un rire bref.

— Vraiment ? Et qui s'occupe du domaine en ton absence ?

— Sir Brennan, bien sûr.

Immobiles, ils observaient Yale qui, à plat ventre sur le bord du ruisseau, contemplait le reflet de son visage dans l'eau limpide.

— Et tu as confiance en lui ? C'est un imbécile.

— Il est loyal. En outre, l'intendant est là pour l'aider, rétorqua-t-elle avec une assurance qu'elle était loin d'éprouver.

— Andrew ? Allons, ma sœur, tu sais bien qu'il est faible et veule. Une chiffe.

— Tu oublies le père Benjamin.

— Il est aveugle, Apryll ! Et toi aussi, nom d'un chien !

— J'y vois assez clair pour me rendre compte que mon frère est devenu un traître.

— Je me bats pour sauver le château.

Un pli dur marquait la bouche de Payton ; tout en parlant, il fouillait la forêt d'un regard inquiet. Où diable étaient Bernard et Samuel ? Même si les autres avaient réussi à entraîner l'armée de Black Thorn sur la mauvaise route, ce qui leur avait donc fait perdre du temps, Bernard et Samuel auraient cependant dû pouvoir gagner l'auberge.

Apryll, comme si elle percevait le raisonnement de son frère, poussa un soupir.

— Que crois-tu ? Au croisement, les soldats de Black Thorn se sont divisés, et chacun a suivi un chemin différent.

Il fronça les sourcils d'un air suspicieux.

— J'ai été capturée, voilà pourquoi j'ai tellement tardé à te rejoindre.

— Tu as été capturée par Devlynn ?

Elle acquiesça.

— À nouveau ? Après ton évasion de la forteresse ?

— Oui, avoua-t-elle, gênée.

— Et tu t'es échappée ? rétorqua-t-il d'un ton dubitatif.

— Cela n'a pas été si difficile.

En réalité, elle n'avait eu aucun problème, ce qui, justement, la plongeait dans l'angoisse. Devlynn l'avait-il délibérément laissée s'enfuir ? Non, c'était impossible. Et pourtant…

— J'ai attendu que le garde s'assoupisse. Il y avait beaucoup de vent, si bien que le chien n'a rien entendu. J'ai volé un cheval.

Payton tourna la tête vers l'étalon brun à la robe tachée de blanc, reconnaissable entre mille.

— Tu n'as pas été suivie ?

— Non.
— Tu en es sûre ?
— Personne ne s'est montré, n'est-ce pas ?
— Pas encore.
Il fixa à nouveau son regard sur Yale, pinçant les lèvres.
— Attention, Payton, dit Apryll, effarée par l'expression féroce de son frère. Si tu t'avises de toucher un cheveu de ce garçon, Black Thorn fera tout ce qui est en son pouvoir pour nous détruire. Toi, moi, et nos sujets. Nul ne sera à l'abri de sa fureur.
— Peu importe.
— Au contraire, c'est essentiel. Des vies en dépendent, répliqua-t-elle avec véhémence. Et il n'y a qu'un moyen de les épargner : rendre cet enfant à son père.
Il la dévisagea d'un air consterné, comme si elle était d'une incurable sottise.
— Nous n'épargnerons des vies qu'en négociant avec Black Thorn et en exigeant une rançon pour notre otage.
— Alors, veille à ce qu'il ne lui arrive aucun mal. Pour notre sauvegarde et assouvir ta folle vengeance. Faute de quoi, nous mourrons tous ou nous serons torturés, et tu n'auras pas atteint ton but, dit-elle, essayant de le prendre par son point faible.
— Bon Dieu ! jura-t-il, excédé.
Elle lui posa la main sur le bras, dans un geste d'apaisement.
— Réfléchis, mon frère. Ne laisse pas la violence anéantir tes rêves.
Toutefois, en prononçant ces mots, elle savait qu'il était déjà trop tard.
Payton serait inflexible, intraitable. Tenter de le raisonner, de le calmer, ne servirait à rien.
Elle n'avait qu'une solution : le berner, le trahir à son tour.

16

Les doigts crispés sur le pommeau de son épée, Payton fouillait la forêt du regard, tout en jetant d'incessants coups d'œil à Yale qui se balançait à une branche d'arbre.

Le garçon sauta brusquement à terre et courut vers le ruisseau. Il entreprit d'attraper l'un des poissons qui frétillaient dans l'ombre des rochers.

— Avec un couteau, j'y arriverais, dit-il à Apryll. Tu en as un ?

— Non.

— Ah, mais attends, j'en avais un, moi, cette nuit !

Il se précipita dans l'auberge. Quand il en ressortit, il tenait le poignard à la lame émoussée que Payton lui avait donné pour sculpter son épée de bois. Il se laissa tomber sur la berge, résolu à harponner un poisson.

Payton, furieux, s'approcha et voulut lui prendre le poignard.

— Tu n'es pas censé avoir une arme ! aboya-t-il.

Une lueur malicieuse pétillant dans ses prunelles, Yale se redressa d'un bond, pointant le poignard vers Payton d'un air menaçant.

— Mais c'est un jeu, et toi, tu as une épée et un arc ! s'écria-t-il. En plus, tu as volé Phantom. Mon père ne sera pas content, je t'assure.

— Je m'en moque éperdument.

— Eh bien, tu as tort !

— Écoute, La Mort, rétorqua Payton d'un ton mielleux qui n'était pas du tout convaincant. Ce jeu a des règles. Je suis le ravisseur, et toi, tu ne dois pas avoir d'arme.

— Tu n'as qu'à me la prendre !

Apryll, affolée, s'interposa.

— Ne défie pas Payton. Mon frère, s'il te plaît...

— Je te jure, mon garçon, que si tu ne me rends pas ce couteau, je t'attache les mains derrière le dos et je t'enfonce un bâillon dans la bouche !

Repoussant brutalement Apryll, Payton s'approcha de Yale, mais l'héritier de Black Thorn était agile. Il se courba vivement, et du bout de la lame déchira la manche de Payton qui s'étrangla de rage.

— Serais-tu complètement stupide ? Je pourrais te tuer !

— Et alors ? Mon père, lui, ne se contenterait pas de te tuer. Il t'arracherait le cœur et les entrailles, et ensuite les cochons les mangeraient.

Payton serrait si fort les mâchoires qu'il en avait mal aux dents. Ce garçon n'avait-il donc peur de rien ?

— Je suis certain que tu ne me tueras pas ! insista Yale avec un sourire arrogant, brandissant son poignard dont la lame luisait dans la pâle lumière du matin.

— Donne-le-moi, articula Payton. Ça ne fait pas partie du jeu.

— Maintenant, si !

— Prends-le-lui, toi, ordonna Payton à Apryll qui n'ébauchait pas un geste.

— Mon père te décapitera ! Il va arriver et, quand il sera là, il te découpera en morceaux !

L'espace d'une seconde, Payton vit sa propre mort... ah non ! Il n'allait quand même se laisser désarçonner par un gamin. Vivement, il dégaina son épée.

— Assez ! s'exclama Apryll qui s'interposa à nouveau. Je ne tolérerai pas un nouveau bain de sang !

Yale s'immobilisa, écarquillant de grands yeux.

— Quelqu'un a été blessé ?

— Pas blessé, assassiné, répondit Payton, satisfait de lire enfin, sur la figure de son otage, ce qui ressemblait à de la crainte. Nous avons tué un ou deux gardes, et le maître des écuries qui nous empêchait d'emmener les chevaux.

— Seth ? C'est vrai ? demanda Yale à Apryll.

— Oui, hélas.

— Alors, ce... ce n'est pas un jeu ? balbutia le garçon, pâle et désemparé.

Il coula un regard vers les chevaux. L'étalon gris poussa un hennissement nerveux et tira sur sa bride.

— Phantom, murmura-t-il, comme s'il rassemblait tout à coup les pièces d'un puzzle particulièrement compliqué.

Il planta son regard dans celui de Payton.

— Tu as vraiment volé les chevaux de mon père ? Je... je croyais que c'était pour jouer...

Sa voix se brisa.

— Et j'ai aussi volé le fils de ton père.

Ce garnement commençait enfin à comprendre sa triste situation. Payton n'en était pas mécontent, toutefois cela risquait de lui causer des soucis supplémentaires. Son otage pouvait essayer de s'enfuir. À l'instar de son père, de son grand-père – de Payton lui-même –, ce garçon ne reculait devant rien et n'obéissait qu'à sa propre volonté.

Brusquement, une branche craqua, sur la gauche, dans un bouquet d'arbres. Payton se retourna.

Il perçut un mouvement. Une ombre bondissante. Il eut l'impression que son cœur se glaçait, que la mort approchait.

Mais ce n'était qu'un daim qui sautait par-dessus une grosse branche foudroyée par l'orage, et qui disparut dans la forêt embrumée.

Bon Dieu, il avait les nerfs prêts à se rompre ! Du vin et une fille passionnée lui feraient infiniment plus de bien que cette interminable attente dans une auberge en ruine, en compagnie d'un insupportable gamin qui ne savait pas fermer son clapet.

Et il y avait aussi Apryll. Elle pensait qu'il l'avait abandonnée, à deux reprises, elle était furieuse contre lui. Il ne pouvait pas avoir confiance en elle.

Un instant, il songea à Geneva, à son regard transparent qui voyait l'invisible, à son corps généreux qui se donnait volontiers. Si seulement elle était là... elle, ou n'importe quelle femme au sang chaud...

Frottant machinalement la manche que Yale avait déchirée avec son petit poignard, il tourna les yeux vers son otage qui était retourné se coucher à plat ventre sur la berge du ruisseau, toujours déterminé à harponner un poisson. Quand il avait une idée dans la tête, celui-ci, il n'y renonçait pas facilement.

Il tenterait de s'enfuir, aucun doute là-dessus.

Ce n'était qu'une question de temps.

Heureusement, Payton avait encore quelques gouttes de la potion que Geneva lui avait concoctée, ce mélange de plantes qu'un des traîtres de Black Thorn avait versé dans la coupe de Yale, le soir de la fête.

Tout avait été si facile. Presque trop. Mais Devlynn n'était qu'un imbécile. Payton se remémora avec jubilation le moment où il avait réparti le trésor de Black Thorn dans les sacoches de cuir qu'il avait ensuite fixées à la selle du plus bel étalon de Devlynn. Oui, il avait sacrément damé le pion au lord de Black Thorn.

Il regarda Apryll qui rejoignait Yale au bord du ruisseau. Quand elle passa devant lui, il aperçut la marque sur sa joue, qui bleuissait déjà.

Malgré lui, il se crispa au souvenir du coup qu'il lui avait assené. Il avait souvent du mal à contrôler sa violence. C'était un fardeau qui, à certains moments, lui pesait.

Un jour, il lui demanderait pardon. Quand elle comprendrait et accepterait ses ambitions. Pour l'instant, il préférait mentir et lui dissimuler ses véritables projets.

Il s'efforcerait néanmoins de ne plus lever la main sur elle. Frapper une femme était trop lâche...

Dans un grand battement d'ailes, le hibou qui logeait dans l'auberge tournoya au-dessus du toit sur lequel il se posa, observant Payton d'un œil critique, comme s'il était un intrus. Cela n'avait rien de neuf. Payton avait toujours été un intrus, où qu'il aille.

Cela changerait bientôt. À condition que ses soldats le rejoignent enfin, qu'Apryll ne lui joue pas un mauvais tour et que Yale, ce petit malin, ne s'échappe pas.

Si cela se produisait, il n'aurait plus qu'à tirer un trait sur toutes ces années passées à élaborer son plan, à rêver de posséder ce qui lui revenait de droit.

Non, il ne permettrait pas que Yale de Black Thorn lui file entre les doigts, alors que tout ce qu'il désirait si ardemment était là, à sa portée.

Résolument, il se dirigea vers le ruisseau où Yale rouspétait chaque fois qu'il manquait un poisson. Sur la berge opposée, un renard se faufila sans bruit entre les arbres.

Un frisson parcourut Payton. Il avait la sensation désagréable, étrange, d'être observé.

Il s'accroupit, extirpa une lanière en cuir de sa poche et l'enroula habilement autour des poignets de Yale.

— Pour le moment, tu dois rester mon prisonnier.

— Non !

Le garçon se trémoussa, laissa tomber son poignard. Payton le ramassa et lui mit la pointe de la lame sous la gorge.

— Tu vas obéir et te tenir tranquille jusqu'à l'arrivée de ton père.

Apryll, qui s'était éloignée de quelques mètres, se précipita. Quand elle vit le couteau, elle blêmit.

— Fais ce qu'on te dit, Yale, déclara-t-elle d'une voix rauque, pour que nous puissions gagner la partie.

— Ce n'est pas un jeu !

— Tu n'en sais rien. Pourquoi l'attaches-tu de cette façon, comme un animal ? lança-t-elle à Payton.

— Parce que c'est tout ce qu'il mérite.

— Enlève-moi ça ! protesta Yale en tirant sur ses liens.

— Plus tard, si tu te conduis convenablement.

— Mon père aura ta peau !

— Ton père n'est pas là.

— Relâche-le, commanda Apryll.

— Quand nous serons à Serennog. Dans l'immédiat, je ne prendrai aucun risque.

Payton releva Yale qui se débattait, pestait et crachait comme un beau diable.

— Je t'en prie, ce n'est pas nécessaire, insista Apryll.

— C'est indispensable. Rentrons à l'intérieur. Il y a du porc salé, nous allons préparer un bon repas et mettre un tonneau en perce pour fêter ça.

— Le moment ne me paraît pas vraiment approprié.

— Au contraire, rétorqua Payton. J'ai fait courber l'échine au lord de Black Thorn.

Il renversa la tête en arrière et éclata d'un rire sauvage.

Yale darda sur lui ses yeux gris, tendit ses mains ligotées.

— Détache-moi. Je suis le fils du lord et je t'ordonne de me libérer. Sinon, tu t'en repentiras.

— Tu te trompes, c'est moi qui donne les ordres. Car moi aussi, je suis le fils d'un lord, répliqua Payton d'une voix où flambait le feu qui faisait rage dans son cœur depuis sa plus tendre enfance.

Yale eut le toupet de le dévisager d'un air méprisant.

— Je te jure que tu le regretteras.

— J'en serais surpris.

— Mon père te fera rendre l'âme !

— Je n'en ai peut-être pas.

— Ça suffit ! intervint Apryll. Payton, détache-le.

— Cesse de m'ennuyer. Dis-moi, Yale la Mort, est-ce que notre jeu te plaît toujours, à présent ?

— Notre jeu ? répéta le garçon en le regardant droit dans les yeux, avec une telle intensité que Payton faillit le frapper. Et quel est le prix pour le vainqueur ?

La justice, songea Payton. Cette justice qu'il appelait de ses vœux depuis toujours et qui, seule, saurait l'apaiser.

Devlynn avait laissé son cheval et la chienne attachés dans la forêt, avant de ramper jusqu'au ruisseau. Il s'était arrêté derrière un pin dont les branches le cachaient.

De là, il avait observé toute la scène. Il avait vu cet homme ligoter Yale, et il avait dû bander toute sa volonté pour ne pas se ruer sur lui.

Au moins, Yale était vivant. En bonne santé, aussi intrépide et insolent qu'à l'accoutumée.

Ne le défie pas, mon fils. Je te sauverai, sois patient.

Il aurait pu tenter d'utiliser son arc pour abattre cette ordure. Cependant, avec ce maudit brouillard qui ne se dissipait pas, il risquait de blesser Yale ou Apryll.

Maintenant, ils entraient dans l'auberge. Sur le seuil, Apryll se retourna, on aurait dit qu'elle avait senti sa présence. Devlynn retint sa respiration.

Puis elle secoua la tête, comme pour chasser de son esprit une idée stupide, et disparut à l'intérieur de la bâtisse.

Devlynn pesta à voix basse. Il avait manqué une occasion de délivrer son fils.

Il n'échouerait pas deux fois.

17

Collin fit signe au soldat de prendre place près du feu. L'homme était pâle et crasseux, il tremblait de froid.

— Assieds-toi, Dennis, et dis-moi où est mon frère.

À cet instant, Miranda pénétra dans le grand hall.

— A-t-on des nouvelles de Devlynn et de Yale ? demanda-t-elle d'un ton anxieux.

— Pour le garçon, je ne sais pas, répondit Dennis dont les yeux noirs semblaient, en quelques heures, s'être enfoncés dans leurs orbites. Mais lord Devlynn est avec sir Lloyd, sir Rearden et quelques autres. Au croisement, juste au nord du vieux moulin, nous nous sommes séparés en trois groupes pour mieux traquer ces bandits.

Collin se cala dans le fauteuil pour écouter Dennis relater les événements des derniers jours. Miranda, qui elle aussi ne perdait pas un mot de son récit, ordonna d'apporter de la nourriture et du vin au soldat. Une minute après, un page déposait une cruche et trois coupes sur la table, tandis qu'une servante accourait avec un plateau de fromage, de viande fumée et de pain.

— Devlynn ne sait donc pas qu'il vaut mieux ne pas diviser une armée ? grommela Collin. Notre frère est peut-être un vaillant guerrier, il l'a prouvé lors des batailles qu'il a remportées, mais ce n'est manifestement pas un fin stratège.

— Laisse Dennis terminer, rétorqua Miranda d'un ton sévère.

Elle s'était installée sur un banc, les coudes sur les genoux, et buvait littéralement les paroles du soldat, comme si elle regrettait de ne pas chevaucher auprès de leur frère, à la poursuite de leurs ennemis, à travers les forêts enténébrées et les montagnes.

Collin avait toujours pensé que sa sœur aurait préféré être un homme. Certes, elle assumait son rôle d'épouse – même si elle n'était pas à la dévotion de son mari, ce vieux grincheux – et elle adorait sa fille. Cependant, dès qu'on évoquait un possible combat, ses yeux se mettaient à briller et elle posait une foule de questions, tout à fait pertinentes, que la plupart des femmes de sa condition auraient jugées ennuyeuses ou écœurantes. Miranda, au contraire, s'en délectait. Si elle en avait eu la possibilité, elle aurait volontiers revêtu une armure pour s'en aller guerroyer.

— ... quand lady Apryll de Serennog a été capturée, le lord était furieux. Il m'a envoyé ici vous prévenir qu'il y a des traîtres à Black Thorn. Quelqu'un a aidé l'ennemi à s'introduire dans l'enceinte du château, et a permis à lady Apryll de s'enfuir.

Miranda désigna le plateau de nourriture.

— Mange, je t'en prie.

Dennis, qui n'attendait que cette permission, prit un morceau de pain et une épaisse tranche de fromage.

— Il nous reste à découvrir ce Judas, maugréa Collin.

— Lord Devlynn forcera lady Apryll à parler, répliqua Dennis qui, affamé, mastiquait bruyamment.

— De quelle manière ? s'enquit Miranda.

— Je ne sais pas, mais il m'a dit qu'il l'interrogerait lui-même, et qu'il découvrirait qui l'a trahi. Quand il reviendra, sa vengeance sera terrible.

— Et mortelle.

Soudain, Collin crut percevoir un toussotement étouffé. Il se retourna, scruta les tentures mais ne vit rien, pas le moindre mouvement. Pourtant, bizarrement, il eut la chair de poule.

— Et les autres... Rudyard et Spencer ? demanda Miranda avec un détachement qui sonnait faux.

En réalité, le sujet l'intéressait énormément. Collin l'avait surprise en compagnie de Spencer ; quand elle était avec lui, la femme revêche se transformait comme par enchantement en une créature aux joues roses et aux yeux rêveurs.

C'était un vrai scandale, dans la mesure où elle était mariée à un autre – le lord de Clogwyn, un vieux barbon qui passait ses journées à se rôtir les pieds devant la cheminée, à nourrir ses pigeons et à philosopher sur les relations plus que tendues entre l'Angleterre et le pays de Galles. Il n'avait pas daigné quitter son château pour les fêtes de Noël, car il avait horreur des divertissements. On comprenait que Miranda s'ennuie à périr à son côté et soit revenue ici.

Par rapport à Lowell de Clogwyn, Violet paraissait presque jeune. Collin s'était souvent demandé si sa nièce Bronwyn était bien la fille de son beau-frère, si elle ne serait pas plutôt celle de Spencer. La fillette ressemblait tellement à sa mère qu'il était difficile de se faire une opinion, mais Collin avait du mal à imaginer que Lowell, qui semblait au bord de la tombe, ait réussi à engendrer un enfant.

— Les hommes qui sont partis avec Devlynn sont-ils sains et saufs ? reprit Miranda.

— Je vous ai dit tout ce que je savais, rétorqua Dennis en se coupant un deuxième morceau de pain.

Miranda fixa un regard grave, inquiet, sur son frère.

— Nous devons leur envoyer des troupes.

— Et laisser le château sans défense ? Il n'en est pas question. Devlynn a emmené nos meilleurs hommes. Ils s'en sortiront.

— Il faudrait malgré tout leur envoyer des renforts, insista Miranda.

— Tant que Devlynn n'en demandera pas, nous ne bougerons pas, décréta Collin.

Miranda ne discuta pas davantage, mais un éclair de colère flamba dans ses yeux verts. C'était quand même inimaginable ! songea Collin, irrité. Sa sœur se croyait toujours plus compétente que ses frères. Il y avait de quoi rire. Par tous les saints, elle n'était qu'une femme !

À ce moment, Violet apparut sur le seuil, précédée par le page et la servante qui apportait des œufs et des pommes.

— A-t-on des nouvelles de Devlynn ? s'enquit-elle.

Collin et le soldat se levèrent poliment, tandis que Violet approchait, appuyée sur sa canne.

— Dennis arrive du campement de Devlynn, expliqua Collin.

— A-t-il retrouvé Yale ?

— Non, milady, répondit Dennis qui enfourna un œuf entier dans sa bouche. Pas encore.

— Oh ! soupira Violet en se laissant tomber sur un siège.

Elle noua les doigts sur le pommeau de sa canne. Elle était, de loin, la femme la plus vieille du domaine, cependant la nature lui avait épargné la plupart des maux propres à son grand âge. Elle ne souffrait que d'un genou qui se bloquait l'hiver, et d'une tendance au radotage.

— On n'a pas demandé de rançon ?

— Non, marmonna Collin.

— Pauvre petit garçon, j'espère qu'il va bien... Quand je pense à tout ce sang dans sa chambre...

Violet se mordit la lèvre inférieure.

— Il nous faut agir, décréta-t-elle.

— Nous ne pouvons qu'attendre, objecta Collin. C'est ce que j'ai promis à Devlynn.

— À force d'attendre, nous allons tous devenir fous, intervint Miranda.

— Devlynn retrouvera son fils.

— Si Yale est toujours vivant.

— Il est vivant, affirma Violet en frappant le sol de sa canne, comme pour donner plus de force à ses paroles.

Mais son regard était troublé, sa confiance vacillait, c'était visible. Elle se tassait sur son siège, dans le grand hall qui, malgré les riches tapisseries ornant les murs et la lumière des bougies, semblait sinistre.

Collin serra les dents. Depuis la nuit du drame, il lisait la suspicion dans le regard des serviteurs et des paysans ; tous redoutaient de devoir partir en guerre. Et nombreux étaient ceux qui, au château, n'avaient pas confiance en Collin. Ils avaient juré fidélité à Devlynn et considéraient son cadet comme un fantoche incapable de diriger le domaine.

Eh bien, ils se trompaient lourdement.

— Nous n'avons plus qu'à prier, murmura Violet. Le Seigneur nous viendra en aide.

Collin ne répliqua pas – inutile de discuter avec une vieille folle.

Mais la prière ne déterminerait pas le destin de Black Thorn.

Le garçon, la mine renfrognée, était adossé à un sac de victuailles, ses mains liées pendant entre ses genoux. Il regardait fixement le feu où grésillaient un lapin et une palombe enfilés sur une broche.

— Mon père vous tuera tous, articula-t-il d'un air féroce.

— Ne pense plus à cela, rétorqua Apryll à mi-voix.

Elle jeta un coup d'œil par-dessus son épaule. Payton était agenouillé près des flammes qu'il ranimait à l'aide de petit bois glané autour de l'auberge. Pour l'instant, il ne leur prêtait pas attention.

Il lui avait demandé à boire, et elle avait esquissé une moue désapprobatrice, tout en sachant que c'était son unique chance de salut avant l'arrivée des complices de Payton.

Tournant le dos au feu pour dissimuler ses gestes, elle fouilla la sacoche que Payton avait abandonnée dans un coin. Elle était si nerveuse qu'elle avait les mains moites.

Elle trouva enfin le flacon qu'elle cherchait, le déboucha et versa le liquide transparent dans la coupe vide de Payton qu'elle remplit ensuite de vin. Après elle remplaça la potion par de l'eau, et remit prestement la fiole dans la sacoche.

— Mais où sont-ils ? grogna Payton. Nous pouvons encore attendre une heure, pas davantage. Plus nous nous attardons ici, plus nous risquons de voir Devlynn et ses soldats débarquer. Bon Dieu, que leur est-il arrivé ?

— Ils ont peut-être été capturés.

— Oui, c'est ça ! s'écria Yale. Et mon père les a tous décapités !

— Assez ! tonna Payton. Je suis fatigué de t'entendre. Mon père ceci, mon père cela… Où est-il, ton fameux père, hein ? Il ne s'est pas encore montré, n'est-ce pas ?

— Il viendra.

— Oh, ce que ce garçon est pénible ! Tu me donnes ce vin, oui ou non ? lança-t-il à Apryll.

— Tu ne devrais pas en abuser, rétorqua-t-elle d'un ton qu'elle espérait suffisamment sévère pour qu'il s'obstine, par pur esprit de contradiction. Ce n'est pas le moment de t'enivrer.

— Je boirai autant que ça me plaira.

— Mais il nous faut garder la tête froide, insista-t-elle, faisant tourner la coupe pleine entre ses mains.

— Ne t'avise pas de me dicter ma conduite.

— Tu oublies que nous avons un otage à…

— Il va très bien. Il a juste besoin de manger un morceau.

— Et d'être détaché !

Payton, qui se maîtrisait de moins en moins bien, prit la coupe d'un geste brusque.

— Quel insupportable petit ingrat ! Je lui permets de vivre une aventure palpitante et comment me remercie-t-il ? Il n'arrête pas de se plaindre !

Il éclata de ce rire terrible qui vous glaçait les sangs, but une gorgée et fronça les sourcils. Apryll se figea.

— Ce vin est un peu...

— Tu préfères de l'eau ? l'interrompit-elle vivement.

Il la foudroya du regard.

— Ce n'est pas encore l'heure de manger ? demanda Yale, rejetant en arrière une mèche qui lui barrait le front.

— Dans une minute, rétorqua Payton d'un ton rogue.

— Si je ne mange pas tout de suite, je vais mourir de faim, et mon père te...

— Tais-toi ! Je te répète que j'en ai par-dessus les oreilles de t'entendre parler de ton maudit père !

— Ne l'écoute pas, s'interposa Apryll. Je m'occupe de lui.

— Vraiment ? Ainsi tu as changé d'avis ? Tu as renoncé à le ramener à Black Thorn ?

— Je dois reconnaître que tu avais raison. Lord Devlynn nous trancherait la gorge si nous n'avions pas de quoi négocier avec lui, or ce garçon constitue sa seule faiblesse.

— Il n'est pas faible ! s'indigna Yale.

— Obéis à Payton, lui dit-elle fermement. Tu es notre prisonnier.

— Et toi, tu es aussi mauvaise que lui.

Elle sentit son cœur se serrer, réussit cependant à esquisser un sourire froid.

— Je suis la suzeraine de Serennog, par conséquent c'est plutôt lui qui est aussi mauvais que moi. Il exécute mes ordres.

— Alors, c'est toi qui as décidé de m'enlever? rétorqua Yale, incrédule.

— Non... Mais, à présent, j'estime que mon frère a bien agi. Sois gentil, et on ne te fera pas de mal.

— Et si je ne suis pas gentil? riposta-t-il.

Aucune menace n'intimidait cet enfant. Il avait le courage inébranlable et l'orgueil de son père.

— Je ne te le conseille pas, déclara-t-elle de sa voix la plus sèche.

Les yeux de Payton s'étrécirent. À l'évidence, il n'était pas convaincu par le brusque revirement de sa sœur. Yale, en revanche, était plus naïf.

— Eh bien, mon père te tuera aussi. Et après... après il te coupera la tête et il te rôtira à la broche comme ce lapin, et... il te jettera aux vautours...

— Je n'en peux plus! s'exclama Payton qui vida sa coupe d'un trait. Mon crâne va exploser. Donne-lui à manger.

Un sourire perfide aux lèvres, il se dirigea vers le coin où était posée la cruche de vin, prit sa sacoche et en sortit le flacon. Le cœur d'Apryll manqua un battement. Seigneur, pourvu qu'il ne s'aperçoive de rien!

— J'ai quelque chose de spécial pour toi, mon garçon, articula-t-il.

— Quoi?

— Un peu de vin.

Il remplit à nouveau la coupe où il versa le contenu de la fiole, et adressa un clin d'œil à Apryll.

— Buvons à notre succès, et à Serennog.

— Je ne veux rien de toi! cracha Yale en secouant frénétiquement la tête.

Il se trémoussait tellement que le bout de sa botte envoya rouler un caillou dans le feu. Une gerbe d'étincelles jaillit et s'engouffra par le trou de la toiture, vestige de l'ancienne cheminée. Le hibou, sur sa poutre, déploya ses larges ailes. Quelques plumes, pareilles à des flocons de neige, tombèrent sur le sol.

— Bois, commanda Payton.

— Non !

— Allons, Yale, sois raisonnable, s'empressa de dire Apryll. Une gorgée de vin avec le lapin, c'est excellent.

— Si tu ne m'écoutes pas, tu ne mangeras pas et tu seras affamé, car nous partirons dès le repas terminé. Nous n'attendrons pas plus longtemps. Les autres nous rattraperont en route.

Payton s'étira, étouffa un bâillement.

— Par Dieu, je suis exténué !

Il s'assit près du feu et dévora une moitié de palombe, lançant les os dans les flammes, tandis qu'Apryll, muette, découpait le lapin. Elle tendit une patte à Yale qui l'accepta et trempa même les lèvres dans le vin. Payton ricana.

— Alors tu dis que ce n'est pas un jeu ? demanda l'héritier de Black Thorn à Apryll.

Manifestement, il avait encore de la peine à saisir tous les méandres de la situation.

— Non, c'est très sérieux.

— Vous comptez me tuer ?

— Absolument pas ! répondit-elle avec véhémence.

— Si tu ne tiens pas ta langue, nous n'hésiterons pas, bredouilla Payton.

Il bâillait à s'en décrocher la mâchoire, clignait les paupières. La potion commençait à faire effet.

— Donc tu es une voleuse, accusa Yale. Et une meurtrière.

— Elle n'a assassiné personne, objecta Payton en étendant ses jambes.

— Mais puisqu'elle est la suzeraine, c'est elle qui a ordonné que des gens soient tués.

— Bon sang, quelle importance ? s'énerva Payton. Tu es le prisonnier, voilà ce que tu dois savoir. Maintenant, laisse-nous tranquilles. Nous allons nous reposer un moment avant de lever le camp. Dors, ajouta-t-il en fixant sur le garçon un regard ensommeillé.

— Pas au milieu de la journée.

— Cette nuit, nous aurons un long trajet à parcourir.

— Payton a raison, intervint Apryll. Tu devrais te reposer.

— Je ne suis pas fatigué.

— Tu... tu devrais pourtant... l'être... bafouilla Payton.

Soudain, il tressaillit, comprenant enfin pourquoi le vin n'avait pas plongé son otage dans un sommeil de plomb.

— Apryll, tu n'as pas... tu n'aurais pas osé...

Il regarda sa coupe.

— Si... si tu m'as trahi, tu t'en repentiras jusqu'à... la fin de tes jours...

— Je te rappelle, mon frère, que tu m'as trahie le premier. Je t'ai simplement rendu la monnaie de ta pièce.

Il ouvrit la bouche pour l'injurier, mais la potion eut raison de ses forces. Une seconde plus tard, il ronflait comme un vieillard, sans se douter que le lord de Black Thorn, dissimulé à l'extérieur de l'auberge, près d'une fenêtre, n'avait pas perdu un mot de la discussion.

18

Sans bruit, l'épée dégainée, Devlynn franchit le seuil de la bâtisse. Au milieu de la salle, un feu flambait allégrement, et un appétissant fumet de gibier rôti flottait dans l'air.

Apryll, toujours vêtue de sa tenue de chasseur, lui tournait le dos. Elle était penchée sur Yale, lui tenait les poignets.

Devlynn s'approcha sur la pointe des pieds, dans la pénombre. Son fils l'aperçut, cependant, ses yeux gris se mirent à pétiller et un sourire triomphant éclaira son visage.

Un doigt sur les lèvres pour lui recommander de ne pas broncher, Devlynn s'avança encore, pareil à un fauve qui s'apprête à bondir sur sa proie.

Mais Apryll avait remarqué le changement d'expression de son otage. À l'instant où Devlynn tendait le bras, elle pivota vivement. Elle ouvrit grande la bouche pour hurler. Il la bâillonna de sa main, la saisit par la taille.

— Pas un mot, chuchota-t-il.

Elle tenta de se débattre, de le mordre et de le griffer. En vain, il la tenait fermement. Il fit signe à Yale de sortir. Le garçon se rua vers la porte.

Devlynn recula, le regard rivé sur Payton, cet infâme personnage, qui dormait à poings fermés.

— Si vous ne me suivez pas docilement, milady, souffla-t-il à l'oreille d'Apryll, je profite du sommeil de votre frère pour le trancher en deux. Il n'aura que ce qu'il mérite, aussi ne vous faites pas d'illusions : je n'hésiterai pas.

Ces paroles la calmèrent ; elle se figea et il put l'entraîner dehors, où Yale les attendait.

— Détache-moi, s'il te plaît, dit-il à son père.

Devlynn, qui ne voulait pas lâcher Apryll, lui ordonna d'un ton sec :

— Ôtez-lui ces liens.

Dieu merci, elle obtempéra sans protester ! Yale, ravi, frotta ses poignets engourdis.

— Je savais que tu viendrais ! Même quand je croyais que c'était un jeu, j'étais certain que tu me délivrerais. Je le leur disais sans arrêt !

— Chut... Ne parle pas si fort. Ils ne sont pas seuls, ils ont des complices.

Quelques minutes plus tôt, Devlynn avait eu l'impression d'entendre des chevaux dans la forêt, mais à présent le silence était retombé.

— Maintenant, Yale, il faut partir d'ici et tu dois m'aider.

Le garçon se calma aussitôt, la détermination se peignit sur son visage.

— Oui, père.

— Bien. Attache les mains de lady Apryll avec ces lanières.

Yale écarquilla les yeux, sidéré que son père lui ordonne de se comporter ainsi avec une femme.

— Tu veux que je l'attache ?

— Oui, et vite !

Il percevait à nouveau le son étouffé de sabots martelant la terre. La chienne aussi avait flairé quelque chose. Tournée vers le sud, elle grognait sourdement, le poil hérissé.

Yale s'exécuta, après quoi Devlynn lui tendit son épée.

— Surveille-la. Et si elle bouge, appelle-moi.

Sur ce, il rentra dans l'auberge.

Le cœur d'Apryll cognait si fort qu'elle manqua défaillir. Malgré les crimes de Payton, elle ne supporterait pas qu'il soit tué pendant son sommeil. Certes, Devlynn avait confié son épée à Yale, mais il avait certainement un poignard sur lui, et il pouvait utiliser la propre épée de Payton pour l'achever.

Elle ébaucha un mouvement pour le suivre, mais Yale lui barra le passage.

— Ne m'oblige pas à l'appeler. Ce serait une erreur.

— Ce ne serait malheureusement pas la première que je ferais.

— Père ! s'écria le garçon, tandis qu'elle se précipitait dans la bâtisse.

Elle y découvrit Devlynn qui s'était effectivement emparé de l'épée de Payton et lui avait mis la lame sous la gorge.

— Réveille-toi.

Payton émit un grognement. Devlynn lui enfonça le bout de sa botte dans les côtes.

— Debout, sale chien !

— Il ne peut pas ! s'exclama Apryll en s'agenouillant près de son frère. J'ai versé une potion dans son vin, celle qu'a ingurgitée Yale la nuit où on l'a enlevé.

— Pourquoi ?

— Parce que je voulais vous ramener votre fils. En évitant un autre bain de sang.

À ce moment, Yale apparut sur le seuil.

— Il y a des cavaliers qui approchent.

— Bon Dieu ! pesta Devlynn.

Il était manifestement prêt à égorger Payton. Apryll se jeta sur le corps de son frère.

— Si vous le tuez, vous ne saurez jamais qui, à Black Thorn, vous a trahi.

Il hésita, un muscle tressauta sur sa mâchoire. Puis il se détourna.

— Vite ! dit-il à Yale. Traverse le ruisseau. Il y a un cheval qui t'attend de l'autre côté.

Empoignant rudement Apryll, il la poussa vers la porte.

Entre les arbres, il entrevit des cavaliers. Tous baissaient la tête pour se protéger de la pluie qui tombait de nouveau, mais ils étaient assez proches pour que Devlynn reconnaisse Rudyard, le capitaine de sa garde.

Rudyard, qui suivait un inconnu monté sur un cheval bai.

Le traître ! Un homme qui avait pour mission de commander ses soldats, de protéger sa famille. Un Judas à l'âme aussi sombre que la nuit.

— Dépêchons, marmonna-t-il, poussant Apryll.

Il l'aidait à se hisser sur la monture qu'elle lui avait volée, enroula la bride autour de sa main et, d'un mouvement souple, enfourcha Phantom.

Précédés par la chienne, ils franchirent le ruisseau écumant. Devlynn jeta un coup d'œil par-dessus son épaule. Apryll, les poignets ligotés, se cramponnait au pommeau de sa selle.

Elle lui rendit son regard ; ses yeux d'ambre étincelaient de colère. Devlynn éperonna son étalon. Si la lady de Serennog était assez folle pour se laisser tomber dans l'eau glacée, tant pis pour elle.

Phantom escalada vaillamment les rochers glissants de la rive opposée. Le cheval d'Apryll, en revanche, renâcla, poussa un hennissement de frayeur.

Devlynn tira brutalement sur la bride pour le forcer à suivre Phantom. Des oiseaux, effarouchés, s'envolèrent et tournoyèrent dans le ciel.

Maudits volatiles, songea Devlynn. Ils allaient les faire repérer.

Il éperonna encore Phantom, aperçut Yale sur son étalon noir. Le garçon filait sur le sentier, droit vers le sud. Lorsque son père arriva à sa hauteur, il eut un grand sourire.

— On rentre chez nous ?

Le cœur de Devlynn se dilata de fierté. Son fils était si brave, si intrépide.

— Oui, comme si nous avions Satan aux trousses.

— Youpi ! s'écria Yale.

Ils prirent la direction de Black Thorn. Devlynn, à l'affût, scrutait les alentours. Car les paroles qu'il venait de dire à son garçon n'étaient pas une banale comparaison. Il en avait la conviction : ce n'étaient pas Payton et Rudyard – ainsi que d'autres traîtres, éventuellement – qui les pourchassaient. Lucifer lui-même les traquait, avec l'intention de les conduire jusqu'aux portes des enfers.

Des chevaux.

Elle entendait des chevaux.

Et ils étaient nombreux.

Depuis la butte où elle se tenait, Geneva vit des cavaliers approcher d'une bâtisse délabrée où, elle le sentait, se trouvait Payton. Vivant.

Ô mon amour, les péchés que j'ai commis pour toi…

Elle devait l'affronter, lui avouer qu'elle avait menti. Mais tous ces soldats, menés par un inconnu, l'effrayaient…

Ils n'étaient plus loin de la clairière, quand une exclamation retentit :

— Vite !

Un homme grand, aux cheveux noirs… le lord de Black Thorn. Il lui était apparu dans ses visions, il incarnait la mort de son bien-aimé Payton. Elle avait accepté d'aider à anéantir ce démon.

Il avait une épée à la main et entraînait Apryll hors de l'auberge. Un garçon traversa en courant le ruisseau, tandis que le lord juchait sa prisonnière sur un cheval brun, avant de se hisser sur un étalon gris. Ils disparurent de l'autre côté du ruisseau au moment où les soldats atteignaient la clairière.

Payton… Où était-il ?

Elle avait le sentiment qu'il vivait encore, mais le Loup de Black Thorn l'aurait-il vraiment épargné ?

Effarée, s'accrochant aux branches pour ne pas tomber, elle descendit la pente. Peut-être ses visions n'étaient-elles plus aussi claires qu'auparavant, peut-être son mensonge avait-il suscité le courroux des dieux qui lui avaient donné cette faculté.

Se trompait-elle ? Payton baignait-il dans son sang, frappé à mort par Devlynn de Black Thorn ?

Elle se mit à courir, sans se soucier des ronces qui déchiraient sa robe ni de la pluie glacée sur son visage. Elle trébucha, tomba dans la boue. Une violente nausée, due à la faim et au manque de sommeil, lui tordit l'estomac.

Elle se releva, vacillante. Malgré le froid, la sueur ruisselait dans son dos.

Les cavaliers avaient mis pied à terre. Leurs voix résonnaient entre les murs de la vieille auberge.

— Réveillez-vous, bonté divine !

— Où est le garçon ? Il s'est enfui aussi ?

— Mais que s'est-il passé ici ?

— Debout !

— Je n'ai pas rêvé, c'étaient bien Black Thorn et lady Apryll qui traversaient le ruisseau. Par Dieu, il n'y a pas moyen de le réveiller ?

— Il est mort ?

Payton ! Le cœur au bord des lèvres, Geneva se précipita dans la bâtisse où elle découvrit un groupe d'individus crottés autour d'un homme étendu près du feu, inanimé.

— Non ! s'écria-t-elle.

Une odeur âcre de transpiration, de cheval, de pluie, mêlée à des fumets de viande grillée, alourdissait l'atmosphère.

Les soldats tournèrent vers Geneva un regard soupçonneux, plusieurs d'entre eux dégainèrent leur arme, mais elle n'y prêta pas attention. Elle s'avança, s'agenouilla près de Payton et posa les doigts sur sa gorge, cherchant son pouls.

— Payton, par pitié...

Il n'était pas mort, cela ne se pouvait pas. Pas lui, si vigoureux et si téméraire. Il devait vivre. Connaître le fils qu'elle portait dans son ventre.

Elle sentit le battement de son cœur, lent et régulier.

— Il est vivant, murmura-t-elle.

Des larmes de soulagement roulèrent sur ses joues.

— Un mort ne dormirait pas plus profondément ! grogna un soldat trapu – un traître – qui arborait les couleurs de Black Thorn, noir et or.

— On l'a drogué, rétorqua un autre, que Geneva n'avait jamais rencontré.

Celui-là était grand, avec des dents gâtées, un nez crochu, et un regard fourbe.

— Qui es-tu ?

— C'est la sorcière, répondit Isaac. Geneva.

— Qu'est-ce qu'elle fait ici ?

L'inconnu aux dents gâtées se comportait comme s'il était le maître. Les hommes qu'elle connaissait – Isaac, Melvynn et même le colérique Roger – semblaient lui obéir.

— Je n'en sais rien, sir Rudyard, répliqua Isaac.

Melvynn haussa les épaules. Roger, l'éternel rebelle, qui ne rêvait que plaies et bosses, ajouta :

— Une femme n'a pas sa place ici, surtout quand elle pratique la magie noire.

— Ainsi, tu es une païenne ? demanda Rudyard en la dévisageant avec intérêt. Une sorcière capable de prédire l'avenir ?

— Oui, sir Rudyard, acquiesça Isaac en hochant sa tête chauve.

À cet instant, Payton gémit. Rudyard lui assena un coup de pied dans le flanc.

— Réveillez-vous ! Allons, debout ! Le temps presse.

Il s'interrompit, désigna Roger.

— Toi, prends deux hommes et rattrape les fuyards. Nous te suivrons.

— Et quand on les aura rattrapés ? rétorqua Roger, les yeux luisants d'excitation.

— Si tu y parviens, tue-le.

Geneva se redressa d'un bond.

— Non !

— Et la femme ? Lady Apryll ? enchaîna Roger.

— Personne ne doit mourir, déclara Geneva, en proie à une atroce terreur.

Était-ce donc ce qu'elle avait provoqué, une guerre sans merci, un massacre, tout cela parce qu'elle s'était éprise d'un fils bâtard qui désirait ardemment le pouvoir ?

— Tue-la aussi, décréta Rudyard. À moins que tu ne préfères la mettre d'abord dans ton lit.

— Non ! répéta Geneva, épouvantée.

À quels monstres Payton s'était-il allié ?

— N'est-ce pas Payton qui commande, ici ? accusa-t-elle. Attendez qu'il se réveille et qu'il vous donne ses ordres.

Rudyard ne l'écoutait pas. Il fixait Roger.

— Et le garçon ? s'enquit ce dernier.

— Égorge-le, naturellement.

— Vous ne pouvez pas, protesta Geneva d'une voix brisée. Ce n'est qu'un enfant.

— Qui a la malchance d'être le fils de son père, rétorqua Rudyard avec mépris. À quoi nous servirait-il quand Black sera mort ?

19

Apryll s'agrippait tant bien que mal au pommeau de sa selle, luttant pour ne pas tomber. Son cheval galopait à un train d'enfer, derrière l'étalon de Devlynn, en direction du sud.

Du château de Black Thorn.

Que pouvait-elle faire ? Se jeter à terre ? Avec les poignets ligotés, elle aurait du mal à courir. Jusqu'où irait-elle ?

Plusieurs heures s'étaient écoulées depuis qu'ils avaient précipitamment quitté l'auberge, le crépuscule tombait. Apryll avait faim et soif, elle était moulue, cependant elle refusait d'émettre la moindre plainte.

Elle affronterait son destin, coûte que coûte. Que ferait-il ? se demandait-elle, les yeux rivés sur Devlynn qui paraissait n'éprouver aucune fatigue. L'enfermerait-il au fond d'un cachot de sa forteresse ? Serait-elle un otage, comme Yale avait été celui de Payton ? Exigerait-il une rançon pour la libérer ?

Avec quel argent paierait-on la rançon ? Les coffres de Serennog étaient désespérément vides. C'était justement cette triste situation qui avait entraîné Apryll dans ce terrible tourbillon de mensonges et de trahisons.

Elle aurait donné n'importe quoi pour avoir la possibilité de revenir en arrière. Elle pensait à ses gens, qui lui avaient accordé toute leur confiance, qu'elle avait juré de protéger. Elle avait failli à son devoir sacré, envers chacun d'eux : le charron toujours grincheux, les jeunes filles qui cherchaient les œufs dans les haies, le boulanger dont la forte odeur corporelle vous soulevait parfois le cœur, Edwynn le bouffon aux joues rebondies... et Mary, enceinte de ses jumeaux. Les bébés étaient-ils nés ? Avaient-ils survécu ?

La nuit, à présent, les enveloppait. Yale dit à son père qu'il commençait à en avoir assez, il était tellement affamé qu'il dévorerait un bœuf. Devlynn répondit que ce n'était pas encore le moment de s'arrêter. Yale continuant à maugréer, il finit cependant par céder.

Il fit halte devant une ferme, au bord de la route et demanda le gîte et le couvert à un homme dont la silhouette évoquait celle d'un ours et qui, manifestement, en avait aussi le caractère. Son interlocuteur lui offrit de dormir dans la grange.

La fermière, tout ensommeillée, était aussi maigre que son mari était corpulent. Sur l'injonction de ce dernier, elle fit chauffer une soupe épaisse dans une marmite suspendue dans l'âtre. Elle jeta un coup d'œil aux poignets ligotés d'Apryll, mais n'eut aucune réaction.

Apryll et Yale se réchauffèrent près du feu. Sur le manteau de la cheminée, un chat noir aux yeux verts se mit à cracher, intimant ainsi à la chienne de ne pas s'approcher.

La maison était simple, l'opulence ne régnait visiblement pas en ces lieux. Une grande table, un banc et deux tabourets, ainsi qu'un lit poussé dans un coin, meublaient l'unique pièce. Quelques vêtements pendaient à des crochets, près d'une porte qui, à en juger par les bêlements et les meuglements qu'on entendait, ouvrait sur un espace réservé au bétail.

Apryll s'assit sur le banc et essaya de bavarder avec la femme, mais celle-ci garda le silence ; sans doute était-elle éreintée par sa journée de labeur, ou peut-être avait-elle peur de son époux – dont elle guettait les moindres gestes. Elle se borna à dire qu'elle s'appelait Mina.

De fait, lorsque le mari et Devlynn furent sortis pour s'occuper des chevaux, elle poussa un soupir et se détendit. Yale s'amusait à pourchasser les poules qui logeaient dans la maison et qui, courroucées, lui donnaient des coups de bec. La chienne s'était hasardée à s'installer devant la cheminée et contemplait, fascinée, la marmite.

— Vous avez des ennuis, ma petite ? demanda Mina, désignant du menton les poignets ligotés d'Apryll.

— Malheureusement, oui.

— Vous êtes prisonnière ?

— Pour l'instant.

— Nous le sommes toutes, non ?

Mina soupira d'un air pensif, tout en remuant la soupe avec une longue cuiller en bois. Les flammes éclairaient son visage ridé, comme usé, des mèches grises s'échappaient du fichu qui lui couvrait la tête.

La porte de derrière se rouvrit, livrant passage à Devlynn.

— Votre mari me charge de vous dire qu'il sera là dès qu'il en aura fini avec les chevaux.

Mina disposa de gros morceaux de pain dans des assiettes, sur lesquels elle versa la soupe. Ils s'installèrent à la table. Devlynn ne daigna pas ôter les lanières qui entravaient les poignets d'Apryll. Lorsque Yale lui fit remarquer qu'elle serait quand même plus à l'aise pour manger si on la détachait, il braqua sur son fils un regard sévère.

Apryll, quant à elle, était trop orgueilleuse pour le supplier. Jamais elle ne jouerait devant lui le rôle de la femme soumise.

Elle se débrouilla pour avaler sa soupe – onctueuse, qui sentait bon l'oignon – qu'elle trouva succulente. Mina leur servit de la bière légère pour l'accompagner.

Après le repas, le fermier leur montra le fenil où ils dormiraient, au-dessus de l'étable qui abritait deux vaches et une chèvre.

Mina leur donna plusieurs couvertures dépenaillées, d'un air gêné.

— Je suis désolée, mais je n'en ai pas d'autres.

— Ne vous inquiétez pas, ce sera parfait, lui dit Apryll.

Toutes deux observèrent Devlynn qui aidait leur hôte à remplir une mangeoire de foin.

— Est-ce qu'il... est bon avec vous ? Il prétend être un lord... le lord de Black Thorn en personne.

— C'est bien lui.

— Black Thorn, souffla Mina en traçant le signe de croix sur sa maigre poitrine. Il en a commis, des péchés. Son épouse portait son enfant, ils ont été tués... à cause de lui. Lady Glynda, c'était une femme à la tête dure. Ils se ressemblaient...

Mina déglutit, baissa les yeux sur les mains d'Apryll.

— J'aimerais pouvoir vous aider, mais si je mets Sam en colère, il me battra.

— Ne faites rien, surtout. Vous avez été très gentille, je vous en remercie.

À cet instant, le fermier pointa un doigt menaçant vers Mina.

— Pourquoi tu restes là à jacasser comme une vieille pie ? Tu n'as donc pas de travail ?

Mina baissa le nez, les dents serrées.

— Vous aurez besoin d'un linge humide pour votre toilette, je vous l'apporte, marmonna-t-elle en pivotant sur les talons usés de ses savates.

— Il faut les rudoyer, déclara Sam, satisfait. Sinon, on n'est plus maître chez soi, elles vous font tourner en bourrique.

Il éclata d'un rire gras, manifestement il se considérait comme l'homme le plus intelligent de la terre.

Apryll l'aurait volontiers remis à sa place, cependant elle tint sa langue et grimpa l'échelle menant au fenil. Yale y était déjà, pelotonné dans une couverture. Il s'était confectionné une sorte de nid dans le foin et dormait déjà à poings fermés.

Maladroitement, Apryll étala sa couverture près du haut de l'échelle. De là, elle voyait les silhouettes sombres des bêtes dont la présence, étrangement, la rassurait.

Mina la rejoignit, s'immobilisa sur le dernier barreau de l'échelle et lui tendit un linge plié.

— Ce n'est pas grand-chose, mais vous vous sentirez mieux quand vous serez débarbouillée.

Les doigts d'Apryll effleurèrent ceux de Mina qui, soudain, lui prit les poignets.

— Aucune femme ne devrait être attachée comme ça, murmura-t-elle d'une voix à peine audible. Aucune... Il y a beaucoup de prisons, ma petite, les hommes ne manquent pas de moyens pour priver une femme de sa liberté. Et tout le monde l'accepte. Mais je vous le dis : ce n'est pas bien. Que vous soyez une lady, une paysanne ou une fille des rues, ce n'est pas bien.

Là-dessus, entendant le pas lourd de son mari dans l'étable, elle se hâta de disparaître.

Apryll s'adossa à une poutre verticale qui soutenait le toit pentu, écoutant la respiration régulière de Yale, le vent qui gémissait au-dehors.

Où était Devlynn ? Pourquoi la laissait-il seule aussi longtemps ? Il devait pourtant s'attendre à ce qu'elle tente à nouveau de s'enfuir.

Dès que le fermier regagnera la maison et que Devlynn sera endormi, tu pourrais voler un cheval...

Mais, la dernière fois, elle n'avait réussi qu'à mener Devlynn droit au repaire de Payton.

Car il l'avait piégée. Il lui avait délibérément permis de s'évader du campement et l'avait suivie. Inutile, donc, de renouveler l'expérience.

Bientôt, il grimperait cette échelle. Qu'arriverait-il ensuite ? Elle se remémora la nuit qu'ils avaient passée dans la tente, les doigts brûlants de Devlynn sur sa peau, le désir sauvage qui s'était emparé d'elle, la poussant presque à le supplier de prendre sa virginité.

Ce souvenir la fit rougir. Cela ne se reproduirait plus, il ne le fallait pas. S'il avait encore l'envie de la posséder, ce serait comme un animal, avec la volonté de conquérir, de dompter. Sans tendresse, sans amour.

Elle se figea. L'amour ? Quelle idée absurde ! Entre eux, il ne pouvait y avoir que de la méfiance, de la haine.

Elle poussa un soupir accablé. Dans l'immédiat, elle était trop exténuée pour tenter quoi que ce soit, elle devait d'abord se reposer et, demain, elle réussirait peut-être à duper le Loup de Black Thorn, pour le bien de son domaine.

Mon Dieu, comme elle avait hâte de revoir Serennog ! Certes, les murs du château se lézardaient, les tapisseries qui les ornaient s'effilochaient, le garde-manger était presque vide, mais Serennog était son foyer, son refuge. Et les gens qui y vivaient dépendaient d'elle. D'une façon ou d'une autre, elle trouverait le moyen de rendre au domaine sa prospérité d'antan.

Sans voler personne.

Sans prendre un enfant en otage.

Sans répandre de sang.

Oh, maudits soient Payton, son ambition aveugle et sa soif de vengeance !

Ce qui s'était passé entre Morgan de Black Thorn et la mère d'Apryll, une vingtaine d'années plus tôt, devait désormais être oublié et enterré.

Bien sûr, Apryll comprenait que Payton éprouve ce besoin dévorant de s'affirmer, d'être reconnu. Même après la disparition de lord Regis, le père d'Apryll, et alors que lady Rowelda agonisait, frappée par la maladie pulmonaire qui l'avait emportée, Payton s'était avéré incapable de pardonner à leur mère.

— Je suis tellement navrée, avait-elle murmuré en s'efforçant de serrer la main de Payton dans la sienne, fragile et veinée de bleu.

Elle gisait sur le lit où elle allait mourir, le regard déjà éteint, son visage pareil à celui d'un fantôme.

— J'ai eu des torts envers toi. J'aurais dû t'envoyer loin de Serennog, dans un lieu où l'on ne t'aurait pas constamment rappelé que tu n'étais pas le fils du maître.

— Pourquoi ? avait rétorqué Payton d'un ton âpre. Toi non plus, tu ne voulais pas de moi ? Dans ce cas, il aurait fallu te débarrasser de moi avant ma naissance. Les gens pensent que cela aurait mieux valu.

— Non ! Je te voulais, malgré ce que... cependant Regis, lui... Il ne m'a jamais pardonné d'avoir mis au monde l'enfant d'un autre.

— Mais tu avais été violée, avait objecté Apryll.

Un sourire sans joie avait joué sur les lèvres exsangues de Rowelda.

— J'aurais sans doute dû mettre fin à mes jours. Pour que l'honneur soit sauf.

— Au lieu de quoi, tu as enfanté un bâtard et tu as permis qu'on se moque de lui, qu'on l'humilie toute sa vie, avait répondu Payton, rouge de colère.

— Tu n'as manqué de rien, avait murmuré sa mère d'une voix rauque, sifflante.

— Tu n'as jamais eu le courage de me défendre !

— Non, je le reconnais, avait-elle soufflé en s'efforçant de soulever sa tête. J'ai été lâche, mais Regis voulait un fils qui soit de son propre sang et...

— Et les enfants que tu lui as donnés ont été pour lui une amère déception, avait achevé Apryll.

Cette discussion lui était pénible. Même si elle n'ignorait pas les tristes circonstances qui avaient entouré la conception de Payton, ce sujet n'avait jamais été abordé franchement. En outre, penser que son père, qu'elle adorait, aurait de loin préféré un garçon la faisait souffrir.

— C'est vrai, avait admis Rowelda. Le destin, toutefois, en a décidé ainsi et toi, ma fille, tu seras la suzeraine. Tu dois te marier très vite. Serennog a besoin d'un maître puissant et d'un héritier.

— Et moi, alors ? avait demandé Payton en se penchant sur sa mère. Qu'est-ce que je vais devenir ?

— Tu continueras à vivre ici et tu conseilleras ta sœur.

— Je pourrais gouverner.

— Ce n'est pas le sang de Serennog qui coule dans tes veines.

Une atroce quinte de toux avait interrompu lady Rowelda. La servante qui la veillait jour et nuit s'était précipitée pour lui essuyer la bouche.

— Parler l'épuise.

— Oui... laissez-moi à présent, avait soufflé Rowelda, le front emperlé de sueur.

Elle avait dévisagé tour à tour ses enfants, s'était arraché un pauvre sourire.

— J'ai fait de mon mieux...

Rowelda de Serennog était morte une heure après cet entretien.

Et, à partir de là, Payton n'avait plus rêvé que de vengeance.

Apryll avait manqué de lucidité, elle n'avait pas vu la réalité telle qu'elle était. Heureuse d'avoir encore un membre de sa famille, elle avait laissé trop de latitude à son frère. Elle lui avait trop souvent permis d'intervenir dans les décisions concernant le château.

La haine qu'il vouait à son géniteur – le guerrier qui avait violé et engrossé sa mère, sans jamais reconnaître le fruit de cette brève union comme son fils – n'avait fait que croître au fil des ans pour s'étendre à tous ceux qui portaient le nom de Black Thorn.

Une couverture drapée autour des épaules, Apryll déplia le linge pour se laver le visage.

Il y avait quelque chose dans l'étoffe humide...

Un couteau rudimentaire au manche en os, à la lame longue et acérée.

Les paroles de Mina la fermière lui revinrent en mémoire. *Aucune femme ne devrait être attachée. Aucune.*

À cet instant, les barreaux de l'échelle craquèrent. Prestement, elle dissimula le poignard dans le foin, et entreprit de faire sa toilette avec autant de grâce que possible.

Elle sentit le regard de Devlynn sur elle, cependant elle continua comme si elle ne se rendait pas compte de sa présence, ne discernait pas l'ombre gigantesque que sa haute silhouette projetait dans le fenil.

Se courbant pour ne pas se cogner aux poutres, il s'approcha. Elle ne réagit toujours pas, pourtant son cœur s'emballait : le bout de la botte de Devlynn n'était qu'à quelques millimètres du couteau, son unique espoir de recouvrer la liberté.

Il s'accroupit.

— Alors, lady Apryll, qu'allons-nous faire, à présent ? Je n'ose pas vous laisser dormir seule, de crainte qu'au matin vous ne vous soyez envolée. Cependant, si je reste près de vous, je ne sais trop ce qui arrivera.

Du bout des doigts, il repoussa une mèche dorée qui balayait le visage de la jeune femme.

— Il me semble être Adam devant Ève, murmura-t-il.

— Je ne vous offre pourtant pas de pomme.

— Vraiment ? Eh bien, je serai peut-être contraint de vous la voler.

Il tendit la main, la referma doucement sur le sein d'Apryll qui palpitait sous le tissu grossier de la tunique. Elle réprima un gémissement, luttant de toutes ses forces contre la tentation de se blottir dans ses bras, de chercher sa bouche cruelle. Elle imaginait déjà le poids de son corps nu sur elle…

— Oui, souffla-t-il, je devrais vous tordre le cou pour tous vos crimes. Mais ça… ce serait une manière infiniment plus agréable de vous châtier…

20

Arrête, ne fais pas ça.

Devlynn entendait la voix de la raison tonner dans sa tête. Toucher cette femme, être simplement près d'elle le mettait en péril.

S'il s'unissait à elle, quel en serait le prix ? Serait-il un jour capable de lui pardonner ? Non, sans doute pas.

Pourtant, comment résister à ce corps adorable, ces lèvres pulpeuses, ces yeux où il voyait luire – il en était certain – l'éclat d'un désir égal au sien ?

Il se pencha pour lui effleurer la bouche d'un baiser, la sentit frissonner. Elle ne recula pas.

— Détachez-moi, murmura-t-elle.

— Pour que vous puissiez vous échapper ?

— Non, je resterai là.

— Vous êtes une menteuse, milady. Une ravissante menteuse qui n'a peur de rien. Vous demeurerez entravée jusqu'au matin. À ce moment-là, j'aviserai.

— L'aube se lèvera dans quelques heures.

— Vous n'aurez donc pas longtemps à patienter.

Ce serait si facile de la dévêtir, de s'enfouir en elle… où serait le mal, après tout ? Il n'avait pas possédé une femme depuis des lustres.

Mais il ne pouvait pas se conduire ainsi avec Apryll de Serennog.

Il l'attira contre lui, l'étreignit brièvement, puis la coucha sur la couverture.

— Dormez...

— C'est mon châtiment ?

Elle le provoquait. Décidément, elle avait toutes les audaces.

— Pour l'instant.

— Et plus tard ? demanda-t-elle d'une voix sourde.

— Nous verrons.

Ce n'était pas le sens de l'honneur qui l'empêchait de la faire sienne. Sa décision n'avait rien d'aussi noble. C'était la peur qui le guidait. Il redoutait les élans de son cœur, ce traître. Et s'il s'éprenait d'elle, son ennemie, celle qui avait participé à l'enlèvement de Yale ?

Furieux contre lui-même, il s'étendit près d'elle, un bras sur sa taille souple, tenant de l'autre main ses poignets ligotés.

Cette nuit encore, il avait peu de chances de trouver le repos.

— Vous aviez raison, chuchota le jeune Henry à l'oreille du père Benjamin, tandis qu'ils passaient devant la cabane de l'apiculteur. Le père Hadrian s'est installé dans le donjon, il dort dans la chambre de lady Apryll.

Le père Benjamin soupira, quoique la nouvelle ne le surprît pas. Il n'était pas aussi aveugle qu'on le pensait, même s'il ne faisait pas un pas sans Henry, qui était en quelque sorte ses yeux. Mais, bizarrement, les gens se figuraient que sa cécité avait également endommagé ses autres sens – l'ouïe, l'odorat, le toucher –, et surtout ses facultés mentales.

Il devait avouer, à sa honte, qu'il n'avait pas cherché à les détromper. Cela l'arrangeait qu'ils le croient incapable d'entendre leurs pas quand ils tentaient de l'éviter, de sentir leur haleine lorsqu'ils affirmaient n'avoir pas bu une goutte de bière, d'opiner s'ils affirmaient avoir assisté à l'office alors qu'ils n'avaient pas mis les pieds dans la chapelle.

Qu'on le considère comme un infirme à l'esprit dérangé était bien pratique.

Il n'avait que cette arme-là et hélas, en ces temps troublés, chacun avait besoin d'un moyen de se défendre. Les traîtres pullulaient, il le savait. Il redoutait que lady Apryll ne fût en danger, or ceux qui complotaient contre elle étaient précisément ceux qui prétendaient être ses plus fidèles sujets.

Ceux qui déclaraient aussi, sans vergogne, au père Benjamin qu'ils ne manquaient pas une messe. Un jour, le Seigneur les mettrait face à leurs péchés.

Le père Hadrian était le pire de tous. Il arborait la tenue d'un serviteur de Dieu, alors qu'il était le démon incarné, qu'il s'adonnait aux plaisirs de la chair. Un imposteur.

— Nous devons quitter le château, dit-il à son jeune guide.

Henry était orphelin, ses deux parents avaient succombé à l'épidémie qui s'était abattue sur le domaine trois ans plus tôt. Depuis le départ d'Apryll, il n'avait que le père Benjamin pour veiller sur lui.

— Il nous faut quelques provisions, ainsi qu'un cheval ou une mule. Je me charge de nous trouver une monture. Toi, essaie de chiper des pommes à la cuisinière, et peut-être une anguille fumée ?

Une cruche de vin serait la bienvenue, songea-t-il, mais mieux valait ne pas trop en demander. Il ne tenait pas à éveiller des soupçons. Or, en ce moment à Serennog, chacun se méfiait de son voisin.

— D'accord, répondit Henry.

Le père Benjamin l'agrippa par la manche.

— Je compte sur toi, mon garçon. J'ai peur que notre lady soit en danger, et c'est à nous de la secourir.

— C'est vrai ? rétorqua Henry, excité par la perspective d'une pareille aventure.

— Oui. Maintenant, dépêche-toi. Rejoins-moi à l'aube, et dès qu'on lèvera la herse, nous partirons.

Je dirai au père Hadrian que je dois visiter les paysans trop âgés ou trop malades pour assister à la messe.

— Vous allez mentir ? répliqua le garçon, stupéfait.

— Dieu m'y autorise…

Le père Benjamin eut un pincement au cœur. Il n'était pas certain d'accomplir la volonté du Seigneur, pourtant… son instinct lui soufflait qu'il n'avait pas le choix. Le destin de Serennog était désormais entre ses vieilles mains noueuses.

Payton émit un grognement de douleur. Il avait l'impression qu'on lui avait écrasé la tête contre une pierre, qu'on l'avait roué de coups et réduit en bouillie.

Se tournant sur le flanc, il cligna les paupières et entrevit des silhouettes qui l'entouraient. Il reconnut Geneva, s'étonna que son visage toujours si serein reflétât tant d'angoisse.

— Nom d'un chien… jura-t-il en se frottant les yeux, dans l'espoir de faire cesser ce bruit de marteau frappant l'enclume qui lui emplissait le crâne.

— Tiens, bois, murmura Geneva.

Sa voix était comme un baume, ses mains fraîches lui tendaient une coupe. Il avala une gorgée. De l'eau !

— Je veux du vin, marmonna-t-il.

Péniblement, il se redressa sur son séant, regarda les hommes immobiles autour de lui. Ils étaient une dizaine. Payton avait acheté l'allégeance de certains, les autres – pour des raisons qui leur appartenaient – avaient trahi Black Thorn.

Il fouilla la salle des yeux, sentit son estomac se crisper.

— Où sont-ils ?

— Vos otages ? demanda Rudyard, le mince et sournois capitaine.

Payton se redressa.

— Oui. Où sont-ils ?

— Partis, répondit Rudyard. Black Thorn a emmené son fils et votre sœur.

Effaré, Payton se dirigea d'un pas titubant vers la cachette qu'il avait aménagée dans un coin de l'auberge. Il déplaça la lourde pierre... le trou qu'elle dissimulait était vide, les sacoches avaient disparu.

— Bonté divine !

— Eh oui ! rétorqua Rudyard d'un ton âpre. Black Thorn a repris le trésor que vous lui aviez volé. Maintenant vous n'avez plus rien. Pas d'argent. Pas d'otage. Il ne vous a même pas laissé son étalon.

La rage flamba dans les veines de Payton, dissipant la brume qui lui troublait encore l'esprit. Comment était-ce possible ? Comment avait-il pu se montrer aussi imprudent ?

Il se revoyait assis près du feu avec sa sœur et le fils de Devlynn. Il avait mangé, bu une ou deux coupes de vin. Ensuite une telle fatigue l'avait submergé...

Bien sûr...

Il serra le poing.

— On m'a drogué, dit-il, embarrassé, aux hommes. Avec la potion que tu avais préparée, ajouta-t-il en fixant Geneva.

— Mais comment vous a-t-on drogué ? demanda Rudyard.

— Je crois qu'Apryll a versé la potion dans ma coupe, et rempli le flacon avec de l'eau ou un liquide quelconque, pour que je ne m'aperçoive de rien.

— Vous avez donc échoué, déclara Rudyard posément, comme s'il énonçait un fait évident que tous étaient à même de constater.

— J'ai commis une erreur. Elle sera vite réparée.

Rudyard s'avança vers lui.

— Vous avez échoué, répéta-t-il.

— Ce n'est pas un échec, c'est seulement...

Payton entrevit l'éclat d'une lame, s'écarta d'un bond, mais il ne fut pas assez rapide. L'épée de

Rudyard lui transperça le ventre, une douleur atroce irradia dans tout son corps.

Un sourire mauvais retroussa les lèvres du capitaine, découvrant ses dents gâtées.

— Mon Dieu, non ! s'écria Geneva.

Payton chancelait, ses jambes ne le soutenaient plus. Il tomba à genoux.

— Non, non ! Oh, Payton… Par pitié, épargnez-le.

Les larmes ruisselaient sur le visage de Geneva.

— Je t'aime… je porte ton enfant… ne meurs pas… non !

Il sentait ses poumons se vider. La bataille était achevée, il le savait.

Rudyard, d'un geste brusque, retira son épée dégoulinante de sang.

— Tu as échoué, cracha-t-il. On ne donne pas une deuxième chance à un vrai chef.

— Payton, mon amour… ton fils a besoin de toi…

Il allait donc être père ? Il tendit une main tremblante vers Geneva. Elle la prit, la posa sur son sein. Sa robe était souillée de sang – son sang à lui, réalisa-t-il.

Sa vue se brouillait, tout devenait flou. Geneva le berçait doucement.

— Je te maudis, dit-elle à Rudyard.

— Je te retrouverai en enfer, souffla Payton, fixant des yeux vitreux sur la figure osseuse du capitaine.

Celui-ci ricana.

— Tu y arriveras le premier…

Payton avait le vertige, un froid mortel le pénétrait, comme s'il était enseveli sous la neige. Il entendait une femme sangloter. Apryll ? Sa mère ? Il ne savait plus.

Soudain, les bras si doux qui l'étreignaient le lâchèrent.

— Qu'est-ce qu'on fait d'elle ? lança un homme en empoignant Geneva.

— Ce que tu veux, je m'en moque, répondit Rudyard.

Payton entendait encore cette voix féminine qui suppliait :

— Non... non, pitié... pas ça...

Il ne pouvait plus prononcer un mot, protester. Des rires gras, avinés, fusèrent, un hurlement terrifié... puis le silence.

Ce fut ainsi que Payton de Serennog, le bâtard, élevé par un lord qui le haïssait, quitta ce monde. Une femme l'avait aimé de toute son âme, hélas il l'avait compris trop tard.

21

Apryll fut réveillée en sursaut par le chant du coq. Elle essaya de s'asseoir, mais des bras robustes l'étreignaient.

Devlynn…

Il la tenait contre lui, sa respiration lui caressait la nuque. Cela semblait tellement naturel et si bon d'être ainsi blottie dans sa chaleur.

Il est ton ennemi, ne l'oublie pas, tu es sa prisonnière et il t'a promis un châtiment à la mesure de tes crimes.

Elle se souvint du couteau caché dans le foin. Lentement, bougeant à peine les doigts, elle le chercha à tâtons. Il devait être tout près, quelque part. Pourvu que Devlynn ne soit pas couché dessus…

En bas, les bêtes commençaient à s'agiter, des bruits de pas résonnaient dans la maison.

Soudain, elle sentit sous sa main la lame froide du couteau. Enfin ! Feignant de s'étirer dans son sommeil, elle s'en saisit et, repliant les jambes, glissa le poignard dans sa botte. Pour l'instant, il ne lui était d'aucune utilité. Le fermier, à côté, houspillait sa femme de sa voix éraillée :

— Mina, tu comptes te prélasser longtemps ? Réchauffe-moi de la soupe !

La porte séparant la chaumière de l'étable s'ouvrit brutalement, la lueur du feu éclaira le fenil.

Devlynn se redressa à demi. Apryll, qui faisait semblant d'être toujours endormie, sentit son regard la scruter. Elle eut l'impression qu'il allait à nouveau se pencher pour lui baiser les lèvres. Mais il sauta sur ses pieds, grommela :

— Allons, debout !

Elle poussa un soupir, ouvrit les yeux, s'assit en s'étirant comme une chatte. Yale, dans son coin, l'imita. Il avait les cheveux pleins de paille, les paupières bouffies.

— Il faut vraiment se lever ? gémit-il.

— Si tu veux être chez nous aujourd'hui, oui, répondit son père avec un sourire affectueux qui adoucit ses traits. À moins que tu préfères rester ici ? Je suis certain que nos hôtes ont du travail à donner à un garçon de ton âge.

— Ça, c'est sûr ! brailla le fermier, en bas. Traire la chèvre, épandre le fumier et couper du bois, ça lui plairait sûrement !

Yale bâilla bruyamment et, resserrant la couverture autour de ses épaules, se dirigea vers l'échelle.

— On sera vraiment à Black Thorn ce soir ?

— Seulement si nous ne perdons pas de temps.

Devlynn le retint par le bras et l'étreignit farouchement.

— Tu n'es pas content de revoir tante Violet, Miranda, Collin et Bronwyn ?

— Pas Bronwyn. C'est une fille, je n'ai pas envie de la voir.

— Viendra un moment où tu ne la quitteras pas d'un pas, justement parce que c'est une fille.

— Ça, jamais ! décréta Yale avec une grimace de dégoût, avant de dévaler l'échelle.

Devlynn le suivit des yeux, toujours souriant, puis se retourna pour fixer son regard gris, étincelant, sur Apryll. Son visage reprit sa dureté coutumière.

— Vous aussi, milady, dépêchez-vous. Black Thorn vous attend.

— Vous me dites que Devlynn vous a abandonnés ? s'exclama Collin, tapotant nerveusement sur l'accoudoir du grand fauteuil de son frère.

Le dos tourné à la cheminée, il détaillait les quelques soldats arrivés quelques heures après l'aube.

Lloyd, le corpulent et fruste chevalier, paraissait s'être attribué la fonction de chef du groupe.

— Tout à fait. Il est parti avec son otage au beau milieu de la nuit, sans crier gare. Au matin, deux des meilleurs étalons avaient disparu. On a attendu presque un jour entier, puis on en a conclu qu'il avait ramené la donzelle ici. Du coup, on a levé le camp.

— Mais pourquoi serait-il parti avec elle ? s'étonna Collin.

À cet instant, Miranda pénétra dans la salle. Son frère la suspecta d'avoir écouté son dialogue avec les soldats, derrière la porte. Mais, à présent, il soupçonnait tout le monde – dont sa sœur – de l'espionner, d'épier ses moindres faits et gestes, dans l'espoir qu'il commette une erreur…

Il avala une gorgée de vin, réprima une grimace. Son estomac commençait à ne plus très bien supporter ce breuvage.

— Vous êtes sûrs que la prisonnière ne s'est pas évadée et que lord Devlynn n'a pas tenté de la rattraper ? demanda Miranda, fixant tour à tour les soldats d'un air hautain, comme s'ils n'avaient pas un gramme de cervelle.

— Pourquoi ne nous aurait-il pas réveillés, dans ce cas ? rétorqua Lloyd. À nous tous, on aurait eu plus de chances de lui remettre la main dessus.

Miranda détourna les yeux, contempla songeusement le feu.

— Ce n'était peut-être pas l'avis de Devlynn.

— Ou peut-être voulait-il être seul avec elle, marmonna Collin, pensant à voix haute.

À la seconde où son frère avait vu cette femme, ici même le soir de la fête, il avait été envoûté. Les vestiges de cette nuit traînaient encore dans les couloirs et les chambres – guirlandes de gui et de houx dépenaillées, trognons de bougies. Les derniers invités avaient quitté le château hier, et une atmosphère lugubre régnait maintenant dans la forteresse. Les domestiques, les chevaliers, les paysans se méfiaient les uns des autres. Plus personne ne savait qui était son ami ou son ennemi.

— Lord Devlynn pourrait être à Serennog, suggéra James. S'il poursuivait la lady, elle l'a peut-être mené jusqu'à son domaine.

— *S'il* la poursuivait…

Collin se redressa, fatigué de toutes ces complications.

— Dennis est revenu hier. Je m'apprêtais à envoyer des renforts, des chevaux et de l'armement à Serennog… Mais avant que j'aie pu mettre l'opération en branle, vous arrivez et vous m'annoncez… que Devlynn vous aurait abandonnés et oublié ses devoirs de lord pour s'en aller avec une femme qui a participé au complot tramé contre lui ? Qui a enlevé son fils ? Et il faudrait que je vous croie ?

— C'est pourtant ce qui s'est passé, répondit Lloyd, en se mouchant sur sa manche et en dardant un regard luisant de convoitise sur la cruche de vin.

— Et où sont les autres ? s'enquit Miranda. Où est le capitaine de la garde, sir Rudyard ? Et sir Nathan ? sir Spencer ?

Elle avait mentionné ce dernier comme s'il n'avait, pour elle, pas plus d'importance que les autres, mais Collin n'était pas dupe. Elle s'inquiétait pour le chevalier aux larges épaules, au nez aquilin et aux yeux d'obsidienne.

Miranda n'était pas ce qu'elle paraissait être, songea-t-il. Elle avait un secret, qu'elle dissimulait jalousement. Sur ce point, cependant, il devait admettre que lui-même avait aussi beaucoup de choses à cacher.

— Nous devons les retrouver, déclara-t-elle d'un ton impatienté.

— Et comment, s'il te plaît ? répliqua Collin.

— Il faut partir à leur recherche, évidemment !

— À Serennog ?

— Bien sûr.

Le visage de Miranda s'enflammait, son regard jetait des éclairs.

— Nous passerons les bois, les champs et les villages environnants au peigne fin. Quelqu'un les aura forcément vus et reconnaîtra les couleurs de Black Thorn.

Elle était belle et ne l'ignorait pas, cependant elle faisait partie de ces femmes qui se servaient de leur intelligence, plus que de leur charme, pour obtenir ce qu'elles désiraient.

— Je te rappelle que Devlynn nous a ordonné de rester ici, objecta Collin.

Elle s'approcha de lui, planta ses yeux dans les siens.

— Qu'y a-t-il ? Serais-tu lâche ? Tu préférerais demeurer bien à l'abri entre les murs de notre forteresse, plutôt que de braver le froid et la pluie pour chercher notre frère ?

— Je fais ce qui est le mieux pour Black Thorn.

— Et qui en décide ? riposta-t-elle avec colère. Je suis l'aînée, n'est-ce pas ?

— J'ai déjà entendu ce refrain.

— Et tu vas l'entendre encore ! Sous prétexte que je n'étais pas un garçon, j'ai été dédaignée par notre père, tout juste bonne à marier avec le meilleur parti possible, pendant que Devlynn était élevé pour devenir le lord, et toi… son remplaçant. Si Devlynn disparaissait, tu aurais le titre. Bien que tu sois égoïste, incapable de gouverner, et uniquement soucieux de ton plaisir.

— Tandis que toi, tu es la vertu incarnée, je présume ?

Il jeta un coup d'œil aux soldats qui se dandinaient d'un pied sur l'autre. Certains semblaient amusés, d'autres affichaient une expression stupéfaite.

— Non, je dis simplement que tu n'es pas taillé pour être le maître.

— Devlynn m'a demandé de veiller sur le domaine.

— Eh bien, c'était stupide de sa part! Autant demander à un voleur de veiller sur des joyaux.

— Je fais ce qui est le mieux pour Black Thorn, répéta-t-il, exaspéré.

Elle haussa un sourcil méprisant, pointa l'index vers la coupe qu'il venait de vider.

— En te chauffant près du feu et en t'enivrant? Dans ces conditions, tu m'obliges à réviser l'opinion que j'avais de toi. Je te jugeais seulement paresseux, mais à présent je constate que tu es aussi un poltron.

Là-dessus, rejetant sa chevelure en arrière, elle sortit de la salle telle une reine indignée.

Il serait judicieux, pensa Collin, de la tenir à l'œil. Miranda, apparemment, était plus dangereuse qu'il ne l'imaginait jusqu'ici.

Ah, les femmes!

Elles étaient sa passion.

Et le fléau qui empoisonnait son existence.

Le père Benjamin entendit les gémissements d'une femme et eut la sensation qu'une terrible tristesse s'abattait sur l'univers. «Que le Seigneur soit avec nous!» pria-t-il en se signant.

L'odeur de la forêt lui emplissait les poumons: la terre détrempée par la pluie, les feuilles mortes... Le vent lui cinglait le visage, le glaçait jusqu'à la moelle. Il était trop vieux pour de telles aventures. Quand il était à califourchon sur la mule, il avait mal aux jambes, et maintenant qu'il marchait, ses pieds le faisaient souffrir.

Il perçut un bruissement d'ailes puis, à nouveau, des gémissements.

— Tu es sûr que nous sommes sur le bon chemin ? demanda-t-il à Henry.

— Oui. J'ai entendu ce que racontaient Payton, le père Hadrian et sir Brennan, la veille du jour où lady Apryll est allée à Black Thorn. Payton a dit qu'ils se retrouveraient dans une ancienne auberge, à l'est du pont, une fois qu'ils auraient semé leurs poursuivants.

— Tu vois des traces dans l'herbe ? Est-ce que des chevaux sont passés par ici récemment ?

— Oui, et j'ai l'impression qu'ils étaient nombreux.

Le père Benjamin redressa les épaules.

— Alors, continuons.

Le religieux tendait l'oreille ; les sanglots étaient de plus en plus distincts, la forêt était comme imprégnée de ce chagrin et de cette souffrance.

— Quelqu'un a besoin de notre aide. Hâtons-nous, mon garçon.

Quelques minutes après, Henry s'exclamait :

— C'est Geneva ! Elle est blessée. Ô mon Dieu…

S'appuyant sur sa canne, le père Benjamin se dirigea aussi vite qu'il pouvait vers la jeune femme.

— Je suis là, mon enfant, lui dit-il.

Que lui était-il arrivé ? Elle avait quitté le château deux jours auparavant pour cueillir des plantes, mais n'était pas revenue. Il s'était beaucoup inquiété à son sujet.

— Elle est couchée par terre, expliqua Henry. Elle pleure, je crois qu'elle ne me voit pas. Elle a des bleus sur la figure et… il y a du sang…

— Où donc ?

— Attention, vous allez lui marcher dessus.

Priant à voix basse, le père Benjamin s'agenouilla péniblement sur le sol gelé, toucha l'épaule de Geneva.

— Que s'est-il passé, ma petite ?

Elle bredouillait des mots incohérents.

— Henry… Dis-moi où elle saigne.

Un silence.

— Réponds, insista le père Benjamin d'un ton ferme.

— Elle a du sang sur sa jupe. Je... je pense que c'est son... ventre.

— L'auberge est loin ? Nous pouvons l'amener à l'intérieur, la mettre à l'abri ?

— Oui, c'est...

— Non ! s'écria soudain Geneva. Non, non ! Payton... oh... le bébé... Non, arrêtez !

Comme le père Benjamin tentait de la soulever, elle le frappa.

— Monstres ! Soyez maudits, tous autant que vous êtes !

— Calme-toi, mon enfant... C'est moi, Geneva. Chut...

Il avait compris ce que signifiaient ses cris de terreur et de rage. La malheureuse avait été violée et avait perdu le bébé qu'elle portait.

— Cours voir s'il y a quelqu'un dans l'auberge, ordonna-t-il à Henry.

Le garçon se précipita.

— Nous allons te ramener à Serennog, murmura Benjamin à la jeune femme. Nous te soignerons.

De violents tremblements la secouaient, elle claquait des dents.

Pourquoi le Seigneur avait-il mis sur cette terre des brutes capables de telles ignominies ?

Au cours de sa longue existence, le père Benjamin avait lui aussi connu la tentation de la luxure, cependant il avait toujours lutté pour rester fidèle à son vœu de chasteté. Il avait passé des heures agenouillé sur les dalles froides de la chapelle, suppliant Dieu de purifier son âme.

La pauvre Geneva, si bonne, avait cédé à l'élan qui la poussait vers Payton et payé le prix fort pour cet amour illicite. Le petit être innocent qui grandissait en elle, lui, en était mort.

Ce monde était sans pitié.

Soudain, Henry poussa un hurlement. Il revint en courant, se mit à bafouiller.

— Qu'y a-t-il ? lança sèchement le père Benjamin, car si le garçon avait un cœur d'or, il était peureux et avait tendance à faire une montagne d'une taupinière.

— C'est... c'est sir Payton...

— Eh bien, va le chercher.

— Je ne peux pas. Il ne respire plus, on lui a transpercé le corps d'un coup d'épée...

— Tu en es sûr ?

— Oh, oui !

Les épaules du père Benjamin se voûtèrent. Geneva, elle, éclata en sanglots.

— Il a été assassiné... Black Thorn, que les dieux maudissent ton âme...

— Tais-toi, mon enfant, il est temps de prier pour Payton, dit Benjamin, feignant de n'avoir pas entendu les paroles de la malheureuse qui avait défié les enseignements de l'Église pour s'adonner aux rites païens. Au nom du Père, du Fils...

Le château se dressait devant elle, couronnant la colline de ses remparts, une imposante et menaçante forteresse de pierre hérissée de tours en haut desquelles claquaient les orgueilleuses bannières noir et or de Black Thorn.

Apryll crispa ses doigts – engourdis par les lanières de cuir qui lui enserraient les poignets – sur le pommeau de la selle de son cheval fourbu.

Moins d'une semaine auparavant, elle avait franchi les portes principales, parées de soie blanche, avec pour mission de distraire le lord pendant que Payton et ses acolytes se faufilaient dans l'enceinte afin de reprendre un peu de ce que Morgan de Black Thorn avait volé à Serennog quelque vingt ans plus tôt.

Lorsqu'elle avait vu le lord, assis dans son fauteuil, sombre malgré la musique et la fête, elle avait été frappée par la mélancolie qui émanait de lui, par son regard d'homme que la vie n'avait pas épargné. Et quand il l'avait invitée à danser, qu'il l'avait tenue dans ses bras, elle avait éprouvé, malgré sa méfiance, un trouble inconnu.

Même à présent, alors qu'elle chevauchait derrière lui, elle ne pouvait s'empêcher de contempler son dos puissant, les boucles noires qui couvraient son col.

Son cœur de femme stupide battait la chamade...

Payton avait raison. Elle n'était pas digne de gouverner, une suzeraine ne laissait pas ses sentiments l'emporter sur la raison.

Maintenant, voilà où elle en était. On la ramenait à Black Thorn, elle était prisonnière et plus ou moins amoureuse de son geôlier.

Elle cligna les paupières pour chasser les larmes de désespoir qui lui montaient aux yeux.

La prédiction de Geneva résonnait encore dans son esprit.

Vous épouserez le lord de Black Thorn. C'est votre destinée.

Quelle farce !

Pour une fois, semblait-il, la sorcière s'était trompée. Totalement.

22

Les cloches carillonnèrent dans l'enceinte. Une sentinelle hurla :

— Lord Devlynn arrive ! Il ramène son fils !

Aussitôt, les gens se précipitèrent. Les charpentiers qui réparaient les écuries laissèrent tomber leurs marteaux, le forgeron et l'armurier accoururent, les jeunes pêcheurs d'anguilles abandonnèrent leurs prises sur le bord de l'étang, les lingères posèrent leurs paniers.

— Soyez le bienvenu, milord, dit un homme en ôtant son chapeau et en s'inclinant respectueusement. Nous attendions votre retour avec impatience. Et je vois que vous avez retrouvé votre garçon, ajouta-t-il avec un grand sourire qui fendit sa broussailleuse barbe rousse.

— Oui, soyez le bienvenu ! renchérit une fille aux hanches rondes, aux cheveux nattés et aux yeux pareils à ceux d'une poupée.

Battant des cils, elle fit une courbette calculée pour mettre en valeur son décolleté. Sottement, Apryll en éprouva une bouffée de jalousie.

— Yale ! s'écria Bronwyn.

Elle sortit comme une flèche d'une masure et courut dans l'herbe, sans se soucier des flaques d'eau et de la boue. Sa frimousse rayonnait, ses boucles brunes dansaient sur ses épaules.

— Yale, il y a une chienne qui a eu des petits, et hier j'ai fait du cheval avec maman, et oncle Collin m'a dit qu'il m'emmènerait à la chasse avec toi. Viens vite !

Surexcitée, elle battait des mains.

Yale jeta un coup d'œil à son père, puis sauta à terre et suivit sa cousine.

Apryll sentit son cœur se serrer en les entendant rire. Elle enviait Devlynn d'avoir une vraie famille, un fils et une nièce. Elle n'avait que Payton, son demi-frère qui était aussi, d'ailleurs, celui de Devlynn.

Elle remarqua parmi la foule, parmi toutes ces figures souriantes, des regards haineux. Beaucoup étaient fixés sur elle, cependant – elle en était sûre – certaines personnes ne se réjouissaient pas du retour de leur lord. Devlynn n'avait pas que des amis et de fidèles sujets autour de lui. Qui, parmi ces gens, avait aidé Payton et ses complices ?

— Regardez-la, elle se prend pour la reine d'Angleterre…

Refusant de montrer la peur qui la tenaillait, Apryll se tenait très droite sur sa selle, la tête haute, ignorant les chuchotements et les insultes.

— Qui c'est ? demanda une grosse lingère, chargée d'un panier de vêtements sales, à sa compagne aussi frêle qu'un oiseau.

— Elle se fait appeler lady Apryll de Serennog.

— Cette créature ? Non… J'ai vu la lady de Serennog le soir de la fête. Une vraie beauté, tout habillée de soie blanche. Lady Violet l'a comparée à un ange.

— Un ange qui venait tout droit des enfers !

Apryll serra les dents. Tout le monde ici la considérait comme une ennemie, celle qui avait semé la mort et la destruction sur son passage.

— Mais… tu crois que c'est la même femme ? Non… elle est trop crasseuse, et elle porte des habits de paysan.

— Elle s'est déguisée, idiote! Il faut se méfier d'elle. La preuve, elle a les mains attachées, elle est prisonnière.

— Eh ben, tant mieux! Sans elle, le fils du lord n'aurait pas été enlevé, les écuries n'auraient pas brûlé, et Grace n'aurait pas enterré son pauvre Seth. Elle n'a pas de cœur, cette femme, elle mérite le châtiment que lord Devlynn lui réserve.

— Tu as vu sa figure? Elle a un bleu sur la joue, non? Tu penses que le lord l'a battue?

— C'est possible. Le lord a du caractère et, quand il se met en colère, il est terrible. Tu te rappelles ce qui s'est passé avec lady Glynda.

Apryll se força à ne plus écouter. Il lui semblait que tout son corps était pétrifié. Tant qu'elle serait captive dans cette forteresse, elle serait détestée, méprisée, accusée de tous les maux de la terre.

— Mon frère!

Collin s'avança à grands pas vers Devlynn qui tenait la bride du cheval d'Apryll, et l'étreignit avec fougue.

Jamais auparavant il ne s'était livré à de telles effusions. Devlynn se raidit, en proie – et ce n'était pas la première fois de son existence – à un profond malaise, comme si quelque chose se déchirait en lui. Une sensation que seul pouvait provoquer un être pour qui on avait de l'affection.

— Sois le bienvenu!

— C'est bon de rentrer chez soi, admit Devlynn.

— George, occupe-toi des chevaux, ordonna Collin à un palefrenier. Nous étions tellement inquiets. Miranda voulait partir à ta recherche, mais je lui ai dit que tu reviendrais.

Souriant, il assena une grande claque dans le dos de son frère.

— Et tu nous ramènes Yale. Il faut fêter ça! Ne restons pas dehors, en plein vent, une bonne coupe de vin te réchauffera.

Devlynn n'était pas d'humeur à festoyer. Pas encore, il avait trop à faire. Il tourna les yeux vers Apryll, qui pointa fièrement le menton. Lui aussi avait remarqué les regards hostiles braqués sur elle, entendu les commentaires des gens. Mais il ne pouvait pas défendre celle qui avait mis son domaine en péril.

— Les autres sont-ils rentrés ? demanda-t-il à Collin.

— Certains, pas tous. Viens, il va pleuvoir.

Collin désigna Apryll ; un sourire narquois étira ses lèvres.

— Et elle, que comptes-tu en faire ?

— Il faut l'enfermer.

— Dans un cachot ?

Sans répondre, Devlynn tendit une main à Apryll pour l'aider à descendre de sa monture. D'un air hautain, elle secoua la tête et, s'agrippant au pommeau de sa selle, se laissa glisser sur le flanc de l'animal pour mettre pied à terre.

— Pour l'amour de Dieu, que se passe-t-il ? lança soudain une voix féminine.

Miranda était immobile en haut des marches menant au grand hall, les bras croisés sur sa poitrine, la mine sévère.

— Lady Apryll doit être traitée selon son rang, déclara-t-elle.

— Elle est notre ennemie, rétorqua Devlynn.

— Je suis d'accord pour que tu l'enfermes, mais pas dans un cachot puant, mon frère. Certainement pas. Elle restera dans une chambre du château, avec un lit et du feu.

— Pour qu'elle s'évade, comme elle s'est évadée de la cellule de l'ermite ?

— Elle ne s'enfuira pas, si tu la places sous la surveillance d'un garde en qui tu as une absolue confiance.

Et en qui puis-je avoir totalement confiance ? songea Devlynn, conscient que les traîtres grouillaient entre les murs de sa forteresse.

— Toi, ma sœur, voudrais-tu te charger de cette tâche ?

— Pourquoi pas ? rétorqua Miranda. Cependant je te préviens : avec moi, elle ne sera pas en cage comme un animal.

Devlynn hésita.

— Bien, marmonna-t-il. Mais qu'elle demeure à l'étage. Tu ne la quitteras pas des yeux, sauf quand je la surveillerai moi-même. Si elle disparaît à nouveau, je t'en tiendrai pour responsable.

— Je n'en attendais pas moins de toi. Venez, dit Miranda à Apryll, vous êtes sans doute épuisée. Vous éloigner un peu de mon ogre de frère vous fera le plus grand bien.

Devlynn empoigna Apryll par le bras, planta ses yeux dans les siens.

— Je vous conseille de m'obéir, milady. Si vous tentez de vous échapper, vous le paierez de votre vie. Vous, ainsi que votre frère, ses complices, et tous les habitants de Serennog. Personne – homme, femme ou enfant – ne sera à l'abri de ma vengeance. Vous m'avez bien compris ?

— Faut-il aussi que je rampe à vos pieds ? À moins que vous ne préfériez me passer une laisse autour du cou afin que je vous suive partout comme un chien ?

— Vous abusez de ma patience, milady.

Elle s'avança d'un pas. Les gens qui les entouraient étouffèrent des exclamations de stupeur.

— Écoutez-moi bien, lord Devlynn. Je ne capitulerai jamais devant vous. Vous ne briserez pas ma fierté. Vous pouvez me menacer, me torturer, me tuer même, jamais je ne vous supplierai.

Devlynn sentit sa gorge se nouer. Par Dieu, quel courage elle avait ! Ses yeux d'ambre flambaient et, malgré ses vêtements en loques, elle était éblouissante.

— Emmène-la, commanda-t-il à Miranda, et méfie-toi.

Collin suivit les deux femmes du regard.

— Même en haillons, c'est vraiment une beauté. Tu ne trouves pas ?

Cette réflexion éveilla chez Devlynn ce qui ressemblait fort à de la jalousie. Il en conçut une fureur sans borne. Il aurait dû n'avoir que de la haine pour cette femme. Hélas, les sentiments qu'elle lui inspirait étaient infiniment plus complexes.

Durant leur longue chevauchée jusqu'à Black Thorn, il l'avait observée, l'avait vue sourire gentiment à Yale et même lui ébouriffer les cheveux. Elle semblait avoir de la tendresse pour lui.

N'était-ce qu'une mascarade, une autre ruse pour sauver sa peau si douce ?

Peut-être. Mais il ne se laisserait pas duper, il la connaissait trop bien.

Perturbé, il pénétra dans le grand hall. Il aurait dû être heureux et soulagé de retrouver son foyer, pourtant il ne ressentait que de l'appréhension.

Depuis le soir de la fête, sa vie avait changé à cause d'une femme fascinante et spirituelle. Rien ne serait plus jamais comme avant.

— Vous êtes amoureuse de Devlynn.

Les paroles de Miranda résonnèrent dans la chambre de l'étage où Apryll, debout devant l'âtre, réchauffait ses mains gelées.

Deux garçons d'une dizaine d'années emplissaient un grand bassin d'eau fumante, tandis qu'une fille rousse aux joues semées de taches de son y versait du parfum.

— Amoureuse ? répéta Apryll avec un mouvement de recul.

— Je le lis dans vos yeux quand vous le regardez. J'ai souvent vu cette expression-là. Vous n'êtes pas la première à vous éprendre de mon frère.

— Vraiment ? rétorqua Apryll d'un ton faussement détaché.

— Oui, mais lui est généralement insensible au sexe faible. Sortez, maintenant, ordonna-t-elle aux jeunes domestiques. Laissez le savon et les serviettes, je m'occuperai de lady Apryll.

— Mais... on m'a dit que je devais la baigner et l'habiller.

— Alors, descends demander à Bessie des vêtements. Les miens sont trop grands, toutefois ceux que portait lady Glynda avant sa grossesse iront. Nous aurons aussi besoin de souliers.

Apryll tressaillit ; la perspective d'endosser les vêtements de l'épouse défunte de Devlynn lui paraissait intolérable.

— Non, je... si on lave cette tunique et ce pantalon, je peux les remettre.

— Ne soyez pas sotte.

Miranda chassa la petite rousse, puis insista pour qu'Apryll retire sa tenue de chasseur et se plonge dans l'eau avant que celle-ci ne refroidisse.

— Je crains de ne pas y arriver seule, dit Apryll avec un sourire sans joie, montrant ses poignets ligotés.

— Devlynn est un tel rustre, parfois ! Qu'a-t-il donc dans la cervelle ?

Vivement, Miranda extirpa un petit poignard de sa poche et trancha les lanières de cuir. Puis, comme si elle était une servante, elle dévêtit Apryll et l'aida à entrer dans le bassin. L'eau était si chaude que la jeune femme réprima un petit cri de douleur, cependant ses muscles noués ne tardèrent pas à se détendre. Elle lava ses longs cheveux avec le savon qui embaumait la lavande, renversa la tête en arrière et poussa un soupir de bien-être.

Miranda alla se camper devant la croisée.

— Vous savez, dit-elle pensivement, Devlynn tient à vous.

Apryll sentit son cœur bondir dans sa poitrine.

— Cela m'étonnerait...

— Oh, il essaie de le cacher, mais certaines choses ne trompent pas ! J'ai remarqué la façon dont lui aussi vous dévore des yeux. Il n'a jamais posé un tel regard sur une femme, pas même sur Glynda.

— Son épouse ?

Miranda pinça les lèvres, opina.

— Comment est-elle morte ?

Miranda la dévisagea longuement avant de s'approcher du feu, comme si elle avait froid soudain.

— Glynda avait une forte personnalité. Elle était belle, elle adorait s'amuser. Elle était également capricieuse. Devlynn et elle se querellaient souvent. Il voulait un château plein d'enfants, elle lui avait donné un fils et considérait que cela suffisait.

— Mais je croyais que… qu'elle était enceinte.

— Elle l'était, effectivement. Son bébé est mort avec elle.

Miranda s'interrompit, ferma un instant les yeux.

— Ce jour-là, elle s'était violemment disputée avec Devlynn. Elle est partie se promener dans la campagne, mais au lieu d'emmener son bardot comme d'habitude elle a sellé le cheval le plus fougueux des écuries, un alezan. Devlynn était fou de rage. Il l'a suivie, pourchassée plutôt. Elle a pris cela pour un jeu. Elle éperonnait sa monture, galopait de plus en plus vite… jusqu'à ce qu'un arbre foudroyé arrête son étalon. Glynda a été désarçonnée, elle est tombée sur le dos et s'est rompu les os.

Un frisson secoua Miranda qui se frictionna les bras.

— Elle était déjà morte quand Devlynn l'a enfin rejointe. Il ne se l'est jamais pardonné.

Apryll demeura silencieuse, figée dans le bassin.

— Il n'a retiré son brassard de deuil que depuis quelques jours, ajouta Miranda. Quel gâchis…

Elle baissa la tête.

— Quand on n'est pas heureux en amour… Oh, je sais que l'amour n'a pas de place dans le mariage et qu'il faut l'accepter, mais je trouve absurde d'être enchaînée à jamais à un homme qui n'est pas fait pour vous.

— Vous pensez que Glynda n'aimait pas Devlynn ?

— Bien sûr que non. Elle n'aimait qu'elle-même.

— Et vous ? demanda impulsivement Apryll. Où est le père de Bronwyn ?

Miranda hésita, puis s'approcha de son interlocutrice pour lui tendre une serviette.

— Il n'est pas là, répondit-elle d'un ton abrupt.

— Il reviendra bientôt ?

À ce moment, on frappa à la porte. La petite rousse reparut, chargée d'un lourd panier et de trois magnifiques toilettes qu'elle montra à Apryll : l'une était en soie mousseuse gris perle, la deuxième en damas bleu, bordée de fourrure, et la troisième en velours mordoré, agrémentée d'un profond décolleté.

Miranda choisit la dernière.

— Celle-là ira parfaitement, décréta-t-elle.

Elle saisit le panier et y pêcha des bottines en cuir noir.

— Je suis contente de toi, Anne. Tu remercieras Bessie.

— Elle a dit qu'il y avait encore d'autres affaires, si vous en avez besoin.

— Non, pas aujourd'hui. Tiens, ajouta Miranda en lui mettant la tenue dans les bras, tu diras à Bessie de laver ces habits. Et demande à Ginny de monter pour coiffer lady Apryll.

— Oui, milady, murmura la petite domestique qui s'en fut au pas de course.

— Je peux me coiffer toute seule, objecta Apryll.

— Je m'en doute, rétorqua Miranda avec un sourire. Mais, la prochaine fois que Devlynn vous verra, je veux que vous ayez l'air de la suzeraine que vous êtes.

— Pour quelle raison ?

— Parce que je souhaite qu'il vous considère comme son égale, et non comme une paysanne ou une prisonnière.

— Il me considère comme son ennemie.

— Dans ce cas, vous devrez le convaincre que vous ne l'êtes pas, répliqua Miranda, souriant de nouveau.

— Le groupe commandé par Spencer n'a envoyé aucun messager ? s'enquit Devlynn.

Collin et lui avaient profité d'une accalmie entre deux averses pour inspecter les écuries où les charpentiers s'affairaient jour et nuit à remplacer les poutres calcinées et réparer les dégâts causés par l'incendie.

— Non, nous n'avons aucune nouvelle de Spencer.

— Et le groupe de Rudyard ?

— Rien non plus. Seul Dennis est rentré, ensuite sir Lloyd et les soldats qui t'accompagnaient.

— Ils ont peut-être poussé jusqu'à Serennog.

Devlynn avait l'impression que le tocsin retentissait dans sa tête. Il avait ordonné à chaque groupe de dépêcher un messager. Même si Rudyard avait trahi, les autres auraient dû obéir.

— Nous irons à leur recherche demain matin, suggéra Collin, tandis qu'ils regagnaient le grand hall.

Devlynn ne répondit pas. Quelque chose n'allait pas, il en avait la certitude, mais du moins son garçon était en sûreté. Il avait demandé à deux des hommes en qui il avait le plus confiance de veiller sur lui. Il s'était personnellement assuré à plusieurs reprises que Yale jouait avec Bronwyn et les autres enfants du domaine. Toutes les portes de la forteresse étaient closes, nul ne pouvait les franchir sans que la sentinelle prévienne d'abord le lord.

Payton de Serennog ne lui enlèverait pas à nouveau son fils.

Mais comment lutter contre les traîtres qui complotaient sous son toit ?

Pourtant, tout paraissait si calme, si normal. Chacun vaquait à ses occupations quotidiennes. Les aides de la cuisinière plumaient des oies, le potier se penchait sur son tour, la femme qui fabriquait les bougies transbahutait un seau plein de cire liquide.

Ce calme apparent était trompeur.

— Va chercher mon fils et amène-le-moi, commanda-t-il au garde immobile en haut des marches.

— Laisse Yale tranquille, objecta Collin. Nous venons de l'apercevoir dans le chenil.

— Amène-le, répéta Devlynn au garde. Tant que je n'aurai pas découvert qui m'a trahi et qui est encore capable de le faire, mon fils restera à mon côté.

— Tu ne peux pas gouverner le domaine si tu joues les bonnes d'enfant et...

Furieux soudain, Devlynn agrippa rudement son frère par le bras.

— Qui est le lord, ici ?

— Toi, naturellement, répondit Collin qui crispa cependant les poings.

— Alors je gouvernerai comme je l'entends.

Ils étaient face à face, les yeux dans les yeux, et Devlynn se demanda brusquement si son cadet était digne de sa confiance.

Naguère, ils avaient combattu l'un contre l'autre. Pour une femme. Devlynn avait gagné. Il avait épousé Glynda de Prys, et n'avait ensuite plus jamais connu un instant de paix.

Lentement, il lâcha Collin. Celui-ci fixait, bouche bée, un point par-dessus l'épaule de son aîné. Sa colère semblait s'être envolée comme par enchantement.

— Bonté divine ! murmura-t-il.

Devlynn pivota et crut que son cœur allait s'arrêter.

Apryll de Serennog descendait l'escalier, parée d'une toilette d'or sombre. Le corselet ajusté mettait en valeur sa taille fine et ses seins ronds, on devinait ses longues cuisses sous les plis du velours qui bruissait à chacun de ses pas. Ses cheveux tombaient dans son dos en vagues de miel.

Dieu qu'elle était belle...

23

Elle se sentait stupide vêtue ainsi. Le corselet la serrait, l'ourlet de la jupe traînait sur le sol, mais c'était surtout la pensée que Glynda de Black Thorn avait porté cette toilette qui la mettait atrocement mal à l'aise.

Le visage empourpré, elle descendait l'escalier quand elle aperçut Devlynn. Il était à demi tourné vers elle, et elle lut dans son regard une émotion qu'elle ne voulut pas analyser – pour son propre salut.

Miranda, qui la précédait, s'avança vivement vers ses frères.

— Voilà que ça recommence, vous deux ? s'indigna-t-elle. Nous n'avons pas de temps à perdre en... chamailleries inutiles ! Il faut partir à la recherche des autres. Imaginez qu'ils aient été tués ou blessés au combat ? Peut-être, en ce moment, sont-ils en train de pourrir dans les cachots de Serennog !

Devlynn ne l'écoutait pas, il contemplait fixement Apryll.

— Que fait-elle ici ? Elle doit rester enfermée dans ma chambre.

— *Ta* chambre ? persifla Collin. Comme c'est pratique.

— Oh, arrêtez ! coupa Miranda qui semblait sur le point de les gifler. J'ai décidé qu'elle mangerait avec nous. Elle nous dira peut-être où sont nos hommes. Il se peut qu'elle connaisse les plans de Payton.

— Pourquoi ne porte-t-elle pas la robe qui lui appartient, celle qu'elle avait le soir de la fête ? demanda Devlynn.

Apryll se raidit.

— On ne me l'a pas proposée, milord, sinon je l'aurais volontiers mise, déclara-t-elle d'un ton ferme.

— Vraiment ?

— Pour vous satisfaire, milord, ironisa-t-elle.

Elle sentait sur elle les regards sournois, chargés de mépris et de curiosité malsaine, des domestiques qui s'affairaient à dresser le couvert. Elle demeurait cependant impassible, bandant toute sa volonté pour garder la tête haute.

— Vous êtes magnifique, dit Collin. Mais nous sommes tous sur les nerfs. Certains de nos hommes ne sont pas revenus. Ils faisaient partie de ceux qui recherchaient Yale et sont sans doute encore aux trousses des bandits de Serennog qui ont attaqué notre château. Auriez-vous une idée de l'endroit où ils se trouvent ?

— J'ai dit à lord Devlynn tout ce que je savais. Ce qui me paraît étrange, c'est que mon frère attendait lui aussi ses soldats. Ils ne l'avaient pas rejoint comme prévu, et il s'apprêtait à lever le camp quand j'ai réussi à le droguer, juste avant l'arrivée de lord Devlynn. Lorsque nous sommes partis, plusieurs hommes – dont certains arboraient les couleurs de Black Thorn – approchaient de l'auberge où nous étions.

— Qui étaient-ils ? s'enquit Miranda.

— J'ignore leur nom.

Une lueur de dépit passa dans les yeux verts de Miranda, et Apryll comprit alors qu'elle était éprise d'un des chevaliers disparus. Cela expliquait pourquoi elle parlait du mariage avec tant d'amertume. Apryll compatissait. Payton ne l'avait-il pas poussée à épouser le premier venu afin d'assurer la prospérité de Serennog ?

Collin les entraîna vers la grande table.

— Avec un peu de chance, ils seront bientôt là. En attendant, mangeons. S'ils ne sont pas rentrés au matin, nous organiserons les recherches.

Apryll le suivit, s'efforçant de ne pas boitiller. Les bottines de lady Glynda étaient un peu justes pour elle, et son couteau, qu'elle avait réussi à récupérer discrètement pour le camoufler dans l'une des chaussures, n'améliorait pas les choses.

Yale se rua soudain dans la salle, sauta par-dessus un banc. Bronwyn le poursuivait en riant aux éclats. Les chiens aboyèrent joyeusement.

— Calmez-vous un peu, gronda Miranda.

Les deux enfants, essoufflés et hilares, s'assirent entre Devlynn et Miranda.

Malgré la faim qui lui tenaillait l'estomac, Apryll put à peine avaler un morceau de saumon et d'oie rôtie, pourtant succulents. Elle priait pour que cette épreuve s'achève rapidement. Être auprès de Devlynn, comme si elle était son épouse et non sa prisonnière, lui donnait envie de se recroqueviller dans un coin. Elle sentait contre la sienne sa cuisse musclée, et serrait les dents pour ne pas broncher.

Les pages et les servantes l'observaient, de même que les chevaliers installés aux autres tables. Dans le bourdonnement des conversations, elle percevait des commentaires chuchotés qui étaient comme autant de piqûres d'abeilles.

— Regardez-la trôner au côté du lord, ne dirait-on pas qu'elle se prend pour sa femme ? chuchotait le voisin de sir Lloyd.

— Et cette toilette, ce n'était pas la préférée de lady Glynda ?

— Oui, mais elle la remplit bien, elle aussi.

— Elle ne manque quand même pas de toupet, après ce qu'elle a fait. Elle peut s'estimer heureuse que le lord ne l'ait pas découpée en rondelles.

— Il lui réserve sans doute un autre châtiment. Elle est enfermée dans ses appartements, à ce qu'il paraît ! rétorqua Lloyd avec un rire gras.

Apryll le foudroya du regard.

L'atmosphère de la grande salle était infestée de haine et de méfiance. Apryll en était la cible principale, néanmoins elle percevait dans ce château quelque chose de sombre, la présence de la mort qui rôdait autour de Devlynn.

Certains de ses sujets complotaient contre lui. Ceux qui s'étaient associés à Payton.

En pensant à son frère, elle se demanda ce qu'il comptait faire. Attaquer à nouveau la forteresse, tenter de libérer Apryll ? Convaincre les traîtres qui étaient encore entre les murs de Black Thorn de se soulever contre leur lord ?

Seigneur, qu'adviendrait-il alors ?

Elle regarda Yale qui lui adressa un sourire radieux. Elle en fut attendrie, mais croisa à cet instant le regard froid de Devlynn et détourna la tête.

Dès qu'elle en aurait l'occasion, se promit-elle, elle lui échapperait.

Quelqu'un ici était un ami de Serennog. Il l'avait déjà aidée à s'enfuir.

Qui était-ce ?

Se manifesterait-il à nouveau ?

Elle ne pouvait pas compter sur cet allié mystérieux, songea-t-elle en observant tous les inconnus qui les entouraient. Aucun ne lui adressait ne fût-ce qu'une ombre de sourire.

— Vous essayez de repérer les traîtres ? lui demanda Devlynn, comme s'il lisait dans ses pensées. Vous cherchez peut-être celui qui vous a aidée à vous évader du château, la première fois ?

— Je ne connais personne ici. À part vous.

— Alors vous êtes dans une situation délicate, milady.

Il ne lui apprenait rien. D'un air indifférent, elle grignota sans appétit une datte enrobée de miel. Elle ne baisserait pas les bras. Jamais. Elle avait des atouts dans son jeu : son courage, et le couteau que lui avait donné Mina la fermière.

Mais cette fois, tu devras trouver seule le chemin pour sortir de la forteresse.

Tu n'auras pas un cheval à ta disposition.

Et il te faudra échapper à la surveillance du lord lui-même.

Son cœur se serra. Le destin était contre elle, semblait-il.

Eh bien, que le destin aille au diable ! Apryll de Serennog était prête à le défier.

— Appelle l'apothicaire et la sage-femme, ordonna le père Benjamin à la sentinelle qui gardait l'entrée de Serennog.

La herse retomba en grinçant derrière lui. Geneva avait perdu beaucoup de sang, elle était très faible. Juchée sur la mule, elle gémissait à chaque mouvement de l'animal. Le père Benjamin craignait que, malgré toutes ses prières, elle ne rende l'âme et ne parte bientôt pour un monde qu'il espérait meilleur.

— Je vais les chercher ! proposa Henry qui s'en fut au pas de course.

La sentinelle s'approcha, examina le corps inerte qui ballottait sur la croupe de la mule.

— Mais... c'est sir Payton. Il est mort.

Geneva émit un sanglot étouffé.

— Aide-moi à la descendre de là et tais-toi, dit le père Benjamin d'un ton sec.

— Euh... oui, bien sûr.

Conjuguant leurs efforts, ils remirent Geneva sur ses pieds. Elle s'appuya de tout son poids sur le père Benjamin. De violents frissons la secouaient. C'était une sorte de froid intérieur qui la faisait trembler, pensa le religieux avec tristesse. Elle avait assisté à l'assassinat de Payton, avait été atrocement violentée près du cadavre de son bien-aimé.

— Nous sommes chez nous, mon enfant, lui murmura-t-il d'une voix apaisante.

À cet instant, il perçut un froissement d'étoffe. Une femme accourait.

— Que se passe-t-il ? Oh, mais... c'est Geneva. Dépêche-toi, Charles, porte-la jusqu'à la maison, commanda Iris, l'épouse du maçon. Et vous... vous ramenez sir Payton. Il est... Seigneur, qu'est-il arrivé ?

— Je ne le sais pas exactement, répondit Benjamin.

Iris était une femme pieuse, mère de trois garçons. Elle travaillait aux cuisines, où elle pétrissait le pain, pelait les anguilles et écalait les œufs.

— Millie... viens m'aider !

La lingère, un peu simplette, se précipita.

— Qu'est-ce que... mon Dieu ! Elle saigne, elle est... Mon Dieu ! Sir Payton ! Qu'est-ce que...

— Cesse donc de crier ainsi ! la tança Iris. Elle a besoin de soins, quant à sir Payton nous ne pouvons plus rien pour lui.

À cet instant, Henry reparut, escorté de la sage-femme. Benjamin pénétra dans la chaumière du maçon, où des odeurs de pain chaud, de fromage de chèvre et de bière lui mirent l'eau à la bouche.

— Elle a perdu un bébé, déclara la sage-femme. Il faut la laver et la coucher.

Le père Benjamin, quoiqu'il fût aveugle, préféra se retirer.

— Je serai dehors, dit-il à Iris.

Il franchit le seuil et manqua heurter Henry. Celui-ci avait alerté sir Brennan, qui allait les rejoindre.

— Comment va Geneva ? s'enquit le garçon avec anxiété. Est-ce qu'elle guérira ?

— Si Dieu le permet. Parfois Il nous rappelle à Lui alors que nous pensons que l'heure n'a pas encore sonné pour nous.

Le père Benjamin resserra les pans de sa pèlerine autour de lui. Il était transi, éreinté et affamé.

— Comme pour sir Payton ? rétorqua Henry.

— Oui, répondit le religieux en posant la main sur l'épaule frêle de son petit guide. Nous devons prier pour l'âme de sir Payton.

— Oui, mon père.

— Maintenant, emmène la mule aux écuries et va dormir. Il est tard.

— D'accord, rétorqua Henry, soulagé.

Le père Benjamin écouta le bruit de ses pas s'estomper. Il songea à la chapelle, à sa chambre où l'attendait sans doute un bon feu. Il resta cependant immobile dans le vent glacial.

Qui avait tué Payton ? Où étaient allés son meurtrier et ceux qui avaient violenté Geneva, après avoir commis leurs sinistres forfaits ? Les coupables étaient-ils les soldats de Black Thorn ou les hommes de Payton ? Mais pourquoi avaient-ils agi ainsi ? Pour de l'or ? Par goût de la luxure ?

Et où était lady Apryll ? Pour quelle raison n'était-elle pas revenue à Serennog ? L'idée qu'elle pût, elle aussi, subir les horreurs qu'on avait infligées à Geneva l'effarait.

Il pensa à Geneva, à sa voix si douce, à son visage toujours si serein, à sa démarche silencieuse. Elle était la discrétion incarnée. Même si le religieux désapprouvait le fait qu'elle s'adonne à la magie noire, il la savait bonne. Il avait attendu avec espoir le jour où elle pénétrerait dans la chapelle, confesserait ses péchés et prierait le seul vrai Dieu.

Il se signa, puis implora le Seigneur de laisser vivre Geneva.

Des hommes approchaient, leurs bottes crissaient sur le sol gelé. Ils discutaient et semblaient en colère.

— Où étiez-vous, père Benjamin ? lança le père Hadrian. Je croyais que vous deviez visiter les malades qui ne pouvaient pas assister à l'office. Oh, non… c'est lord Payton !

— Sir Payton, rectifia le père Benjamin, s'efforçant de ne pas montrer le mépris que lui inspirait son jeune remplaçant.

Il sentit que celui-ci se penchait sur le cadavre et entendit un autre homme marmonner :

— Assassiné. Un coup d'épée.

— Que s'est-il passé ? demanda Brennan de sa voix grave.

— Je ne le sais pas.

Il leur résuma en quelques mots la situation qu'il avait trouvée en arrivant à l'auberge.

— Donc, vous ne partiez pas visiter les malades ! accusa le père Hadrian.

— En effet. J'avais décidé d'aller dans la forêt.

— Pourquoi ? articula le père Hadrian. Vous m'avez menti et vous avez menti à sir Brennan, qui représente lady Apryll en son absence. Quand elle sera de retour, nous ne manquerons pas de le lui signaler. Je présume que vous n'avez rencontré personne, ni elle ni ceux qui accompagnaient Payton ?

— Non, je n'ai découvert que Geneva.

— La sorcière ! cracha le père Hadrian. Dieu a fait en sorte de la châtier.

— Je ne crois pas que…

— Quand lady Apryll reviendra, vous aurez des explications à donner, l'interrompit le père Hadrian.

— Je n'y manquerai pas.

— Et vous dites que cette créature a survécu ? Où est-elle ?

— Chez Iris, qui s'occupe d'elle avec Britt. Elle était enceinte. Elle a perdu son bébé.

— La colère de Dieu s'est abattue sur elle pour avoir conçu un enfant en dehors des liens sacrés du mariage. Il a supprimé cet être avant qu'il ne souille Son royaume terrestre.

— Ce n'était qu'un bébé innocent.

— Le fruit du démon, qui portait le péché de sa mère et qui…

— Que s'est-il passé, selon vous, père Benjamin ? l'interrompit sir Brennan.

C'était un homme pondéré, qui prenait ses responsabilités à cœur. Certains le jugeaient faible. Le père Benjamin, lui, estimait qu'il était un chevalier prudent, dont l'esprit ne s'échauffait pas trop vite.

— Je n'en suis pas sûr, mais je pense qu'elle a vu Payton – le père de son enfant – mortellement blessé. Ensuite les hommes qui l'avaient assassiné l'ont violée, et elle a perdu son bébé.

— Où est lady Apryll ?

— Je l'ignore.

Le père Benjamin ne pouvait naturellement pas lire sur le visage de Brennan, cependant il sentait sa tristesse, son anxiété. Si Brennan n'était pas le chevalier le plus redoutable du château, il était certainement l'un des plus loyaux.

Hélas, il n'était pas en mesure de tenir tête aux individus comme le père Hadrian, qui le manipulait pour servir ses propres intérêts, et s'était même installé dans les appartements personnels de lady Apryll.

Décidément, quelque chose allait vraiment de travers à Serennog.

Soudain, ils entendirent Geneva pousser un cri déchirant. Benjamin en frémit.

— Nous devons retrouver lady Apryll, marmonna sir Brennan.

— Oui, et vite, répondit le père Benjamin.

Pourvu qu'il ne soit pas déjà trop tard pour Serennog et la jeune femme qui le gouvernait, songea-t-il, accablé.

Des chevaux approchaient. La sentinelle hurla :

— Qui va là ?

— Isaac. Ouvrez les portes, j'ai des blessés avec moi.

Le père Hadrian s'élança comme s'il avait Lucifer aux trousses.

— Levez la herse ! Ces hommes accompagnaient Payton.

Il y eut un instant de flottement. Le père Benjamin sentit un mouvement derrière lui.

— Qu'est-ce qu'il y a ? chuchota Henry, surgi brusquement au côté du religieux, comme s'il était resté caché dans l'ombre durant tout ce temps.

— Levez la grille ! répéta le père Hadrian.

Des grincements de métal rouillé, des sabots martelant le sol... Le père Benjamin en éprouva une telle sensation de menace qu'il avait de la peine à respirer.

— C'est vraiment Isaac ? murmura-t-il à Henry. Il revient avec les soldats de Payton ?

— Oui, et avec sir Melvynn, sir Douglas, et d'autres.

— Les autres, tu les reconnais ?

— Pas tous. Le chef, il est maigre comme un épouvantail et il porte les couleurs de Black Thorn.

— Un traître, souffla le père Benjamin. Lady Apryll les accompagne ?

— Non...

Le père Benjamin poussa le garçon vers l'angle de la maison, espérant se fondre dans l'obscurité.

— Tu dois voir pour moi, Henry. Observe attentivement.

— Qui êtes-vous ? cria sir Brennan.

— Rudyard de Black Thorn. Mes hommes et moi nous sommes alliés à Payton et à lady Apryll. Même si nous arborons les couleurs de l'ennemi, nous avons juré fidélité à Serennog.

Le père Benjamin entendit Geneva gémir dans la masure d'Iris.

— Alors vous n'êtes pas au courant de la triste nouvelle, dit Brennan. Payton est mort. Le père Benjamin a ramené son corps, et l'une de nos femmes qui est en piteux état.

— Geneva la sorcière, précisa le père Hadrian.

— Elle est encore vivante ? demanda l'étranger, Rudyard.

— Pour le moment.

— C'est Black Thorn le responsable ! accusa Isaac. Ses soldats et lui ont dû la violer et tuer Payton qui tentait de les en empêcher.

Les gens du domaine s'étaient attroupés autour des nouveaux venus. Ils échangeaient des commentaires indignés.

— Ce ne sont que des conjectures, objecta Brennan.

— Je connais bien Devlynn de Black Thorn ! insista le dénommé Rudyard.

Ses soldats approuvèrent.

— Chacun des hommes qui vous escortent s'est donc retourné contre Black Thorn ? s'enquit Brennan d'un ton dubitatif.

— Oui.

— Absolument.

— Chacun de nous.

Toutes ces voix formaient un véritable chœur, pourtant Benjamin y percevait une note de discorde, des mensonges, une sombre musique qui grondait sous les mots.

Satan était à l'œuvre, ici même, à Serennog.

24

Miranda borda Bronwyn dans son lit, et baisa son front lisse. La fillette poussa un soupir dans son sommeil. C'était un amour, un ange.

Elle avait hélas la malchance d'appartenir au sexe faible. Comme sa mère et sa grand-mère, elle était condamnée à servir et à procréer. Certains affirmaient que les femmes dirigeaient le monde, grâce à leurs charmes. Il leur suffisait d'être rusées, habiles, pour amener les hommes à faire leurs quatre volontés. Elles finissaient toujours, soi-disant, par obtenir ce qu'elles voulaient.

Miranda était bien placée pour savoir combien c'était faux.

N'avait-elle pas été mariée contre son gré à un barbon qui aurait pu être son père, qui désirait une jeune épouse capable de lui donner un héritier ? Ne lui avait-on pas répété que son unique mission sur cette terre était de porter le fils de Lowell de Clogwyn ?

Même si l'âge et les défaillances physiques de Lowell l'empêchaient d'avoir un rapport charnel avec Miranda, celle-ci avait pour devoir d'enfanter. Quelle farce ! Heureusement, son vieux mari était trop imbu de sa personne et buvait tellement le soir – au point de rouler par terre – qu'il était persuadé d'avoir mis son épouse enceinte. Il avait seulement été déçu que le bébé soit une fille. À aucun moment, il n'avait soupçonné qu'elle n'était pas de lui.

Et voilà comment Miranda, qui avait toujours eu des principes moraux et un sens de l'honneur qu'elle estimait supérieurs à ceux de ses frères, s'était compromise et avait fait passer sa fille adorée pour celle de Lowell, alors que son vrai père était un preux chevalier aux yeux noirs.

Oh, Spencer, où es-tu ?

Comment en était-elle arrivée à aimer aussi profondément un homme avec lequel elle ne pourrait jamais s'unir au vu et au su de tous ?

Le cœur lourd, elle repoussa une boucle qui barrait la joue de Bronwyn. Elle s'étonnait encore que nul ne semble remarquer la ressemblance frappante existant entre la fillette et Spencer. Les gens étaient aveugles.

Elle songea à lady Apryll, l'une des rares suzeraines du pays de Galles, à présent la prisonnière de Devlynn. Et ce dernier, Miranda en avait la certitude, était en train de tomber amoureux de son otage.

C'était bien fait pour lui !

En revanche, elle ne comprenait pas qu'Apryll ait pu être assez naïve pour se laisser berner par Payton. Miranda éprouvait à la fois de l'admiration et de la pitié pour elle. Devlynn était implacable. Apryll, qui avait gouverné un domaine, allait maintenant devoir se plier aux caprices d'un homme.

Les femmes subissaient toutes le même sort.

Un jour, Bronwyn elle aussi le subirait.

— Bonne nuit, mon ange, murmura-t-elle.

Elle traversa la chambre et se dévêtit. Elle était l'aînée des enfants de Morgan de Black Thorn. Pourtant, elle était constamment passée après ses frères.

— Mais c'est fini, souffla-t-elle en se couchant dans son lit froid. Fini.

Apryll était seule dans les appartements de Devlynn. Yale dormait dans la pièce voisine, qu'une sorte d'antichambre séparait de la vaste chambre du lord. Chaque porte était gardée.

Elle s'approcha de la fenêtre, l'ourlet de sa jupe trop longue balayant les joncs odorants qui tapissaient le sol. Elle regarda au-dehors, ne repéra aucune corniche, aucune échelle, aucune corde. Si elle essayait de sauter, elle se romprait les os.

La pluie avait cessé, la nuit était claire et étoilée, des reflets argentés luisaient à la surface de l'étang et du ruisseau qui alimentait le moulin.

Peut-être pourrait-elle s'enfuir par le ruisseau qui se jetait, hors des remparts, dans une rivière plus large. Elle était une bonne nageuse.

Mais d'abord tu dois sortir de cette chambre, tromper la surveillance de dizaines de gardes. Il vaut mieux attendre demain, peut-être seront-ils moins vigilants.

Et passer toute la nuit ici ?

Seigneur, où était Payton ?

Pourquoi n'était-il pas venu la chercher ?

Aurait-il abandonné le combat pour retourner à Serennog, se proclamer lord, du moins provisoirement ? Cela pouvait-il suffire à étancher sa soif de vengeance ?

Soupirant, elle contempla les immenses ailes du moulin qui tournaient en grinçant. Elle entendait des rires, des bribes de conversations. Quelqu'un chantait d'une voix profonde et mélodieuse, une femme grondait ses enfants, dans les écuries les chevaux hennissaient doucement.

Mon Dieu, elle avait tellement envie de revoir Serennog ! Son château n'était pas aussi imposant que Black Thorn, loin de là, mais elle y était chez elle, auprès de ses sujets. Que deviendraient-ils si Devlynn décidait de la garder indéfiniment ici ?

Mais pourquoi la garderait-il ?

Pour la traîner devant un tribunal ?

Pour la traiter comme une fille de joie, faire d'elle sa maîtresse ?

À cette pensée, le rouge lui monta aux joues. Elle savait à peu près ce qui pouvait se passer entre un homme et une femme, elle en avait entendu parler, mais elle n'avait aucune expérience sur ce plan. Seules les caresses de Devlynn avaient éveillé en elle ce trouble, ce désir, dont les ménestrels parlaient dans leurs ballades.

En réalité, elle n'avait pas peur de lui, mais d'elle-même, si elle était seule avec lui.

À cet instant, elle entendit des pas de l'autre côté de la porte. Une voix grave, celle de Devlynn. Elle se figea.

Il donna ses ordres à la sentinelle et poussa le battant. Ses cheveux noirs brillaient dans la lueur du feu, une odeur fraîche de savon l'enveloppait.

Sans un mot, il s'assit devant la cheminée, se servit du vin et, d'un geste, intima à Apryll de s'approcher. Elle hésita, s'avança et s'immobilisa dans le cercle de lumière que les flammes dessinaient sur le sol.

Il promena son regard sur elle, s'attarda sur son décolleté, sa taille, les plis de sa jupe, comme s'il était capable de voir au travers du velours. On eût dit qu'il s'apprêtait à acheter une nouvelle pouliche pour ses écuries.

— Enlevez ça.

— Pardon ?

— La robe de mon épouse. Enlevez-la.

— Je ne...

— Obéissez.

Elle voulut protester, mais l'éclat menaçant qui luisait dans les prunelles de Devlynn l'en dissuada. Voilà donc le châtiment qu'il lui réservait ? Parfait.

La tête haute, elle délaça le corselet. La robe tomba mollement à terre. Apryll se retrouva vêtue d'une camisole et d'un jupon translucides, en soie et dentelle, face à Devlynn qui la dévorait des yeux, tout en sirotant son vin.

— Retirez aussi les bottines, dit-il, impassible.

— Comme il vous plaira, riposta-t-elle.

Elle se pencha – il avait ainsi une vue plongeante sur ses seins aux mamelons durcis – et ôta les bottines en ayant soin d'enfoncer le couteau dans la chaussure où il était dissimulé.

Elle se redressa, pieds nus sur les joncs. Presque nue, vulnérable.

Agitant un doigt, il lui fit signe de tourner sur elle-même. Elle s'exécuta.

— Plus lentement.

— Je ne vous...

— Plus lentement !

Elle inclina la tête et, d'un air qu'elle espérait digne, pivota sur ses talons. Il cherchait à l'humilier, elle n'entrerait pas dans son jeu.

— Êtes-vous satisfait, milord ?

— Pas encore, mais ça va venir.

Il remplit une deuxième fois sa coupe. Apryll crut remarquer que sa main tremblait légèrement.

— Maintenant, enlevez le reste.

— Le reste ?

— La camisole et le jupon.

— Et ainsi, vous aurez le sentiment de m'avoir vaincue ?

— Ce ne sera qu'un début.

Cet homme n'avait-il aucun sens de l'honneur, du respect ? Non, évidemment. L'émotion, la tendresse même, qu'elle avait pensé lire dans son regard à certains moments n'étaient que le fruit de son imagination débridée, de ses rêves de femme trop naïve.

Les yeux rivés aux siens, elle fit glisser les fines bretelles de sa camisole sur ses épaules, se débarrassa de son jupon. Il lui sembla que tout son corps rougissait. Mais elle s'obligea à garder les bras ballants, à ne rien dissimuler de sa nudité.

Avant même qu'il ne le lui commande, elle pivota pour lui montrer son dos. Puis elle s'immobilisa, face à lui. Des frissons couraient sur sa peau.

— J'avais entendu des rumeurs à votre sujet, lord Devlynn. On racontait que vous étiez cruel, que vous étiez responsable de la mort de votre épouse, que vous étiez un monstre. J'ai cru tout ce qu'on disait de vous, jusqu'à ce que je vous rencontre. Durant ces derniers jours, mon opinion a changé. J'ai vu combien vous aimez votre fils, combien le sort de vos sujets vous préoccupe. Quand je vous ai supplié d'épargner mon frère, vous l'avez fait. J'ai alors commencé à penser que vous ne méritiez pas votre sinistre réputation. J'ai même commencé à…

Elle s'interrompit à temps : elle avait failli avouer qu'elle s'était presque éprise de lui.

— … à penser que vous aviez un cœur bon et sincère.

Il la scrutait par-dessus le bord de sa coupe, les traits figés dans une expression indéchiffrable.

— Et à présent ?

— À présent, je ne sais plus. Je sais seulement qu'un gentilhomme n'exigerait pas d'une lady qu'elle se déshabille devant lui, pour l'humilier.

— Je vous répète, une fois de plus, que je n'ai jamais prétendu être un gentilhomme. Ainsi ce sont ces méchantes rumeurs qui vous ont incitée à attaquer mon château ?

— Il s'agissait de réparer les torts qui ont provoqué la ruine de Serennog.

— Ces torts étaient ceux de mon père. Pas les miens.

— En outre… la sorcière, Geneva, m'avait dit que c'était ma destinée.

— Et cela vous a suffi pour organiser cette expédition ? Sous prétexte que votre frère voulait se venger d'une histoire qui remonte aux calendes, que vous aviez foi dans des prédictions aberrantes, vous avez osé mettre Black Thorn à feu et à sang ?

La colère brûlait maintenant dans les yeux de Devlynn.

— Vous avez risqué votre vie, vous avez pris celle de mes gardes et du maître de mes écuries, tout cela parce qu'une quelconque sorcière vous avait dit que c'était « votre destinée » ?

Il ferma un instant les paupières, secoua violemment la tête, comme pour en déloger une pensée douloureuse.

— Nous sommes tous fous, murmura-t-il. Rhabillez-vous.

Sidérée, elle se hâta d'enfiler camisole et jupon avant qu'il ne change d'avis. Comme elle saisissait la robe de velours mordoré, il grommela :

— Vous n'en aurez pas besoin.

Il remplit une coupe de vin, la lui tendit.

— J'aurais dû vous faire pendre, articula-t-il entre ses dents. Pour la mort de mes hommes et l'enlèvement de Yale. Même si votre frère vous a menti, vous avez comploté contre moi. Je ne le pardonnerai pas.

— Que comptez-vous faire de moi ?

— Je n'ai pas encore décidé, mais quelqu'un paiera. J'ai l'intention de retrouver votre frère, de le ramener ici. Il devra répondre de ses crimes.

Elle se mordit les lèvres.

— Vous ne le tuerez pas.

— Je ne vous le garantis pas. S'il veut sauver sa peau, il lui faudra nommer tous ceux qui ont conspiré contre moi, les félons que j'abrite sous mon toit. Quant à vous, vous renoncerez à votre titre de suzeraine. Un membre de ma famille gouvernera votre domaine.

— Mais...

— Je ne prendrai pas le risque que ce genre de drame se reproduise.

Elle sentit ses genoux se dérober. Perdre son titre, son château ? Qu'adviendrait-il des hommes, des femmes et des enfants qui dépendaient d'elle ?

Comme s'il devinait son désarroi, il ajouta d'un ton sec :

— Vos sujets devront me jurer fidélité. À moi, lady Apryll. Si je laisse vivre votre frère, il sera banni pour toujours.

— Il est aussi votre frère, balbutia-t-elle.

Devlynn se pétrifia.

— Qu'avez-vous dit ?

Elle déglutit avec difficulté. Devait-elle lui avouer la vérité ?

— Qu'avez-vous dit, Apryll ?

— Rien...

— Je ne suis pas sourd. Vous prétendez que Payton est mon frère.

À quoi bon nier ? Elle le regarda droit dans les yeux.

— Sans doute le saviez-vous ? Votre père ne s'est pas contenté de mettre Serennog à sac.

— Que racontez-vous ? Que mon père a violenté votre mère et que... Vous inventez cette fable pour sauver ce misérable. Vous mentez !

— Je réponds aux questions que vous vous êtes probablement posées. Ne me dites pas que vous n'avez pas entendu certains ragots, ici à Black Thorn, sur les conquêtes de votre père, les enfants qu'il a semés dans toute la région, les femmes qu'il a brutalisées et qui sont devenues par sa faute un objet d'opprobre...

Il lui saisit le poignet, si rudement qu'elle poussa un cri de douleur.

— Ça suffit, taisez-vous !

— Vous n'êtes pas capable d'affronter la vérité ? Payton est votre demi-frère, comme je suis sa demi-sœur.

— C'est un bâtard, rétorqua-t-il d'une voix sifflante. Ses actes le prouvent.

— Il est votre frère. Du même sang que le vôtre, riposta-t-elle en essayant de se dégager. Si vous le tuez, vous tuerez une part de vous-même. Pourquoi, selon vous, est-il si amer, si haineux ? Pourquoi veut-il tant se venger ?

Elle vit une ombre passer dans le regard de Devlynn, et comprit qu'elle avait touché un point sensible.

— Vous assassineriez votre propre frère ? insista-t-elle.

— Je ne vous crois pas.

— Maintenant c'est vous qui mentez, Devlynn de Black Thorn. Vous savez que je dis la vérité.

Elle attendit, le menton pointé, les yeux rivés aux siens. Peu à peu, la rage s'effaça du visage de Devlynn.

— Ainsi, toute cette violence... ce serait à cause de sa naissance.

— Il a toujours été rejeté. Par votre père et le mien.

— Seigneur... mon frère ? Et il serait prêt à vous sacrifier pour se venger de moi ?

— De vous, de votre famille et tous les sujets de Black Thorn.

Il se leva, se dirigea vers la croisée et vida sa coupe d'un trait.

— Si vous mentez...

Il n'acheva pas sa phrase. Il la dévisagea ; dans son regard assombri, ce ne fut pas la colère qu'elle lut, mais une autre émotion peut-être plus dangereuse. Elle perçut dans la chambre un changement subtil, comme si l'air se réchauffait brusquement, s'épaississait au point qu'elle avait du mal à respirer.

Devlynn reposa sa coupe sur la table, prit celle qu'Apryll tenait entre ses doigts. Elle était clouée au sol, hypnotisée par les yeux gris qui la fixaient.

— La discussion est close pour ce soir, milady, murmura-t-il. Il est temps de dormir.

Comme elle ouvrait la bouche pour protester, il ajouta en ricanant :

— Mettez-vous au lit la première...

25

Comme si elle craignait qu'il ne bondisse sur elle, Apryll se hâta de gagner le large lit, se coucha tout au bord et remonta les couvertures sous son menton.

Elle avait l'air d'une vierge effarouchée, songea-t-il, ce qui amena un petit sourire sur ses lèvres. Lui savait à quel point elle était passionnée, il en avait déjà eu la preuve.

Il mit quelques bûches dans la cheminée, attendit que des étincelles en jaillissent puis s'approcha du lit. Il retira ses bottes. Elle observait ses gestes, ne détourna pas les yeux lorsqu'il ôta sa tunique, ne cilla pas quand il délaça son pantalon.

Elle était une énigme, tour à tour forte et fragile, docile et farouchement obstinée. En cet instant même, alors qu'il exhibait sa virilité, elle haussait un sourcil dédaigneux.

Que faire ? La posséder jusqu'à ce qu'ils soient tous deux fourbus et haletants ? La laisser tranquille et prier pour trouver le sommeil ?

Il se glissa dans le lit.

Sa chaleur, son parfum imprégnaient déjà les draps de lin. Il l'enlaça – cela semblait si naturel. Au lieu de se débattre, elle se blottit contre lui, comme si elle n'attendait que cela, qu'il la prenne dans ses bras.

Il brûlait de baiser chaque parcelle de sa peau crémeuse, de s'enfuir au plus profond d'elle et de s'abandonner.

Ce serait le paradis.

Et l'enfer.

Car elle était sa pire ennemie. Elle lui avait menti et, maintenant, elle s'acharnait à le convaincre que Payton était son frère. Était-ce possible ? Pourquoi pas... Il avait effectivement souvent entendu parler des conquêtes de son père ; les soldats de Morgan en plaisantaient, évoquaient des femmes consentantes, d'autres qui ne l'étaient pas...

Si Payton était bien son frère, ne devait-il pas le considérer comme un membre de sa famille ?

Et avait-il le droit d'aimer Apryll de Serennog ?

Dans le silence de la chambre que troublaient seulement les crépitements des bûches, il l'embrassa. Les lèvres d'Apryll s'entrouvrirent. Douces, brûlantes, craintives.

Avec un soupir, elle se pressa plus étroitement contre lui.

Alors il oublia toute prudence, toute méfiance. La tentation était trop forte, le désir qui l'enflammait trop impérieux.

Ses mains, sous la fine camisole, trouvèrent les seins ronds, épanouis.

Elle cambra les reins, offrant ses mamelons dressés à la bouche ardente de Devlynn qui glissait sur son ventre, jusqu'à sa toison, l'explorait comme on découvre un continent inconnu, avec émerveillement. Elle avait un goût de miel, de femme.

Elle tressaillit violemment, poussa un cri de ravissement.

Il se coucha sur elle, la pénétra doucement, lentement. Elle s'accrochait à ses épaules, le souffle rauque, le front emperlé de sueur. Elle le regardait de ses yeux immenses, comme pour mieux l'attirer en lui.

Il sentit qu'elle se crispait un instant, ravalait un gémissement de douleur. Puis elle se mit à onduler sous lui, tandis qu'il se noyait en elle. Appuyé sur ses coudes, il contemplait son beau visage, ses joues roses, ses cils frémissants. Enfin, elle poussa ce cri qu'il attendait, dont il avait tant rêvé.

Dans un dernier coup de reins, il se laissa emporter lui aussi par la jouissance. Il crut qu'un soleil explosait dans sa tête.

Ils retombèrent sur le lit, pantelants, serrés l'un contre l'autre, et il se demanda s'il aurait un jour la force de se séparer d'elle.

Il pourrait la garder ici pour toujours, dans ses bras. Elle serait son esclave, ils passeraient leurs nuits à se donner du plaisir.

Cette perspective, pourtant, ne le satisfaisait pas. Bonté divine, il en voulait plus ! Il voulait beaucoup plus de cette femme.

Tu pourrais l'épouser.

Par tous les saints, d'où lui venait une idée pareille ?

C'est une lady.

Peut-être, mais... le mariage ? Certainement pas.

Elle te fascine. Et n'est-elle pas, finalement, plus loyale que ceux en qui tu avais confiance ? Payton a le sang de ton père dans les veines. N'est-il pas temps de combler le fossé entre vos deux domaines... et n'es-tu pas amoureux d'elle ?

Il refusait de répondre à cette question, d'analyser les sentiments qu'il éprouvait.

Elle te donnerait des enfants.

Certes, il fallait à Yale des frères et des sœurs, mais... prendre Apryll pour épouse ? Et si elle disait non ?

Il serait facile de la contraindre à accepter en promettant d'épargner sa famille, ses sujets. De rendre à Serennog sa splendeur d'antan. La prospérité pour tous, pas de guerre. Un mariage de raison, en quelque sorte.

Tout cela était trop compliqué, il n'avait pas envie d'y réfléchir. Pour l'instant, il désirait simplement l'étreindre, la couvrir de baisers.

Il contempla les reflets dorés que la lueur du feu allumait dans la chevelure de sa compagne, déployée sur l'oreiller.

— Vous étiez vierge, murmura-t-il.

— Vous en êtes surpris ?

— Oui.

— Ce n'est pas un péché, plaisanta-t-elle.

— En effet.

— Pour certains, la virginité est même une vertu.

— Je sais, mais... vous êtes la suzeraine de Serennog.

Elle émit un petit rire.

— Par conséquent, je peux ordonner au premier mâle qui me plaît de dormir dans mon lit. C'est ce que vous pensez ? Je ne suis pas un homme, Devlynn.

— Je l'avais remarqué, rétorqua-t-il en lui caressant les seins.

Un long frisson la parcourut.

— Ni un animal, ajouta-t-elle.

Il arqua un sourcil dubitatif et elle éclata d'un rire cristallin.

— Enfin... généralement, je ne le suis pas, rectifia-t-elle. Mais avec vous, j'avoue que je perds toute décence.

— Vraiment ?

Elle était inouïe. Dans l'acte charnel, elle avait la fougue et la sauvagerie d'une lionne, et l'instant d'après elle se transformait en chaton joueur. Elle le déroutait totalement. Peut-être n'avait-elle pas exagéré, quand elle cherchait à convaincre sir Lloyd qu'elle était une sorcière. En tout cas, elle avait bel et bien envoûté Devlynn.

Elle se pencha vers lui, effleura ses lèvres, pouffa de rire.

— Attention, gronda-t-il.

— À quoi ?

— À moi.

— Pourquoi ?

— Parce que je pourrais vous prendre à nouveau.

— C'est drôle, je pensais justement à la même chose.

Avec une moue d'enfant innocente, elle fixa un point au plafond.

— Seulement...

— Oui

— Eh bien, je me demandais combien de temps il vous fallait avant de... euh... d'être capable de me faire à nouveau plaisir.

— Vous faire plaisir ? répéta-t-il, amusé.

— Oui, je... j'ai entendu dire qu'un homme a besoin de temps pour recouvrer ses forces et être en mesure de...

— ... faire plaisir à une femme.

— Voilà.

— On vous a raconté des sornettes.

— Oh, je ne crois pas ! J'ai surpris une conversation entre Frannie, notre couturière, et Iris, l'épouse du maçon. Elles se plaignaient, et je ne vois pas pourquoi elles auraient inventé ça.

— Peut-être qu'elles n'ont pas rencontré le compagnon susceptible de les satisfaire.

— Ainsi tous les hommes n'ont pas ce... problème ? répliqua-t-elle, battant coquettement des cils.

Elle souriait, ses dents de nacre brillaient entre ses lèvres humides. Il l'attira contre lui.

— Vous allez en juger par vous-même...

— Oh...

— Vous me croyez, maintenant ? souffla-t-il.

— Je pars avec eux ! décréta Miranda, marchant au côté de Devlynn dans l'enceinte.

L'aube pointait à peine, Collin et une dizaine de soldats s'apprêtaient à quitter la forteresse pour fouiller les champs, les forêts et les villages qui séparaient Black Thorn de Serennog. Collin avait choisi ceux qui l'accompagneraient et, bien sûr, exclu Miranda de la battue. Elle était furibonde.

— Je suis aussi bonne cavalière que n'importe lequel d'entre ces hommes !

— Je n'en disconviens pas.

Ils passèrent devant un enclos où des agneaux bêlaient plaintivement, impatients de téter leur mère. Miranda esquiva adroitement une flaque de boue.

— Mais ta place est ici, auprès de Bronwyn, ajouta-t-il.

— Je ne m'absenterai que quelques jours, objecta-t-elle. Les domestiques s'occuperont d'elle.

— Ce ne serait pas prudent.

Il songeait à son propre fils, dont la gouvernante avait été droguée. Il jeta un coup d'œil oblique à sa sœur. Le capuchon de sa pèlerine avait glissé, des mèches s'échappaient du ruban qui retenait sa chevelure sur sa nuque. Elle était belle, grande et majestueuse, et aussi entêtée qu'une mule.

— Je t'accorde que tu es une remarquable cavalière, que tu manies l'arc et l'épée avec plus d'habileté que beaucoup de chevaliers. Cependant tu n'es pas un homme, je te le rappelle. Tu distrairais les soldats et si tu étais capturée par nos ennemis, non seulement ta vie, mais aussi ta vertu, seraient menacées.

— Ma vertu ? s'exclama-t-elle, le visage empourpré par la colère. Tu te soucies de ma vertu ?

Elle éclata d'un rire sans joie.

— Laisse-moi m'en charger. Ne t'inquiète pas de ça.

— Je ne m'inquiète pas. Simplement, tu ne viendras pas.

Elle l'agrippa par la manche.

— S'il te plaît, Devlynn. Il le faut.

Il eut le sentiment que, quoi qu'il dise, elle ne céderait pas. Miranda, comme tous les enfants engendrés par Morgan de Black Thorn, avait une volonté de fer.

— À cause de sir Spencer ? rétorqua-t-il d'un ton accusateur.

Elle ne protesta pas.

— Tu as peur pour lui, voilà pourquoi tu tiens tant à participer à cette expédition. Aurais-tu oublié que tu as un mari ? Il vaudrait mieux que tu ailles le rejoindre.

Elle émit un reniflement de mépris.

— Je ne lui manque pas, il ne m'a jamais aimée.

— Tu n'en restes pas moins son épouse.

— Je ne l'ai pas choisi. Dis-moi, *lord* Devlynn : te marierais-tu sans amour ?

Il ne répondit pas.

— Tu aimais lady Glynda, n'est-ce pas ? Tu étais même fou d'elle, tu as mis ton domaine à ses pieds, tu l'as volée à ton frère.

— Vraiment ? articula-t-il, si furieux qu'elle pâlit. Ne serait-ce pas plutôt lui qui me l'a volée ?

Durant ces trois dernières années, Devlynn avait été hanté par l'idée que le bébé que portait Glynda n'était pas de lui. Il était resté longtemps absent de Black Thorn et, à peine quatre semaines après son retour, la grossesse de Glynda se voyait déjà. Il ne lui avait jamais reproché de l'avoir trompé, il n'avait pas de certitude, cependant Collin, lorsqu'elle était morte, avait été encore plus bouleversé que lui.

— Tu l'as tué ! avait-il hurlé. Tu n'es qu'un assassin !

Il s'était jeté sur son aîné, le frappant à coups de poing, il avait même dégainé son épée avant de la laisser choir et de s'écrouler, en larmes. La rumeur avait alors commencé à circuler dans le château et les villages environnants. On disait que Devlynn, dans un accès de rage, avait causé la mort de sa magnifique épouse et de leur enfant à naître.

— Tu ne devrais pas me sermonner en ce qui concerne la vertu et la décence, déclara Miranda qui fixait sur lui un regard pénétrant. Tu as enfermé une lady dans ta chambre. Tu traites une femme de noble naissance comme une fille de joie.

— Prends garde à tes paroles, Miranda. Lady Apryll n'est pas…

— Je l'espère bien, coupa-t-elle. Pour l'amour du ciel, Devlynn, permets-moi de les accompagner.

— C'est impossible.

— Tu peux faire ce que tu veux, tu es le lord !

— Et je veux que tu restes ici, avec les enfants. Ils reviendront bientôt. D'ailleurs, ton mari a envoyé un message, il demande que tu rentres chez toi. Je n'ai pas encore répondu, mais ton devoir est de t'occuper de lui et de ta fille.

Comme elle ouvrait la bouche pour protester, il leva une main impérieuse.

— Ne discute pas. Comme tu l'as si justement dit, je suis le lord.

Les yeux verts de Miranda flamboyaient.

— Tu es le lord uniquement parce que tu es un homme. Moi, je suis l'aînée de la famille.

— Et tu es une femme, rétorqua Devlynn, exaspéré par les perpétuelles récriminations de sa sœur.

S'éloignant à grands pas, il suivit un sentier sinueux qui le mena devant les écuries où les soldats étaient déjà prêts à se mettre en route.

Juché sur son fringant destrier bai, Collin sourit à son aîné. Son cheval, comme s'il avait deviné qu'il allait au combat, soufflait et piétinait le sol. Les autres chevaux étaient également nerveux et tiraient sur leur mors.

— Il est l'heure, annonça Collin.

Une étrange lueur luisait dans son regard, et son sourire parut faux à Devlynn. Mais aussitôt, cette expression arrogante s'effaça du visage de son frère. Devlynn se faisait peut-être des idées, il voyait des traîtres partout. Certes, Collin avait été naguère amoureux de Glynda, mais cet épisode appartenait au passé.

— Je ne reviendrai pas sans nos soldats et nos chevaliers, promit-il. Dis à Miranda de ne pas se tourmenter, je retrouverai Spencer.

— Dieu t'entende ! acquiesça Devlynn.

L'air soudain grave, Collin éperonna sa monture qui se cabra et s'élança à la vitesse d'un boulet de canon dans l'herbe humide de l'enceinte pour franchir les portes au galop. Une dizaine de cavaliers le suivirent.

Devlynn ordonna qu'on baisse la sarrasine. Quand elle retomba, il eut la sinistre impression que ce claquement métallique était l'écho de sa propre condamnation.

Apryll s'étira, se pelotonna sous les fourrures douillettes. Elle était si bien...

Tout à coup, elle tressaillit, ouvrit grands les yeux et se redressa sur son séant. Elle était seule... dans le lit de Devlynn de Black Thorn.

Des images de la nuit qu'elle avait passée dans ses bras affluèrent à son esprit. Elle en rougit jusqu'à la racine des cheveux. Elle s'était littéralement jetée au cou de son pire ennemi, lui avait donné sa virginité. Ô mon Dieu...

Pourtant, elle devait se l'avouer, elle n'avait pas honte. Elle avait appris certaines choses divinement indécentes, découvert des plaisirs qu'elle n'aurait jamais imaginés.

Et Devlynn ne l'avait pas brutalisée, bien au contraire. Après ce qu'ils avaient vécu ensemble, peut-être renoncerait-il à la garder prisonnière.

Elle jeta un coup d'œil à la porte. La serrure était-elle verrouillée ? Non, certainement pas. Maintenant, il ne pouvait plus la traiter comme un otage. Elle esquissa un petit sourire, rougit de plus belle.

Dans le secret de son cœur, elle avait hâte que cette journée s'écoule, que la nuit revienne...

Et Serennog? Payton?

Elle parlerait à Devlynn, lui expliquerait tout. Il y avait probablement un moyen de rétablir la paix. Morgan de Black Thorn et la mère d'Apryll étaient morts, il fallait oublier le passé, chercher des solutions pour panser les plaies que Payton avait à l'âme.

Une fois de plus, elle se remémora la prédiction de Geneva.

Vous épouserez le lord de Black Thorn. C'est votre destinée.

La sorcière avait-elle raison, était-ce possible? Cette pensée, curieusement, ne lui semblait pas si terrible. Pour être honnête, elle en avait le cœur qui battait plus vite.

Elle considéra à nouveau la porte. Devlynn lui avait fait l'amour jusqu'à l'aube, il avait confiance en elle, à présent. Il la laisserait sortir de cette pièce, et même du château. Elle en était persuadée.

Repoussant les couvertures, elle se leva. Chantonnant à mi-voix, elle chercha la robe en velours mordoré.

Celle-ci avait disparu. Ainsi que les bottines.

Apryll se figea.

Le poignard!

Devlynn l'avait probablement découvert à son réveil. Quelle malchance! Avait-il décidé de l'obliger à rester nue dans ses appartements, pour la punir et s'assurer qu'elle ne lui échappe pas?

Furieuse, elle se dirigea vers l'antichambre séparant la pièce réservée à Devlynn de celle où avait dormi Yale.

Là, elle s'immobilisa brusquement.

En un instant, tous ses rêves stupides volèrent en éclats.

Devant ses yeux, pendue à un crochet, chatoyait la robe qu'elle arborait le soir de sa rencontre avec

Devlynn de Black Thorn, le souvenir soyeux de ses péchés.

La robe blanche, souillée de sang, que la mère d'Apryll portait le jour de ses noces.

26

— Le monstre, murmura-t-elle en drapant autour de ses épaules une petite couverture en fourrure.

Comment avait-elle pu s'illusionner de la sorte, être aussi sottement romantique ? Le Loup de Black Thorn le lui avait pourtant dit : il la châtierait et, apparemment, sa punition serait de mettre cette maudite robe, afin de signifier à chacun qu'il la considérait comme une ennemie à qui il n'accorderait jamais son pardon.

Soudain, la porte s'ouvrit, livrant passage à la petite servante rousse, Anne. Elle était chargée d'un plateau et d'un seau qu'elle posa dans un coin.

— Qui a apporté cela ici ? demanda Apryll, brandissant la robe ensanglantée.

Les yeux d'Anne s'arrondirent.

— Je... je ne sais pas.

— Est-ce le lord qui a ordonné qu'on la laisse dans l'antichambre ?

— Je ne sais pas, répéta nerveusement la domestique.

Elle se débarrassa du plateau sur lequel étaient disposées des tranches de pain, de fromage et de viande séchée.

Apryll traversa la pièce et s'immobilisa à quelques centimètres de la servante.

— Devrai-je rester enfermée ici toute la journée ? Le lord en a-t-il décidé ainsi ?

— On… on m'a seulement commandé de vous apporter de la nourriture et de l'eau, bredouilla Anne, cramoisie.

Elle recula d'un pas, comme si elle craignait qu'Apryll ne la frappe.

— Bien… tu diras au lord que je souhaite le voir.

— Oh non, je ne peux pas faire ça !

— Pourquoi ?

— Parce qu'il est le maître, répliqua Anne, effarée.

À l'évidence, l'idée d'adresser la parole au seigneur lui semblait inimaginable.

— Je suppose que tu peux quand même parler à l'intendant ou au chapelain ?

— Oui, répondit Anne en hochant la tête.

— Dans ce cas, articula Apryll dont la patience atteignait ses limites, dis à l'un ou à l'autre de prévenir le lord que je désire m'entretenir avec lui.

Anne opina à nouveau.

— Tout de suite, ajouta Apryll.

La domestique sortit à reculons et disparut comme une souris effarouchée. Furibonde, Apryll crispa les poings. Elle n'y comprenait plus rien. Pourquoi Devlynn l'aurait-il aimée toute la nuit pour la garder enfermée le lendemain ?

Courant d'une porte à l'autre, elle essaya de tourner les poignées. En vain. Nul doute qu'une sentinelle était postée de l'autre côté de chaque battant.

Dire qu'elle s'était crue amoureuse de Devlynn, ce monstre sans cœur ! Elle avait même imaginé pouvoir devenir son épouse.

Quelle folie !

Les dents serrées, elle enfila la robe blanche qu'elle haïssait à cause de tout ce qu'elle représentait. Mais elle la porterait, avec orgueil. Quand elle reverrait Devlynn, elle n'y ferait pas la moindre allusion.

Si elle le revoyait.

Les nerfs à vif, elle se laissa tomber dans un fauteuil près de la table sur laquelle était posé le plateau.

Elle ne toucha pas à la nourriture, elle n'avait qu'une idée en tête : s'enfuir. Une fois de plus.

Où était-il ? Pourquoi l'avait-il quittée sans un mot ? Était-il parti à la recherche de Payton ? Des soldats de Black Thorn qui n'étaient pas encore rentrés au château ? Combien de temps serait-elle obligée d'attendre ?

Par la croisée, elle vit un éclair fulgurer dans le ciel couleur d'ardoise. Un violent coup de tonnerre fit trembler les murailles de la forteresse.

Elle frissonna. Peut-être la personne qui l'avait fait sortir de la cellule de l'ermite viendrait-elle encore à son secours. À moins que son frère et ses complices n'attaquent le château et ne la libèrent.

Soudain, on frappa à la porte.

— Lady Apryll ?

Yale !

— Entre, dit-elle en se redressant vivement.

Elle entendit des voix étouffées, le jeune garçon parlait avec le garde. Un instant après, la clé tourna dans la serrure. Yale poussa le battant et franchit le seuil.

— Qu'est-ce que tu fais ici ? demanda-t-il.

Ses yeux, si semblables à ceux de son père, reflétaient de l'étonnement.

— Je suis prisonnière.

— C'est mon père qui t'a enfermée dans sa chambre ?

— Oui…

— Mais pourquoi ? Il t'aime bien.

— Cela n'a aucun rapport avec l'affection.

D'ailleurs, songea-t-elle, Devlynn se moquait éperdument d'elle. Ses caresses et ses baisers n'étaient que de la luxure. Il ne cherchait qu'à l'humilier, à faire d'elle un objet de mépris.

Elle se rassit près du feu, d'un geste invita Yale à l'imiter.

— Mange, si tu as faim, proposa-t-elle en désignant le plateau.

Il prit un morceau de viande séchée, la mastiqua longuement, d'un air pensif. Ce matin, il paraissait moins insouciant qu'à l'accoutumée, plus mûr.

— Tu n'as pas répondu à ma question. Pourquoi es-tu prisonnière ?

— Parce que ton père me tient pour responsable des drames qui se sont produits à Black Thorn.

— L'incendie.

— Oui… et ton enlèvement.

— Pourtant, ce n'était pas ton idée. Tu n'étais pas au courant.

— En effet, cependant…

— La nuit où on m'a enlevé, coupa-t-il, j'étais à moitié endormi, j'ai entendu Payton et les autres discuter… Dans ma tête, c'est comme…

Il s'interrompit, les sourcils froncés, cherchant l'image juste.

— … comme du brouillard ou un rêve… Je ne me rappelle pas tout, seulement quelques phrases, des mots…

— On t'avait drogué.

Il haussa les épaules.

— Je suis quand même sûr d'avoir entendu Payton dire que tu refuserais de participer à un enlèvement, et que donc il ne t'avait pas prévenue. Quand je l'ai interrogé plus tard, il m'a répondu que ça faisait partie du jeu.

— Ce n'était pas un jeu, hélas.

— Oui, je sais. Je vais l'expliquer à mon père, et il te libérera.

— Ce n'est pas si simple, je le crains.

— Ça devrait l'être, décréta-t-il, comme s'il estimait que les adultes étaient bêtes de se compliquer ainsi l'existence. Tu m'as sauvé la vie.

— Non, je ne crois pas. Mon frère ne t'aurait pas fait de mal.

— Payton n'aime personne, à part lui. Il ne t'aime pas non plus. Il est très méchant.

Là-dessus, Yale bondit de son siège, redevenant brusquement l'enfant qu'il était.

— Si mon père ne te libère pas, je m'en chargerai !

— Non, surtout pas ! protesta-t-elle. Je réglerai cette affaire avec le lord.

Un sourire canaille éclaira la figure du garçon.

— On verra bien !

— Yale, ne t'en mêle pas, je t'en prie. Ton père serait fâché contre toi.

Caracolant comme un poulain intrépide, il courut vers la porte, tambourina sur le battant qui s'entrebâilla. Avant de sortir, il adressa un clin d'œil à Apryll.

— Je reviendrai, chuchota-t-il sur un ton de conspirateur.

— J'ai une confession à te faire, murmura Miranda, les yeux voilés par le remords.

Elle avait rejoint Devlynn dans l'armurerie. Elle semblait si contrite qu'il sentit son cœur se serrer. Aurait-elle pris part au complot ?

— Va plutôt te confesser à la chapelle.

Le tonnerre grondait au-delà des collines, des éclairs incandescents zébraient le ciel.

— Je n'ai pas péché contre la religion...

Elle s'interrompit, se mordit les lèvres. Devlynn la dévisageait, pétrifié.

— Je... c'est moi qui ai aidé lady Apryll à s'évader de la tour.

— Pourquoi ?

— Je t'assure que je te suis dévouée. Mais... je ne supportais pas de voir une lady, une suzeraine, traitée de cette manière.

— Je te rappelle que je ne l'ai pas mise au cachot.

— Oui, je sais. Je regrette mon acte. Je me suis laissé égarer par...

— Par qui ?

— Par mon orgueil et mon désir de...

Il l'agrippa soudain par le bras, enfonçant rudement ses doigts dans le fin lainage de sa manche.

— Tu as conspiré contre moi ? demanda-t-il d'une voix sifflante.

— Non !

— Écoute-moi bien, Miranda. Il y a des traîtres dans ce château, qui ont prêté main-forte à Payton de Serennog. Tu es l'un d'entre eux ?

— Devlynn, non ! Je… j'ai délivré lady Apryll parce que…

Elle s'interrompit, secoua la tête pour se ressaisir.

— … elle représente tout ce que j'aimerais être. Je le reconnais, je t'ai jalousé, j'aurais donné n'importe quoi pour être à ta place et diriger le domaine. Mais jamais je ne t'aurais trahi.

— À cela près que tu as libéré ma prisonnière.

— Je viens de te l'avouer.

— Un aveu ne rachète pas tout.

— Eh bien, enferme-moi dans la tour, mon frère, si cela peut te…

— Je vais plutôt te renvoyer auprès de ton mari.

Miranda blêmit, déglutit avec peine.

— Tu ne ferais pas ça, souffla-t-elle.

Un tel désespoir se lisait dans le regard de Miranda que Devlynn en fut touché. Il vouait à sa sœur, malgré son caractère impossible, une profonde affection.

— Je t'en prie, Devlynn. Tout, mais pas ça.

À ce moment, l'une des sentinelles qui gardaient les portes cria :

— Lord Devlynn ! Sir Collin est là… avec des prisonniers !

— Quoi ? s'exclama Miranda.

Elle s'élança dans l'enceinte.

— Attendez… ne les laissez pas entrer ! hurla Devlynn.

Trop tard, la sarrasine était levée, une troupe d'une vingtaine de cavaliers s'engouffrait dans la forteresse. Certains hommes, sur leur monture crottée de boue, étaient ligotés. Collin, triomphant, caracolait en tête sur son destrier bai. Du sang tachait sa tunique.

— Mon frère, annonça-t-il avec un grand sourire, j'ai capturé les traîtres. Les habitants de ce château n'ont plus rien à craindre, Black Thorn est sauvé !

Devlynn sentit une tension dans l'air, qui n'était pas due à l'orage. Il considéra ceux que Collin avait fait prisonniers. Des visages inconnus, d'autres en qui il avait naguère placé sa confiance – notamment Rudyard, son capitaine.

— Oh... murmura Miranda qui avait aperçu sir Spencer.

Collin sauta à terre.

— Où est Payton de Serennog ? demanda Devlynn, en proie à un profond malaise.

Quelque chose n'allait pas, aucun de ses soldats ne le regardait dans les yeux. Instinctivement, il serra les doigts sur le manche de son poignard glissé dans sa ceinture.

— Il est mort, tué par ses hommes, répondit Collin. Nous avons découvert son corps dans une ancienne auberge, là où il avait emmené Yale.

Il empoigna Devlynn par l'épaule, l'attira contre lui.

— Viens, allons nous mettre à l'abri pour fêter ça.

Du coin de l'œil, Devlynn entrevit une lame, celle d'une courte dague, qui luisait dans la lumière grisâtre.

— Eh oui, mon frère, ricana Collin, l'heure de ton trépas a sonné...

27

Les cloches carillonnaient.

Le tonnerre grondait.

Les gens couraient en tous sens, hurlaient.

Apryll se rua sur le lourd battant de chêne, le martela de ses poings.

— Laissez-moi sortir ! Je vous en prie ! À l'aide !

Seigneur, que se passait-il ?

Soudain, une porte s'ouvrit à la volée.

— Vite ! lui cria Yale.

Elle le suivit dans l'escalier en colimaçon conduisant à l'alcôve de l'abbé et à la chapelle. Quand elle en franchit le seuil, il lui sembla pénétrer en enfer. Dans l'enceinte du château, le combat faisait rage.

Devlynn repoussa son frère d'un coup de coude, pivota sur ses talons tout en dégainant son épée. Collin perdit une seconde l'équilibre, mais sa dague atteignit son but. Une douleur cuisante irradia entre les côtes de Devlynn. La pointe de son épée trouva cependant le flanc de Collin qui s'effondra à genoux.

Un indicible chagrin submergea Devlynn. *Pourquoi as-tu fait ça, mon frère ?*

— Aidez-le, il a besoin de soins !

À cet instant, il se rendit compte que Rudyard s'était débarrassé des liens qui l'entravaient – en réalité, il n'était pas vraiment ligoté. Il éperonnait son cheval, brandissant son épée.

Devlynn se courba. Les lames s'entrechoquèrent dans un claquement sinistre.

Soudain, avec un hurlement, Rudyard tomba la tête la première dans la boue. Une flèche lui avait transpercé le dos. Apryll courait dans l'enceinte, le vent soulevait sa robe blanche. Elle tenait un arc.

— Yale ! criait-elle. Yale !

Alors Devlynn vit son fils. Juché sur un chariot, une épée à la main, il s'apprêtait à embrocher l'homme qui marchait résolument sur lui. Le cœur de Devlynn manqua un battement, lorsqu'il reconnut sir Spencer.

— Non !

Il se précipita, enjambant les soldats qui gisaient à terre, blessés. D'un bond, il sauta sur la roue du chariot, s'interposa entre son fils et Spencer dont le regard étincelait de haine.

— Arrêtez !

Mais le chevalier avançait toujours. Devlynn se fendit et lui planta sa lame dans la poitrine. Il entendit une femme pousser un hurlement de désespoir.

Yale ? Où était-il ? Et Apryll ? Dieu les protège.

D'un geste brusque, il retira son épée du torse de Spencer. Le sang jaillit, éclaboussa le chariot. Miranda accourut.

— Spencer, non ! Oh, mon amour, non... Ne me quitte pas. Ne nous quitte pas, ta fille et moi.

Elle le berçait dans ses bras, caressait son front. Mais il était trop tard, la lumière dans les yeux noirs du chevalier s'était éteinte à jamais.

Devlynn la laissa pleurer son héros, le traître qui avait failli tuer Yale. Il repéra son fils et Apryll, tous deux armés d'un arc. La jeune femme pointait une flèche meurtrière sur un robuste soldat, un inconnu.

— Dis-leur de rendre les armes, ordonna-t-elle. Et explique-moi où est mon frère.

— Je te conseille d'obéir, intervint Devlynn.

Un rapide coup d'œil alentour lui avait permis de constater que ceux qui, au sein de la forteresse, lui étaient sincèrement fidèles avaient pris le dessus.

— Cessez le combat! tonna-t-il.

Roger lâcha son épée.

— Tu seras pendu pour avoir trahi! décréta Apryll. Où est Payton?

— Il est mort, milady, répondit un autre homme. Rudyard l'a tué.

— Non...

Le visage d'Apryll devint aussi blanc que sa robe.

— Ce n'est pas possible...

Elle chancelait. Devlynn s'approcha pour la soutenir mais, au prix d'un effort surhumain, elle se ressaisit. Les larmes roulaient sur ses joues.

— Que ceux qui ont assassiné mon frère et l'ont aidé à attaquer Black Thorn s'avancent, commanda-t-elle.

Devlynn considéra les hommes immobiles dans l'enceinte et qui, l'un après l'autre, s'exécutèrent. Quelques soldats, des paysans, le boucher armé d'un hachoir, le maréchal-ferrant, un tisserand.

— Emmenez-les au cachot! aboya-t-il. Que l'apothicaire s'occupe des blessés! Apportez de la charpie et...

Il s'interrompit. Une main légère lui effleurait les côtes.

— Il faut panser cette blessure, dit Apryll.

— Ce n'est rien, murmura-t-il en l'attirant contre lui. J'ai surtout besoin de vous, milady, vous serez mon meilleur remède.

— Je crois que vous avez perdu beaucoup de sang, cela vous embrouille l'esprit.

— Je me moque de ce que vous croyez, rétorqua-t-il avec un petit sourire, tout en enlaçant les épaules de Yale qui les avait rejoints.

— Je suis le lord et vous êtes ma prisonnière.

Elle pointa fièrement le menton.
— N'ai-je pas mérité la liberté ?
Il secoua la tête.
— Certainement pas. Je vous condamne pour toutes vos fautes à une existence de servitude.
Indignée, elle lâcha son arc, s'écria :
— Vous êtes vraiment le plus abominable des...
Elle ne put achever sa phrase, la bouche brûlante de Devlynn la bâillonnait. Il sentit sur ses lèvres le goût salé des larmes qu'elle avait versées pour son frère. Si elle s'éloignait d'un pas, il n'y survivrait pas.
Il l'étreignit fougueusement, baisa ses paupières.
— Épousez-moi, Apryll.
— Mais, je...
— Unissons-nous pour la paix et la prospérité de nos deux domaines.
Elle le dévisagea, hésita.
— Je vous aime, murmura-t-il d'une voix émue. Épousez-moi, Apryll. Prenez mon cœur et ma vie. Soyez la mère de mes enfants. Restez près de moi pour toujours.
Bouleversée, elle se blottit dans ses bras.
— Oui, oh oui...
— Qu'on annonce la nouvelle dans tout le pays ! ordonna Devlynn d'une voix qui tremblait d'émotion. Apryll de Serennog sera bientôt ma femme !

ÉPILOGUE

Le bébé pleurait dans la chambre voisine. Repoussant doucement les couvertures pour ne pas réveiller le lord, Apryll de Black Thorn se leva et, pieds nus, alla chercher sa fille dans son berceau.

— Quand comprendras-tu, mon ange, que la nuit est faite pour dormir? murmura-t-elle en ouvrant l'échancrure de sa chemise.

L'enfant se nicha contre le sein maternel, gorgé de lait, et se mit à téter goulûment. Le sourire aux lèvres, Apryll l'emporta dans la chambre et se recoucha auprès de son époux.

Le château s'animait peu à peu, les domestiques étaient déjà à la tâche, car ce soir on fêterait Noël.

Tant d'événements s'étaient produits depuis l'an dernier, songea Apryll, tout en caressant les cheveux noirs de sa fille. Serennog était désormais gouverné par l'un des plus fidèles chevaliers de Devlynn, avec l'aide de sir Brennan et du père Benjamin.

Le père Hadrian avait disparu sitôt qu'il avait appris qu'Apryll allait épouser le lord de Black Thorn. La pauvre Geneva pleurait toujours Payton, mais, d'après le père Benjamin, elle se remettait lentement de la terrible hémorragie dont elle avait souffert après sa fausse couche.

Apryll s'était rendue deux fois à Serennog, qui était maintenant redevenu un domaine prospère, cependant elle ne s'y sentait plus chez elle. Son foyer était ici, à Black Thorn. Finalement, la prédiction de Geneva s'était révélée juste. La sorcière avait pourtant avoué qu'elle avait tout inventé, non pour trahir Apryll, mais pour satisfaire Payton.

Elle regarda son bébé – l'adorable Rowelda de Black Thorn –, sourit à nouveau.

— Elle avait encore faim ? murmura soudain Devlynn en s'étirant.

— Elle est insatiable. Comme son père…

— Oui, et son père est jaloux…

Devlynn se rapprocha, baisa le front de sa fille, puis le sein d'Apryll.

— Tss… gronda-t-elle tendrement. Plus tard, chacun son tour.

Il éclata de rire.

— Ne me donne pas d'ordres, s'il te plaît, ou je serai dans l'obligation de te punir.

— Et quelle sera ma punition, milord ?

— Je te couvrirai de caresses et de baisers, je te torturerai jusqu'à ce que tu me supplies de…

— Moi, te supplier ? pouffa-t-elle. Je pense que c'est plutôt l'inverse qui arrivera.

— Jamais de la vie !

— Hmm… je sais comment te faire perdre la tête. Nous verrons bien, mon amour.

— Oui, mon amour… dit-il, le regard pétillant de malice, en promenant une main sur la cuisse de son épouse. Nous allons voir ça tout de suite…

Découvrez les prochaines nouveautés de la collection

Aventures et Passions

Le 3 mars

Princesse du manoir de Rebecca Hagan Lee (n° 6504)

À la suite d'un complot, une jeune princesse, Giana, doit fuir son pays pour sauvegarder sa couronne. Elle trouve refuge avec sa suite dans un manoir écossais, où tous se font passer pour les domestiques du domaine. Sa quiétude est bientôt troublée par l'arrivée d'Adam McKendrick, un Américain jouissant d'une réputation de joueur invétéré et de coureur de jupon, qui vient de gagner le manoir au poker…

Le 10 mars

Une passion hors du temps de Karen Marie Moning (n° 6505)

Frappé par un sort puissant, un *highlander* du XVIe siècle, Drustan MacKeltar, est endormi et abandonné dans une grotte près du loch Ness. Près de cinq siècles plus tard, une Américaine, Gwen Cassidy, le libère accidentellement de son sommeil forcé. Drustan, issu d'une longue lignée de druides celtiques, sait qu'il doit retourner dans son époque pour sauver son peuple d'un sort atroce. Il sait aussi qu'il aura besoin, dans cette terrible aventure, de cette mystérieuse jeune femme…

Le 17 mars

Pour une rose d'argent de Jane Feather (n° 5264)

Londres, XVIIIe siècle. Arielle soupire de soulagement. Elle est parvenue à échapper au pire : la nuit de noces. Car, elle se l'est juré, jamais elle n'appartiendra à Simon Hawkesmoor, l'époux que lui a imposé la reine Anne. Pourtant, quand son nouveau mari la sort des griffes d'un obscène ivrogne, Arielle doit se rendre à l'évidence : Simon est son sauveur !

Le 24 mars

Ivresse orientale de Mary Jo Putney (n° 6506)

Années 1830. Veuve après dix ans de mariage, Alexandra Warren quitte l'Australie pour l'Angleterre avec sa fille, lorsque le bateau sur lequel elles sont embarquées est pris d'assaut par des pirates. Capturée, séparée de sa fille, Alexandra est vendue comme esclave. Gavin, ancien gentleman anglais venu faire fortune dans le commerce des Indes, décide l'acheter pour la sauver. Mais le sultan de l'île refuse de vendre un tel joyau…

Ce mois-ci, retrouvez également les titres de la collection

Amour et Destin

Des histoires d'amour riches en émotions déclinées en trois genres :

Intrigue ***Romance d'aujourd'hui*** ***Comédie***

Le 3 février *Intrigue*

Une belle en cavale de Jane Graves (n° 6420)

Pam Esterhaus est en cavale pour un crime qu'elle n'a pas commis et n'a parcouru que quelques kilomètres quand elle est capturée par un chasseur de primes. Pourtant, il a fort à faire avec Renée qui enflamme sa voiture et s'enfuit dans un restaurant où elle séduit un jeune homme à la va-vite, en espérant qu'il la ramènera chez lui à la barbe de son poursuivant. Mais tout se complique lorsqu'elle apprend que l'homme en question est un policier. Un policier non seulement intègre, mais qui, après l'épisode du restaurant, en pince pour elle…

Le 10 février *Romance d'aujourd'hui*

Tu n'échapperas pas à ton passé de Susan Elizabeth Phillips (n° 6450)

À la mort de son mari, président des États-Unis, Cornela Case est au moins soulagée d'une chose : elle pourra désormais échapper au protocole, aux gardes du corps, à la pesanteur de son rôle. Malheureusement, le nouveau président, qui est célibataire, lui demande de tenir ce rôle encore un moment. Cornelia se dérobe et s'enfuit. Elle rencontre en chemin Matt, qui se lie d'amitié avec elle et ignore qui elle est vraiment…

Le 24 février *Comédie*

À la poursuite de Roméo de Alexandra Potter (n° 6461)

Juliet aime Will. Mais, dernièrement, Will n'a semblé faire aucun effort pour démontrer son amour. Il s'est même décommandé le jour de la Saint-Valentin. Aux yeux de Trudy, l'exubérante meilleure amie de Juliet, c'est sans grande importance. Qu'est-ce que Juliet fait avec ce Will, de toute façon ? Et puis, n'y a-t-il pas des tonnes de poissons dans l'océan ? Parce que Will n'arrête pas de gâcher toutes les dernières chances que Juliet lui accorde, cette dernière se laisse courtiser par Sykes…

6454

Composition Interligne
Achevé d'imprimer en France (Manchecourt)
par Maury-Eurolivres
le 24 janvier 2003.
Dépôt légal janvier 2003. ISBN 2-290-32784-0

Éditions J'ai lu
84, rue de Grenelle, 75007 Paris
Diffusion France et étranger : Flammarion